XX

NORA ROBERTS

Avec 145 millions de livres traduits en 19 langues, Nora Roberts est connue dans le monde entier et, aux Etats-Unis, pas une semaine ne s'écoule sans que l'un de ses romans ne soit classé sur la prestigieuse liste des meilleures ventes du *New York Times* et de *USA Today*.

Star incontestée dans le monde de l'édition, elle a reçu de nombreuses récompenses et distinctions littéraires. Sa saga familiale « Les MacGregor » a été applaudie par la critique et a déjà remporté un immense succès aux Etats-Unis.

PRÉSENTATION DES PERSONNAGES

Dans son style efficace et sensible, Nora Roberts nous fait cadeau d'une nouvelle saga : celle des MacGregor, et nous fait pénétrer dans le clan très fermé de cette famille richissime. Ouvrez sans plus tarder le premier volume, *La fierté des MacGregor,* et faites connaissance avec les personnages principaux du roman.

QUI SONT-ILS ?

Serena MacGregor :

Jeune femme fière et indépendante, fille adorée de Daniel MacGregor — le patriarche du clan — elle a décidé de changer de vie après avoir terminé ses études et s'est embarquée à bord d'un paquebot de croisière où elle travaille comme croupier. Une manière de prouver qu'elle est capable de gagner sa vie en dehors du giron familial et — qui sait ? — de rencontrer l'amour sans l'intervention de son incorrigible marieur de père !

Justin Blade :

Il a fait fortune grâce à une intelligence et un sens des affaires hors du commun. Propriétaire de deux casinos, à Las Vegas et Atlantic City, il est parti en croisière pour se reposer. Des vacances dont le cours change radicalement à l'instant précis où il aperçoit Serena derrière une table de jeu. Sans savoir à qui il a affaire — et peu habitué à ce que les femmes lui résistent —, il entreprend sans tarder de la séduire...

NORA ROBERTS

La fierté des MacGregor

éditions Harlequin

Si vous achetez ce livre privé de tout ou partie de sa couverture, nous vous signalons qu'il est en vente irrégulière. Il est considéré comme « invendu » et l'éditeur comme l'auteur n'ont reçu aucun paiement pour ce livre « détérioré ».

Cet ouvrage a été publié en langue anglaise
sous le titre :
PLAYING THE ODDS

Traduction française de
JEANNE DESCHAMP

HARLEQUIN®

est une marque déposée du Groupe Harlequin

Originally published by SILHOUETTE BOOKS,
division of Harlequin Enterprises Ltd.
Toronto, Canada

Photos de couverture :
Drapé rouge : © PHOTODISC / GETTY IMAGES
Ecossais rouge et vert : © PHOTODISC / GETTY IMAGES
Château et joueur de cornemuse : © ROYALTY FREE / CORBIS
Paysage de nuit : © DIGITAL VISION / GETTY IMAGES
Femme : © APRIL / GETTY IMAGES

83-85, boulevard Vincent-Auriol, 75013 PARIS — Tél. : 01 42 16 63 63
Service Lectrices — Tél. : 01 45 82 47 47
ISBN 2-280-15410-2

1.

L'embarquement des passagers en début de croisière était toujours un moment de grande effervescence. Certains voyageurs arrivaient épuisés par une nuit de fête dans l'atmosphère électrique de Miami ; d'autres, affolés par l'imminence du départ, se précipitaient sur le quai en traînant leurs valises derrière eux. Mais la plupart étaient surtout très excités à l'idée de vivre dix journées complètes de mer bleue, de Caraïbes et de douceurs subtropicales.

Sans parler de la promesse d'une idylle éventuelle…

Une fois franchie la passerelle qui reliait le quai au grand paquebot blanc, les croisiéristes perdraient pour un temps leur identité d'expert-comptable, d'informaticien, de professeur d'université ou de chef d'entreprise. Ils ne seraient plus à bord que des passagers dorlotés, cocoonés, nourris comme des princes et comblés dans leurs moindres désirs.

Les brochures, après tout, le leur certifiaient noir sur blanc.

Perchée sur un des ponts supérieurs, Serena scrutait la foule dense sur le quai. C'était le poste d'observation idéal pour sonder l'ambiance, apprécier la débauche de couleurs des vêtements d'été, le joyeux charivari qui précédait chaque croisière. La plupart des autres employés du *Celebration* étaient déjà à leur poste. Cuisiniers, barmen et stewards déployaient une activité frénétique pour accueillir les mille cinq cents personnes qui se préparaient à envahir le navire.

Mais même si les dix journées à venir promettaient d'être aussi chargées pour elle que pour les autres membres de l'équipage, Serena jouissait d'un petit répit avant chaque embarquement. Et cette parenthèse de liberté, elle la savourait toujours pleinement. Chaque début de croisière, lorsque le paquebot se détachait lentement du port pour s'orienter vers la pleine mer, était marqué par la solennité des grands départs — un moment de pure magie.

Sa première expérience à bord d'un paquebot de luxe, Serena l'avait faite dès l'âge de huit ans, lorsque ses parents avaient emmené leurs trois enfants en croisière dans les Iles Vierges. Les conditions d'hébergement dont elle bénéficiait alors étaient infiniment plus confortables que celles d'aujourd'hui. Richissime magnat de la finance, Daniel MacGregor, son père, leur avait réservé des cabines de première classe et Serena n'avait jamais oublié son émerveillement, le premier matin à bord, lorsqu'un steward stylé était venu lui apporter son petit déjeuner au lit.

Mais le cagibi sans hublot qu'elle occupait depuis un an dans les entrailles du grand navire l'enchantait tout autant. Serena considérait les deux expériences comme également passionnantes. Ennemie de la routine sous toutes ses formes, elle avait toujours été ouverte à l'aventure. Et la vie à bord représentait à ses yeux un terrain d'observation fascinant.

Avec un léger sourire, elle se remémora la scène épique qui s'était déroulée dans la grande demeure familiale de Hyannis, à Cape Cod, lorsqu'elle avait annoncé à ses parents qu'elle comptait poser sa candidature pour un emploi à bord du *Celebration*. Son père avait grogné, râlé, tempêté tant et plus : n'était-ce pas un crime de gâcher ainsi un Q.I. vertigineux associé à de longues années d'études ? Comment une jeune femme diplômée des meilleures écoles qui avait réussi brillamment, aussi bien en lettres qu'en biologie et en psycho pouvait-elle décider, à vingt-six ans, de tout arrêter là pour passer ses journées à quatre pattes à astiquer le pont d'un quelconque rafiot ?

Serena lui avait assuré qu'il n'entrait pas dans ses intentions d'astiquer quoi que ce soit et que le « rafiot » en question avait tout de même belle allure. Mais il avait fallu que sa mère éclate de rire, pose une main rassurante dans le dos de son mari et déclare qu'il devait laisser ses enfants vivre leur vie pour que Daniel MacGregor se résigne enfin à faire contre mauvaise fortune bon cœur.

Et c'est ainsi que Serena s'était embarquée sur le paquebot de ses rêves. En laissant derrière elle l'appartement privé qu'elle occupait dans la majestueuse demeure familiale pour prendre ses quartiers dans un cagibi amélioré, avec tout juste la place pour une couchette, à bord de son hôtel flottant.

Aucun de ses collègues du *Celebration* ne se souciait de sa brillante intelligence, de ses origines sociales confortables ou du nombre de ses diplômes. Tous ignoraient que son père aurait pu acheter, sur un simple caprice, non seulement le paquebot, mais la compagnie maritime tout entière. Ils ne savaient pas que son frère aîné était sénateur, le cadet procureur d'Etat et que sa mère était considérée comme une autorité dans le domaine de la chirurgie thoracique. Lorsqu'ils la regardaient, ils ne voyaient pas Mlle MacGregor, fille de Daniel et d'Anna, mais Serena, tout simplement.

Et c'était précisément le but qu'elle s'était fixé en embarquant.

Levant les yeux vers le ciel bleu, Serena laissa le vent soulever la masse opulente de sa chevelure. Son père avait toujours décrété orgueilleusement que le blond vénitien des cheveux de sa fille ne se retrouvait que dans les tableaux des grands maîtres du passé. Daniel MacGregor était tout aussi fier de ses pommettes hautes, très légèrement obliques, et de son menton volontaire. De ses ancêtres écossais, elle tenait une peau très claire, résolument réfractaire au bronzage. La pâleur de son teint offrait un contraste souvent qualifié de frappant avec le bleu de ses yeux. Pour son père, ses iris étaient tout simplement violets ; d'autres, plus romantiques, s'enthousiasmaient sur leur nuance « violine » et sur leur « éclat d'améthyste ».

Serena elle-même tranchait en décrétant qu'elle avait les yeux bleus, point final. Que les hommes soient attirés par sa beauté, elle en avait fait le constat avec un détachement presque clinique. Ces engouements choquaient la scientifique en elle. Qu'on puisse tomber fou amoureux d'une personne sous prétexte que ses iris étaient de telle ou telle couleur lui paraissait stupide, voire infantile. Son teint, ses cheveux, la forme de son visage, elle ne les devait qu'aux caprices de l'hérédité, après tout. Elle n'avait strictement rien fait pour les mériter. Alors comment aurait-elle pu se sentir *personnellement* concernée lorsqu'un homme lui écrivait des lettres passionnées en s'extasiant sur les nuances de sa chevelure ? Dans la bibliothèque de son père, on trouvait une très jolie miniature représentant l'arrière-arrière-grand-mère de Daniel — une autre Serena MacGregor. Si quelqu'un avait pris la peine de lui poser la question, Serena se serait fait un plaisir d'expliquer comment les caractères génétiques de son aïeule — y compris d'ailleurs son tempérament emporté — lui étaient échus en partage.

Mais les hommes qu'elle rencontrait s'intéressaient rarement à ses explications scientifiques. Et comme ils la laissaient indifférente, de toute façon, ses « histoires d'amour » tournaient généralement court avant même de commencer !

La foule qui se pressait sur la passerelle à ses pieds commençait à devenir clairsemée. Dans quelques minutes, l'orchestre entamerait ses premières mesures pour donner l'ambiance du départ. Non sans une pointe de mélancolie, Serena vit les derniers retardataires se hâter sur le quai. C'était la dernière croisière de la saison. Lorsque, dans dix jours, ils accosteraient de nouveau à Miami, le grand paquebot serait hissé hors des eaux bleues pour passer deux mois en cale sèche. Et quand le navire blanc reprendrait la mer, elle ne figurerait plus parmi les membres de l'équipage.

Serena soupira. La vie itinérante lui manquerait mais il était temps désormais de passer à autre chose. Lorsqu'elle avait pris cet emploi à bord du *Celebration,* la liberté avait été son but premier. Liberté par rapport à des études qui n'en finissaient pas ; liberté vis-à-vis des attentes de sa famille ; liberté par rapport à son milieu social et à son nom. Ce qu'elle avait accompli en un an n'avait rien de négligeable. Non seulement, elle avait satisfait son besoin d'action, mais elle avait prouvé qu'elle était capable de fonctionner de façon autonome. Elle pouvait désormais se prendre en charge, même sans le soutien de sa riche famille.

Et cela sans passer par le détour classique qu'avaient visé tant de ses ex-camarades étudiantes : le « bon mariage ».

Serena s'étira, les bras levés haut vers le ciel, et songea que son avenir se présentait désormais sous la forme d'un immense point d'interrogation. Car si elle avait trouvé la liberté et l'indépendance, il lui manquait malgré tout l'essentiel : un but. Elle savait déjà qu'elle ne souhaitait pas faire carrière dans le droit ou la politique comme ses frères. L'enseignement et la recherche ne lui correspondaient pas non plus. Elle avait besoin de risque, d'excitation, d'aventure. Pendant des années, apprendre l'avait passionnée, mais elle ne voulait plus chercher sa raison de vivre dans une salle de cours ou un amphithéâtre.

Pour l'instant, elle avait surtout réussi à déterminer ce qu'elle ne voulait *pas* faire dans la vie, mais c'était déjà un début. Et une chose était certaine : elle ne trouverait pas la réponse à ses questions en continuant à voguer indéfiniment en rond entre la Floride et les îles Bahamas.

« Il est temps de reprendre pied sur le plancher des vaches, Rena ! » se dit-elle en souriant toute seule. Et pourquoi s'inquiéter de l'avenir ? Le monde était vaste, elle avait la vie devant elle. Ne pas savoir ce qui l'attendait au prochain tournant ajoutait un piment supplémentaire à l'aventure. Et tôt ou tard, de toute façon, elle trouverait sa voie.

Comme pour chaque départ en croisière depuis un an, le premier coup de sirène lui servit de signal. Il était temps de descendre se changer dans sa cabine.

Une demi-heure plus tard, Serena arrivait bonne première dans le casino du navire, vêtue du smoking à la coupe légèrement féminisée qui lui tenait lieu d'uniforme. Ses cheveux, ramenés dans la nuque, étaient soigneusement maintenus en place par des épingles. Bientôt, elle aurait les mains trop occupées pour pouvoir se soucier de sa coiffure. Les grands lustres avaient été allumés, illuminant les rouges et les ors du tapis de style Arts déco. De grandes fenêtres rondes ouvraient sur un pont promenade couvert et laissaient entrevoir, juste au-delà, une étendue de mer bleu-vert. Le long des cloisons s'alignaient les machines à sous, comme une armée de soldats silencieux prête à se mettre en marche. Tout en s'efforçant vainement de rectifier son nœud papillon, Serena alla se présenter au directeur des jeux qui supervisait le personnel du casino.

Dale Zimmerman était un homme de haute taille, bâti comme un boxeur poids léger, avec un visage lisse, et un hâle qu'il entretenait avec soin. D'irrésistibles petites rides soulignaient son regard bleu clair et ses cheveux délavés par le soleil et le vent tombaient sur ses yeux, ajoutant encore à son charme de grand blond athlétique. Il avait la réputation d'être un amant merveilleux et ne manquait jamais une occasion d'alimenter cette rumeur.

Après lui avoir fait subir un rapide examen de la tête aux pieds, Dale s'employa en souriant à rectifier son nœud papillon.

— Je me demande si tu arriveras un jour à nouer ce machin correctement, ma pauvre Rena.

— J'aime bien te donner quelque chose à faire. Ça te procure un sentiment d'utilité, avoue-le.

Dale secoua la tête.

— A propos de chose à faire, si tu tiens réellement à nous quitter après cette croisière, je te signale que c'est ta dernière chance de connaître le septième ciel avec un éminent spécialiste de l'art érotique.

Serena haussa un sourcil amusé. Au début, Dale avait tout fait pour la séduire. Mais ses tentatives, jamais couronnées de succès, avaient fini par se muer en jeu. Et ils étaient devenus les meilleurs amis du monde.

— Le pire, c'est que ça va me manquer de ne plus avoir le plaisir de t'envoyer bouler au moins une fois par jour, remarqua-t-elle avec un léger soupir. Alors, comment ça s'est passé l'autre soir, au fait ? La jolie petite rousse du Dakota du Sud est rentrée satisfaire de sa croisière ?

Dale plissa les yeux.

— On ne t'a jamais dit que tu étais un peu trop observatrice, toi ? Tu devrais te reconvertir comme détective privé puisque tu cherches une nouvelle vocation.

— Pourquoi pas ? Cela mérite réflexion. Quelle table m'as-tu attribuée ?

— Tu commences par la deux, ce soir.

Tirant une cigarette de son paquet, Dale regarda Serena s'éloigner. Elle avait une démarche élégante, assurée. La sensualité qui caractérisait son allure était d'autant plus troublante qu'elle n'avait rien de fabriqué. Dale soupira en rejetant sa fumée. Si on lui avait annoncé, une année plus tôt, qu'une fille aussi superbe pourrait lui tenir tête douze mois durant et devenir malgré tout une amie, il aurait ricané très fort. Et pourtant…

Serena allait lui manquer, songea-t-il. Et pas seulement sur le plan personnel. Elle était de loin la meilleure croupière qui ait jamais travaillé sous ses ordres.

Huit tables de black-jack étaient disséminées dans le casino. Serena et ses sept collègues passeraient l'après-midi et la soirée à tourner de table en table, selon une rotation programmée à l'avance. A part pour une brève pause à l'heure du dîner, ils travailleraient sans relâche jusqu'à 2, voire 3 heures du matin.

Les autres croupiers, tous en smoking, eux aussi, s'étaient présentés à Dale un à un avant de prendre leurs postes respectifs. A la table voisine se trouvait un jeune Italien qui venait d'être promu croupier pour cette croisière. Serena se souvint d'avoir promis à Dale de garder un œil sur lui.

— Tu vas t'amuser aujourd'hui, Antonio, déclara-t-elle en jetant un coup d'œil à la foule qui se regroupait déjà devant les portes encore closes. La journée promet d'être longue.

« Sans jamais une minute pour s'asseoir », précisa-t-elle en silence en voyant Dale donner le signal marquant l'ouverture du casino.

Aussitôt, les passagers entrèrent à flots. Il en allait toujours ainsi le premier jour d'une croisière. Les amateurs de jeu se précipitaient en masse pour investir les lieux. A l'heure du dîner, le casino se viderait de la plupart de ses occupants. Mais le soir, de nouveau, ils feraient le plein.

Serena sourit du contraste que les croupiers en grande tenue offraient avec la clientèle. L'après-midi, les passagers prenaient rarement la peine de se changer et ils jouaient volontiers pieds nus, en jean ou en short. Au bout de quelques minutes à peine, le cliquetis des machines à sous s'installa en fond sonore.

C'était un public toujours très composite qui fréquentait le casino du bord. Serena avait appris à distinguer les simples spectateurs des « joueurs pour le plaisir » et les « joueurs pour le plaisir » des « joueurs invétérés ». Dans chaque lot de passagers, on retrouvait ces trois catégories en proportions plus ou moins variables. Les « spectateurs » ne connaissaient rien à l'univers du jeu de hasard. Ils commençaient prudemment par faire le tour des lieux, attirés par l'ambiance, les couleurs, les rires. Au bout d'un temps d'observation, ils se risquaient à faire de la monnaie pour essayer les machines à sous. Les « simples joueurs », eux, venaient pour s'amuser. Ils aimaient miser, voir tourner la roulette, s'entendre annoncer le point aux cartes. Mais seul comptait pour eux le plaisir du jeu. Gagner ou perdre leur importait, dans le fond, assez peu.

En règle générale, les « spectateurs » étaient prompts à s'intégrer. Très vite, ils se mettaient à pousser des cris surexcités lorsque l'argent tombait et à gémir à chaque revers de fortune.

Les « joueurs invétérés », eux, ne quittaient pour ainsi dire jamais les lieux. Leur croisière, ils la passeraient au casino, peaufinant inlassablement leur art, calculant leurs stratégies jusqu'à l'obsession. Serena n'avait pas encore réussi à définir leur profil type. La passion des jeux d'argent pouvait être présente aussi bien chez la gentille grand-mère à chignon venue du fin fond de l'Ohio que chez un cadre supérieur de Madison Avenue.

Serena sourit aux cinq personnes qui avaient choisi de s'installer à sa table.

— Madame, Messieurs... Bienvenue à bord.

D'un geste vif, elle ramassa les jeux de cartes qu'elle avait présentés sur le tapis. Elle les mélangea longuement, puis fit couper le paquet par la personne assise à sa droite. La table était désormais ouverte. Posant alors les cartes dans le sabot, elle invita les joueurs à placer leurs mises devant leur case respective. Moins d'une heure s'était écoulée lorsque l'odeur du jeu commença à envahir l'atmosphère. C'était une senteur indéfinissable mais tout à fait caractéristique qui couvrait les relents de tabac et les discrètes émanations de sueur. Serena se demandait parfois si ce n'était pas cette odeur vaguement ensorcelante qui exerçait une telle fascination sur le public, plus encore que le tapis vert, les dorures, et la musique métallique des pièces tombant dans les machines à sous.

Serena, elle, se gardait bien de toucher à ces tentants appareils pendant ses heures de liberté. Sans doute parce qu'elle avait reconnu « la joueuse invétérée » cachée en elle. Il y avait longtemps qu'elle s'appliquait une discipline stricte : ne prendre de risques que si elle avait un maximum de chances de son côté.

Pendant son premier service de l'après-midi, Serena changea de table de black-jack toutes les demi-heures. Puis la rotation reprit du début après la pause pour le dîner. La tombée de la nuit marqua un nouveau moment d'affluence. Toutes les tables étaient occupées, les machines à sous claquaient et la roulette tournait sans discontinuer. Peu à peu, on voyait apparaître les robes du soir et les costumes, comme si les jeux du soir nécessitaient plus d'élégance et de glamour.

Comme les gens et le jeu offraient une infinité de visages, Serena ne connaissait jamais un seul moment d'ennui. Elle avait choisi cet emploi pour découvrir de nouveaux horizons, se nourrir de diversité, rencontrer des personnes de tous âges, de tous bords, de toutes cultures. Dans cette optique particulière, le casino du *Celebration* formait un laboratoire d'observation idéal. A l'accent, elle avait reconnu qu'un Texan, deux New-Yorkais, un Coréen et un Géorgien se trouvaient à sa table.

Identifier les origines, l'appartenance sociale était devenu un jeu pour elle au même titre que les cartes.

Et elle ne s'en lassait jamais.

Serena reprit sa distribution dans le sens des aiguilles d'une montre. En tant que donneuse, elle s'attribua deux cartes : une visible et l'autre cachée. Jetant un coup d'œil à la seconde, elle calcula qu'elle totalisait dix-huit points. Parfait. Elle refit le tour. Certains joueurs tirèrent une carte supplémentaire, d'autres choisirent de s'abstenir. Le premier New-Yorkais poussa un grognement écœuré lorsqu'elle annonça le point. D'un signe de tête, il indiqua qu'il restait sur ses positions. Le Coréen dépassa vingt et un et fit « sauter » sa case. Vexé, il se leva de table et s'éloigna en grommelant. La New-Yorkaise, une femme blonde et mince vêtue d'une élégante robe noire, s'en tirait honorablement avec un neuf et une reine.

Le Texan, lui, prit son temps. Il avala une gorgée de bourbon et fit signe à Serena de lui distribuer une carte supplémentaire.

Elle vit apparaître le billet de cent dollars au centre du cercle avant même d'avoir repéré que la case abandonnée par le Coréen était commandée par un nouveau joueur. Levant les yeux, elle ne distingua rien, tout d'abord, qu'un étonnant regard vert. Froid, direct, insondable. Prisonnière d'une fascination aussi étrange qu'immédiate, elle ne voyait de l'homme en face d'elle que ses yeux d'une nuance très particulière, avec un cercle couleur ambre entourant l'iris. Serena sentit un frisson glisser entre ses épaules pour descendre en zigzag jusqu'au creux de ses reins. Clignant des paupières, elle interrompit ce troublant échange visuel et entreprit d'examiner l'individu dans son ensemble.

Même s'il avait un visage long et fin d'aristocrate, l'homme au regard vert n'était pas de ceux qui avaient vécu une enfance confortable et protégée. S'il jouissait d'une incontestable aisance financière, sa fortune ne lui était pas tombée dessus sous forme d'héritage. Il en était lui-même l'artisan.

Un nouveau frisson la parcourut.

A cause de la sévérité des sourcils noirs, peut-être ? Ou des lèvres dures, orgueilleuses sur lesquelles on avait de la peine à imaginer un sourire ? Ou avait-elle tout simplement été alertée par un signal interne, une imperceptible mise en garde ? Cet homme silencieux au regard perçant appartenait incontestablement à cette catégorie d'individus qui ne respectaient d'autres lois que celles qu'ils s'étaient eux-mêmes fixées.

C'était quelqu'un qui prenait des risques — et sûrement pas des moindres. Mais s'il jouait gros, il savait assurer ses arrières. Et ses gains dans la vie étaient plus élevés encore que ses mises. Ses cheveux d'un noir de jais, brillants et lisses, tombaient jusque sur le col de sa chemise blanche. La peau tendue sur un visage légèrement anguleux était aussi hâlée que celle de Dale. Mais ce n'était pas un bronzage travaillé comme celui du directeur des jeux. Cet homme-là affrontait les éléments. Sans se soucier des modes et sans chercher à plaire.

Il ne se tenait pas voûté comme le Texan, ni vautré comme le Géorgien, ni affaissé comme tant d'autres. Droit sans être raide, il avait quelque chose de félin dans son attitude, comme un chat prêt à bondir.

Il fallut qu'il hausse un sourcil légèrement ironique pour que Serena se rende compte qu'elle le contemplait fixement.

— Changer cent dollars, annonça-t-elle, furieuse contre elle-même, en plaçant le billet dans le sabot.

Elle compta les jetons, attendit que les mises soient placées, puis distribua les cartes. L'homme de New York jeta un coup d'œil au dix de Serena et resta sur son quatorze. Le nouveau joueur indiqua d'un simple geste de la main qu'il ne souhaitait pas de nouvelle carte. Le New-Yorkais et le Géorgien, eux, demandèrent à tirer. L'homme au visage inquiétant alluma un fin cigare et continua à jouer en silence. Avant même que la première partie soit terminée, Serena avait repéré en lui un pro.

Il s'appellait Justin Blade. Et ses ancêtres avaient foulé une terre libre sur des chevaux rapides, en chassant le gibier avec leurs arcs et leurs flèches. Du sang aristocratique coulait bel et bien dans ses veines, mais il comptait aussi parmi ses ascendants de simples immigrants français ainsi que des mineurs du pays de Galles.

Mais de cœur et de tradition, il était comanche et uniquement comanche.

Il n'avait pas connu l'humiliation des réserves. Et même s'il avait dû affronter une phase de pauvreté lorsqu'il était jeune, il y avait des années désormais qu'il vivait dans l'opulence.

A l'âge de quinze ans à peine, il avait empoché ses premiers gains, dans l'arrière-salle d'un tripot enfumé. Au cours des deux décennies qui s'étaient écoulées depuis, il avait su peu à peu tenter sa chance dans des lieux plus élégants, défier le hasard sous des lustres de verre de Venise, apprivoiser le destin dans les décors les plus raffinés.

Il était joueur, oui. Immodérément et depuis toujours. Et il en avait fait son métier.

Justin était entré dans le casino pour se distraire, avec pour seul projet de passer quelques heures à se détendre en ne mettant que des sommes insignifiantes en jeu. De l'argent qu'il pouvait se permettre de perdre. Son regard avait glissé par automatisme sur les femmes présentes. Mais il ne s'était arrêté sur aucune. Jusqu'au moment où il avait vu la fille aux cheveux d'or habillée en homme. Nul diamant n'étincelait à son doigt et aucune pierre précieuse ne pendait à ses oreilles. Mais il avait repéré le cou long, mince et élégant, dont la beauté était mise en valeur par la sévérité de la coiffure et le plissé de la chemise blanche. Elle avait l'allure, le maintien, le geste sûr des jeunes filles de la haute société élevées dans les règles de l'art. Mais ce qui avait retenu essentiellement l'attention de Justin, c'était sa sensualité. Sans qu'elle ait à prononcer un mot ni à esquisser un seul geste, il émanait d'elle quelque chose de brûlant, d'intensément sexuel qui était contenu et non pas exhibé.

Autrement dit, la blonde croupière rassemblait trop de qualités rares pour qu'il puisse l'ignorer.

Justin observa ses mains alors qu'elle distribuait les cartes. Elles étaient agiles et d'une finesse exquise, avec des doigts longs et élégants. Sous la peau très blanche, on devinait le bleu délicat des veines. C'étaient des mains qu'on ne pouvait s'empêcher d'imaginer glissant sur la peau, s'insinuant sous les vêtements, s'animant sous l'ardeur des caresses.

Quant à son visage…

Conscient que le joueur recommençait à l'examiner, Serena le mit en garde d'un léger froncement de sourcils. Sans baisser ni détourner les yeux. Pourquoi cet individu ténébreux éveillait-il en elle ce mélange déconcertant de curiosité et d'inquiétude ?

Depuis qu'il s'était assis à sa table, le nouveau venu n'avait pas prononcé un mot. Il gagnait, comme seuls des professionnels peuvent le faire, sans laisser transparaître l'ombre d'une émotion. C'était à peine s'il semblait prêter attention aux cartes posées devant lui. Il se contentait de l'observer, elle, avec une expression calme, attentive, concentrée.

— Quinze, indiqua-t-elle froidement en désignant les cartes devant lui.

D'un signe de tête, il demanda à tirer et reçut un six sans qu'un muscle de son visage bouge.

— Bon sang, fiston, pour avoir de la veine, vous avez de la veine, vous, au moins, commenta le Texan d'un ton jovial.

Il fit la grimace en désignant sa maigre pile de jetons.

— Ce n'est pas comme certains…

Rassemblant les jetons, elle fit glisser deux bons d'une valeur de vingt-cinq dollars en direction de Justin. Lorsqu'il les prit, il posa le bout des doigts sur les siens. Le contact était léger et aurait pu être insignifiant. Mais la sensation se propagea en elle avec une telle puissance qu'elle darda sur lui un regard choqué, comme s'il avait eu un geste indécent. Comme il ne retirait pas sa main, Serena prit sur elle pour se dégager en maintenant un calme imperturbable de surface. Mais elle tremblait intérieurement.

— Changement de donneur, annonça-t-elle en constatant avec soulagement que l'heure était venue de passer à une autre table. Bonne fin de soirée à tous.

Tout en se dirigeant vers son nouveau poste, Serena se jura de ne pas jeter un regard en arrière. Bien évidemment, elle se retourna quand même. Et ne fut pas surprise de trouver les étranges yeux verts du joueur rivés sur elle.

Furieuse, elle le défia d'un signe orgueilleux de la tête. Et pour la première fois, depuis le début de la soirée, elle vit la bouche sévère frémir. Pendant une fraction de seconde même, une ébauche de sourire adoucit les traits de l'inconnu. Il eut un imperceptible mouvement du menton à son tour, comme pour indiquer qu'il relevait son défi.

Serena lui tourna délibérément le dos, sourit à son nouveau public et mélangea les cartes.

La lune était encore haute dans le ciel et poudrait la mer d'argent. Accoudée au bastingage, Serena se gorgeait d'air pur tout en regardant danser l'écume lumineuse.

Il était 2 heures du matin passées et personne ne s'attardait plus sur les ponts extérieurs. C'était le moment de la nuit qu'elle préférait, lorsque les passagers étaient déjà couchés et que l'équipage dormait encore. Seule avec les éléments, elle retrouvait le plaisir d'être en mer. Le visage offert au vent, elle goûtait la sauvage beauté de la nuit et se recentrait sur elle-même après avoir été immergée dans la foule toute la soirée.

Juste avant le lever du jour, ils atteindraient Nassau pour une première escale. Et le casino resterait fermé tant qu'ils seraient à quai. Ce qui lui laisserait une journée entière de liberté. Et le temps de savourer sans arrière-pensée ce moment de détente avant le coucher.

Très vite, les pensées de Serena dérivèrent sur le joueur. Avec son physique et son allure, il devait attirer les femmes par wagons. Et pourtant, on devinait en lui un solitaire. Elle était prête à parier, d'ailleurs, qu'il s'était embarqué seul pour cette croisière.

La fascination qu'il exerçait sur elle allait de pair avec un indiscutable sentiment de danger. Mais quoi d'étonnant puisqu'elle avait toujours eu le goût du risque dans la peau ? Les risques pouvaient être évalués, cela dit. Il y avait toujours moyen d'établir des statistiques, d'aligner des probabilités. Mais quelque chose lui disait que cet homme balayerait d'un geste de la main toutes ces considérations platement mathématiques.

— Savez-vous que la nuit est votre élément, Serena ?

Les doigts de Serena se crispèrent sur le bastingage. Même si elle n'avait jamais entendu le son de sa voix, elle *savait* que c'était lui. Et qu'il se tenait à quelque distance derrière elle. D'autant plus inquiétant que son ombre devait à peine se détacher sur le tissu obscur de la nuit.

Elle dut faire un effort considérable sur elle-même pour ne pas pousser un cri. Le cœur battant, elle se força à se retourner lentement puis à faire face. Laissant à sa voix le temps de se raffermir, elle attendit qu'il soit venu s'accouder à côté d'elle pour s'adresser à lui avec une désinvolture calculée.

— Alors ? Vous avez continué à avoir la main heureuse, ce soir ?

— A l'évidence, oui, fit-il en la regardant fixement. Puisque je vous retrouve.

Elle tenta — sans succès — de deviner d'où il était originaire. De sa voix profonde, policée avait été comme gommé tout accent particulier.

— Vous êtes très bon, observa-t-elle, sans relever sa dernière remarque. Nous n'avons que très rarement affaire à des professionnels, au casino.

Elle crut voir une étincelle d'humour danser dans ses yeux verts tandis qu'il sortait un de ses fins cigares de la poche de son veston. L'odeur riche, onctueuse de la fumée chatouilla les narines de Serena avant de se dissiper dans l'immensité de la nuit.

Décontenancée par son silence, elle demanda poliment.

— Vous êtes content de votre croisière, jusqu'à présent ?

— Plus que je ne l'avais prévu, oui... Et vous ?

Elle sourit.

— C'est mon métier.

Il se retourna pour s'adosser au bastingage et laissa reposer sa main juste à côté de la sienne.

— Ce n'est pas une réponse, Serena.

Qu'il connaisse son prénom n'avait rien de surprenant. Elle le portait bien en évidence sur le revers de sa veste de smoking. Mais de là à ce qu'il s'autorise à en faire usage...

— Oui, j'aime mon travail, *monsieur*... ?

— Blade... Justin Blade, répondit-il en traçant d'un doigt léger le contour de sa mâchoire. Surtout, n'oubliez pas mon nom, voulez-vous ?

N'eût été son orgueil, Serena se serait rejetée en arrière, tant elle réagit violemment à son contact.

— Rassurez-vous. J'ai une excellente mémoire.

Pour la seconde fois, ce soir-là, il la gratifia d'une ébauche de sourire.

— C'est une qualité essentielle pour un croupier. Vous excellez dans votre métier, d'ailleurs. Il y a longtemps que vous êtes dans la profession ?

— Un an.

Bien qu'il ait retiré sa main de sa joue, la sensation de brûlure persistait, comme si son sang s'était mis à bouillir sous la seule pression de ses doigts.

Manifestement surpris, il écrasa le mégot de son cigare sous son talon.

— Compte tenu de votre maîtrise du jeu et de la façon dont vous manipulez les cartes, j'aurais pensé que vous aviez plus d'expérience que cela.

Justin saisit la main qui reposait sur le bastingage et en examina avec soin le dos comme la paume. Il s'étonna de la trouver si ferme en dépit de sa délicatesse.

— Que faisiez-vous dans la vie avant d'être croupière ?

Même si la raison voulait qu'elle lui retire sa main, Serena la lui laissa. Par plaisir autant que par défi.

— J'étudiais, répondit-elle.

— Quoi ?

— Tout ce qui m'intéresse... Et vous ? Que faites-vous ?

— Tout ce qui m'intéresse.

Le son rauque, sensuel du rire de Serena courut sur la peau de Justin comme si elle l'avait touché physiquement.

— J'ai l'impression que votre réponse est à prendre au pied de la lettre, monsieur Blade.

— Bien sûr qu'elle est à prendre au pied de la lettre... Mais oubliez le « monsieur », voulez-vous ?

Le regard de Justin glissa sur le pont désert, s'attarda sur les eaux sereines.

— On ne peut que se dispenser de formalités dans un contexte comme celui-ci.

Le bon sens commandait à Serena de battre en retraite à la vitesse grand V ; sa nature passionnée, elle, la poussait à affronter le danger sans reculer, ne serait-ce que d'un pas.

— Le personnel de ce navire est soumis à un certain nombre de règles concernant ses rapports avec les passagers, monsieur Blade, rétorqua-t-elle froidement. Vous voulez bien me rendre ma main, s'il vous plaît ?

Il sourit alors et la lumière de la lune dansa dans ses yeux verts. Plus que jamais, il lui faisait penser à un grand chat sauvage. Au lieu de lui rendre sa main prisonnière, il la porta à son visage et posa les lèvres au creux de sa paume. Serena sentit ce baiser léger vibrer en elle, comme si la série des ondes de choc devait ne plus jamais cesser.

— Votre main me fascine, Serena. Je crois que je ne suis pas encore tout à fait prêt à vous la restituer. Et dans la vie, j'ai toujours eu la méchante habitude de prendre ce que je convoite, murmura-t-il en lui caressant les doigts un à un.

Dans le grand silence de la nuit tropicale, Serena n'entendit plus, soudain, que le son précipité de sa propre respiration. Les traits de Justin Blade étaient à peine visibles ; il n'était rien de plus qu'une ombre dans la nuit, une voix qui chuchotait à ses oreilles, une paire d'yeux aux qualités dangereusement hypnotiques.

Et quels yeux…

Sentant son corps indocile répondre de son propre mouvement à leur injonction muette, elle tenta de briser le sortilège par un sursaut de colère :

— Désolée pour vous, mais il faudra vous trouver un autre objet de convoitise, monsieur Blade. Il est tard et je descends me coucher.

Non seulement Justin garda sa main prisonnière, mais il poussa l'audace jusqu'à retirer les épingles dans sa nuque. Lorsque ses cheveux libérés tombèrent sur ses épaules, il sourit avec un air de discret triomphe, et jeta les épingles à la mer.

Poussée par la brise, la chevelure de Serena se déploya au-dessus des eaux noires. Sous la pâle lumière de la lune, sa peau avait la pureté du marbre. Fasciné, Justin se remplit les yeux de sa beauté fragile, presque irréelle. Une chose était certaine : il ne la laisserait pas repartir. Il y mettrait le temps et la patience qu'il faudrait. Mais il trouverait le moyen de la séduire avant la fin de cette croisière. Et le plus tôt serait le mieux.

— Il est tard, oui, mais la nuit est votre élément, Serena. Ça a été ma première certitude vous concernant.

— Ma première certitude *vous* concernant, c'est que vous étiez parfaitement infréquentable. Et j'ai toujours été très intuitive.

Il rit doucement.

— Apparemment, nous avons vu juste l'un et l'autre, non ? C'est une confession difficile pour le joueur invétéré que je suis, mais savez-vous que j'ai failli me laisser distraire du black-jack tellement j'étais intrigué par la texture de votre peau ? J'ai pris un plaisir inouï à en imaginer le goût, le toucher, l'odeur.

Serena se figea dans une immobilité totale. Seuls bougeaient encore ses cheveux qui dansaient au vent. Se ressaisissant tant bien que mal, elle le remit à sa place avec toute la hauteur dont elle se savait capable :

— Par chance, vos années de pratique vous ont permis de continuer à gagner en dépit de votre état de distraction, monsieur Blade. Car vous perdez votre temps si vous pensez

« goûter » quoi que ce soit de ma personne, rétorqua-t-elle en formant un poing de sa main libre.

Passager ou non, ce Justin Blade allait tâter d'un coup bien placé au niveau des côtes flottantes. Avec deux grands frères comme les siens, elle avait appris toutes les tactiques nécessaires pour se défendre contre les individus de son espèce.

— Il est rare que quelqu'un ou quelque chose parvienne à détourner mon attention lorsque je joue... Ce sont peut-être vos yeux de sorcière qui m'ont jeté un sort. J'ai un côté superstitieux, le saviez-vous ?

— Arrogant, oui. Superstitieux, non, répliqua-t-elle d'une voix étonnamment ferme, tout en se préparant à frapper à la première occasion. Vous croyez pouvoir tout maîtriser, même la chance.

Elle vit un sourire pétiller dans ses yeux verts. Son visage était proche du sien à le toucher.

— Vous y croyez à la chance, vous, Serena ?

— Depuis toujours.

« Et aux vertus d'un bon direct du droit également », ajouta-t-elle à part soi. Les doigts de Justin caressèrent sa nuque, sous la masse de ses cheveux défaits. Et sa bouche amorça sa lente descente en direction de la sienne. La chaleur de son souffle glissant sur son visage eut un effet déroutant. Elle se surprit à entrouvrir les lèvres en une réaction d'accueil instinctive.

Du pouce, il traçait de petits cercles au creux de sa main prisonnière. Envahie par une dangereuse sensation de faiblesse, Serena comprit que si elle ne réagissait pas tout de suite, elle était perdue. Tout en s'appliquant à rester impassible, elle se concentra et visa le ventre.

Mais juste au moment où elle allait atteindre son but, une main de fer encercla son poignet. Vexée, elle tenta de se débattre, mais il se contenta de secouer la tête.

— Pas mal… Pas mal du tout, même. Malheureusement pour vous, vos yeux vous trahissent. C'est un petit point faible. Mais il y a moyen de vous améliorer, cela dit. Je pourrais vous donner quelques leçons.

— Gardez vos bons conseils pour vous, O.K. ? Si vous ne me lâchez pas *immédiatement*, je vais…

Sa menace se perdit dans un murmure lorsque les lèvres de Justin vinrent éprouver les siennes. Avec une science, une douceur confondantes. Plus qu'un baiser ce fut une manœuvre de séduction. Déloyale entre toutes. Car il ne forçait pas, n'exigeait rien, proposait seulement. Les jambes coupées, Serena s'humecta les lèvres, comme si elle pressentait un monde de plaisirs inouïs, soudain à portée de main.

— Oui ? Vous allez quoi ? demanda-t-il d'une voix caressante tandis que sa bouche venait de nouveau provoquer la sienne.

Le sang de Justin lui montait à la tête avec une violence inattendue. Il était en proie à deux tentations contradictoires et également pressantes : d'un côté, il voulait la serrer à la broyer contre lui, la dévorer de baisers, rouler avec elle, bras et jambes mêlés, à même le pont. De l'autre, il rêvait de prendre son temps, de prolonger chaque étape de la découverte à l'infini, de conférer à l'instant une grandeur presque solennelle. Les lèvres de Serena étaient humides, dociles et sentaient l'été et les embruns. Comme elle restait silencieuse et immobile, ses immenses yeux violets rivés sur lui, il traça le pourtour de sa bouche de la pointe de la langue, s'imprégnant de la forme, de la texture, de la sensation.

Puis il attendit.

Serena sentait le plaisir couler en elle, tiède et doré comme du miel chauffé au grand soleil. Ses paupières s'appesantissaient. Renonçant à lutter pour les garder soulevées, elle ferma les yeux, se détendit tout entière. Elle se sentait merveilleusement souple, malléable ; à la fois très fragile et vibrante d'une extraordinaire puissance de vie. Pour la première fois en vingt-six ans, le vide se fit dans son esprit. Elle n'était plus qu'une page blanche offerte à l'inscription, sur laquelle cet homme inconnu tracerait les caractères de son choix.

Lorsqu'elle sentit les dents de Justin mordiller avec une infinie douceur sa lèvre inférieure, son esprit se remplit de nouveau. Mais seulement d'un magma mouvant de sensations, de formes, de couleurs. Jamais son intelligence en perpétuel éveil n'avait été à ce point démissionnaire.

Serena n'observait plus ; elle était. Vivante, animale, frémissante.

Alors seulement, le corps de Justin entra en contact avec le sien. Elle sentit le mouvement de ses muscles, sa minceur. Et surtout cette puissance rentrée en lui qui rappelait les grands fauves. Il n'y avait aucune dureté dans sa bouche, en revanche. Ses lèvres étaient souples, sensibles, caressantes. D'une douceur étonnante même, comme la caresse d'une soie fine sur la nudité de la peau. Serena respirait doucement, inventoriant le bouquet composite de ses sensations olfactives : une légère odeur de cigare ; quelque chose de subtilement boisé qui devait provenir d'une lotion après-rasage ; et les émanations de sa peau, indéfinissables et troublantes.

Il murmura son nom, comme jamais encore personne ne l'avait prononcé.

Le navire donna de la bande, mais Justin ajusta sa position tout en l'amenant plus étroitement contre lui. Toute velléité de résistance oubliée, Serena noua les bras autour de son cou et laissa partir la tête en arrière dans un mouvement instinctif d'invite.

Justin glissa les doigts dans ses cheveux et lutta contre la tentation de plonger sauvagement au cœur de cette bouche offerte.

— Ouvre les yeux, ordonna-t-il.

Les paupières alourdies se soulevèrent docilement, révélant des pupilles immenses.

— Regarde-moi quand je t'embrasse, Serena.

Elle regarda. Et la bouche de Justin s'empara de la sienne. Sans douceur aucune, cette fois. C'était une bouche conquérante, à présent, une bouche ravageuse, une bouche qui semblait vouloir tirer d'elle jusqu'à ses secrets les plus intimes. Incapable de lutter, elle gémit, sentit ses paupières retomber de nouveau, tandis que sa langue bataillait avec la sienne, accueillait et envahissait tour à tour.

Comme s'ils se livraient un duel à mort qui était aussi combat pour la vie.

Le désir que Justin éveillait en elle, jamais Serena ne l'avait ressenti. A un homme tel que lui, on ne pouvait se donner qu'entièrement ou pas du tout. Or que savait-elle de lui ? *Rien. Strictement rien.* D'un regard, il aurait la faculté de la réduire à sa merci, de faire d'elle l'esclave de ses sens à jamais. Mais accepterait-il pour autant de livrer quoi que ce soit de lui-même en retour ?

Soudain envahie d'une peur panique, Serena se débattit pour échapper au cercle de ses bras. Mais il la maintint, la subjugua de nouveau, la faisant ployer sous sa volonté jusqu'au moment où il décida lui-même de la libérer de son étreinte.

Lorsqu'elle put respirer enfin, Serena s'accorda quelques secondes pour reprendre son souffle. Justin la regardait, immobile, avec cette saisissante faculté qu'il avait de se taire et d'observer, sans qu'un muscle de son visage bouge. Jamais regard ne lui avait paru plus insondable, plus réfractaire à toute lecture.

Cherchant un antidote à la peur, Serena se réfugia dans la colère.

— Si vous aviez lu attentivement le dépliant qui vous a été remis, vous sauriez que la libre consommation du personnel n'est pas incluse dans le prix de la croisière.

— Certains plaisirs n'ont *pas* de prix, Serena.

L'intensité de sa voix suscita en elle un léger tremblement. C'était comme s'il avait déjà posé sa marque sur elle — une marque qu'il ne lui serait pas facile d'effacer.

Elle recula dans la pénombre du navire.

— Ne recommencez *jamais*, vous m'entendez ? Je ne tolérerai pas un second épisode comme celui-ci.

Toujours adossé au bastingage, Justin ne la quittait pas des yeux.

— On n'arrête pas un processus en marche, Serena. Les cartes ont été distribuées. Il ne nous reste plus qu'à jouer la main au mieux.

— Misez tant que vous voudrez, monsieur Blade. Mais moi je quitte la table.

Se détournant avec une brusquerie qui se voulait dissuasive, Serena dévala l'escalier qui menait au pont inférieur.

— Tu te trompes, Serena. Tu n'es pas de celles qui abandonnent la partie en cours de route, murmura-t-il lorsqu'elle fut hors de portée de voix.

Glissant les mains dans ses poches, Justin fit tinter ses pièces de monnaie et sourit dans la nuit noire.

2.

En short et en débardeur, Serena plongea sous sa couchette pour en extraire ses sandales. Si ses calculs étaient bons, les passagers désireux de visiter Nassau auraient déjà quitté le navire. Elle devrait normalement échapper aux mouvements de foule sur le quai et aux queues interminables à la station de taxis.

Pour sa dernière escale dans la capitale des Bahamas, Serena avait décidé de se comporter en parfaite touriste et d'écumer les boutiques afin de dénicher quelques souvenirs à rapporter à sa famille.

Maudissant la sandale qui s'était logée dans un coin inaccessible, elle se tortilla pour s'enfoncer plus avant sous la couchette.

— Et dire que ça fait presque un an que je survis dans ce placard ! N'importe qui à ma place aurait déjà appris à organiser son espace, maugréa-t-elle, sandale en main, en rampant en marche arrière.

Allongée de tout son long, elle pouvait toucher les deux extrémités de sa cabine aveugle. Elle disposait en tout et pour tout d'une petite commode surmontée d'un miroir fixée au sol et d'une penderie minuscule. Si elle avait eu la moindre tendance à la claustrophobie, elle aurait déjà été bonne pour l'hôpital psychiatrique !

Serena enfila ses sandales, jeta son porte-monnaie, une pièce d'identité et une paire de lunettes de soleil dans un fourre-tout et hésita sur la conduite à suivre. En temps normal, elle serait allée trouver ses collègues pour leur faire part de son projet et lancer un « qui m'aime me suive ! » à la ronde. Mais ce matin-là, elle se sentait d'humeur résolument morose.

Comme elle débordait de joie de vivre d'ordinaire, ses amis croupiers ne manqueraient pas de s'étonner de son attitude grincheuse. Si d'aventure ils parvenaient à lui extorquer une explication, elle serait amenée à parler de Justin Blade. Or c'était la dernière personne au monde qu'elle souhaitait évoquer. Même le simple fait de *penser* à lui la rendait folle.

Et Dieu sait qu'elle n'avait fait que ça depuis la veille...

Tristement consciente que sa silhouette impassible, son regard inquiétant et le pli de ses lèvres menaçaient de tourner à l'obsession, Serena quitta sa cabine en se retenant de claquer la porte derrière elle. Plus que neuf jours, se répéta-t-elle stoïquement, en dédaignant l'ascenseur pour emprunter l'escalier. Tenir un Justin Blade à distance pendant un peu plus d'une semaine ne devrait pas être à ce point insurmontable, nom de nom ! Elle avait toujours réussi à remettre les hommes à leur place, même les plus insistants.

Comme le voyageur de commerce de Detroit, par exemple. Celui-là l'avait suivie *pas à pas* pendant toute la durée d'une croisière, allant même jusqu'à la harceler à la porte de sa cabine. Elle avait fini par s'en débarrasser en lui confiant qu'elle était la maîtresse de l'ingénieur en chef, un Italien râblé, au regard féroce, avec des biceps durs comme une enclume.

Mais le sourire qui s'épanouissait déjà sur le visage de Serena s'évanouit à peine formé. Quelque chose lui disait que si elle voulait échapper à un homme comme Justin Blade, il lui faudrait recourir à des stratégies de défense autrement plus subtiles...

A mesure qu'on s'élevait dans les entrailles du bateau, la moquette râpée qui garnissait les coursives étroites cédait la place aux rouges et aux ors des luxueux tapis dont le motif de base se retrouvait dans tout le paquebot. Parvenue sur le pont, Serena échangea quelques brefs saluts avec ses collègues restés à bord. Deux hommes se tenaient de part et d'autre de la passerelle. L'un portait l'uniforme blanc de second, et le second, habillé en civil, était le directeur de la croisière, un Anglais toujours très courtois, doté d'une énergie inépuisable. Serena leva les yeux au ciel lorsqu'elle les trouva en plein débat. Rob et Jack ne pouvaient pas rester deux secondes ensemble sans se mettre à ergoter sur un sujet quelconque.

— Alors ? s'exclama-t-elle. Quel est votre point de désaccord, aujourd'hui ?

— Rob soutient que Mme Dewalter est une riche veuve, expliqua Jack, le directeur de la croisière. Et moi, je suis certain que cette femme est divorcée.

Rob, le second, se croisa les bras sur la poitrine.

— Là, je suis catégorique. Je veux bien être pendu si cette femme n'est pas veuve. Une belle veuve, encore jeune, avec un compte en banque bien alimenté.

— Mme Dewalter ? murmura Serena, sourcils froncés, en sondant sa mémoire.

— Grande, précisa Jack. Avec des cheveux auburn coupés court. Une coupe très structurée.

— Sculptée comme une reine, ajouta Rob avec un clin d'œil.

— Mmm… je vois, déclara Serena, se souvenant d'avoir vu déambuler la « reine » en question dans le casino. Vous avez regardé ses mains ? Remarqué si elle avait des bagues ?

— Tout à fait. Je suis certain qu'elle en porte au moins une, se hâta de confirmer Rob. Qui dit riche veuve dit belle bague, non ?

— Pense-tu ! Ça ne veut rien dire. Même les seconds qui n'ont pas grand-chose dans la tête ont des bijoux au doigt, rétorqua le Britannique en désignant la chevalière de l'Américain.

Serena soupira ostensiblement.

— Et si vous me disiez plutôt quel genre de bague elle arbore, votre Mme Dewalter ?

— Un caillou gros comme un œuf de poule, lança Rob en jetant un regard de triomphe à son adversaire. Ça prouve bien qu'il s'agit d'une riche veuve, non ?

Mais Serena secoua la tête.

— Divorcée, plutôt, trancha-t-elle. Désolée, Rob, mais ça me paraît être la réponse la plus probable. Les diamants gros comme des œufs de poule sont rarement portés pour leur valeur sentimentale.

Elle lui tapota la joue pour le consoler et fit claquer les talons, imitant le salut militaire.

— Ai-je la permission de quitter le navire, mon capitaine ?

Rob lui appliqua une bourrade affectueuse.

— Va. Disparais de ma vue.

Avec un léger rire, elle descendit à quai.

Saisie d'une sensation proche du vertige, comme chaque fois qu'elle retrouvait la terre ferme sous ses pieds, Serena s'immobilisa un instant pour contempler le joli port ensoleillé. La température était idéale ; l'air si doux qu'il en devenait caressant. Elle le huma avec délices et sourit à deux garçons d'une douzaine d'années qui traînaient sur le quai, les bras chargés de grands colliers de coquillages.

Amusée, Serena vit le duo fondre sur elle. La journée, tout compte fait, ne commençait pas si mal. D'ailleurs, comment avait-elle pu s'imaginer de mauvaise humeur, alors qu'il faisait un temps radieux, qu'elle était libre comme l'air et disposait d'une journée complète pour vagabonder dans un des plus jolis coins touristiques des Bahamas ?

— Trois dollars, jolie madame, proposa le garçon noir aux jambes longues et au sourire éclatant, en lui montrant un assortiment de sa marchandise.

Son acolyte avait une radio portable pressée contre l'oreille et semblait plus occupé à danser qu'à se livrer à l'art du commerce.

— Dis donc, jeune homme, c'est quoi ces tarifs de pirate ? riposta Serena avec bonne humeur. Un dollar. Et pas un cent de plus.

Visiblement ravi à la perspective d'un bon marchandage, le garçon prit un air chagrin.

— Mon père me battrait, madame, si je vendais le collier à perte. Sinon, je vous le donnerais pour un sourire.

— Mmm… Tu as l'air terriblement maltraité, en effet. Un dollar et vingt-cinq cents, alors.

— Deux cinquante. Tous les coquillages ont été ramassés à la main. Et je les ai enfilés à la lueur d'une bougie.

Serena secoua la tête en riant.

— Tu vas me dire aussi que tu as failli te faire dévorer par les requins en allant les chercher, c'est ça ?

— Il n'y a pas de requins aux Bahamas, belle madame. Deux dollars.

— Un dollar et demi pour récompenser ton imagination.

Pêchant son porte-monnaie au fond de son sac, elle en sortit la somme promise. En moins de temps qu'il n'en fallut pour le dire, les pièces disparurent dans la poche du garçon.

— Bon, d'accord, choisissez un collier. Mais seulement parce que vous êtes sympa, concéda-t-il avec le plus grand sérieux.

Serena sélectionna sa marchandise et se surprit à lui glisser une pièce supplémentaire dans la main.

— C'est bien parce que c'est toi, pirate, lança-t-elle en riant lorsqu'il lui sourit de toutes ses dents bien blanches.

Balançant son sac en toile sur une épaule, elle s'éloigna le long du quai. Elle aurait dû tomber des nues lorsque la silhouette solitaire de Justin Blade se profila à quelques mètres devant elle. Mais ne savait-elle pas depuis le matin qu'il se dresserait quelque part sur son chemin ce jour-là ? Vêtu d'un jean et d'un simple T-shirt beige qui donnait à sa peau une nuance presque cuivrée, il l'attendait de pied ferme. Malgré l'éclat féroce du soleil, il ne portait ni lunettes de soleil ni chapeau.

Serena hésita sur la politique à adopter. Passer sous son nez la tête haute ou fondre sur lui toutes griffes dehors en lui intimant de la laisser tranquille une fois pour toutes ? Mais Justin résolut le dilemme en s'avançant à sa rencontre. Il se déplaçait avec légèreté et souplesse, plus comme un chasseur habitué à fouler le sable ou l'herbe que comme un citadin coutumier du bitume, songea-t-elle sans raison particulière.

— Bonjour, Serena.

Il lui prit la main et la garda dans la sienne, comme s'ils étaient convenus d'un rendez-vous à cette heure et cet endroit précis.

— Bonjour, répondit-elle sèchement. Vous n'êtes pas parti en excursion ?

— Me joindre au troupeau docile ? Très peu pour moi, non… Vous venez ?

Justin se mit à marcher en direction du centre-ville. Et comme il ne lui avait toujours pas lâché la main, Serena n'eut d'autre choix que de lui emboîter le pas.

— Vous avez eu tort de ne pas vous joindre au groupe, dit-elle avec une amabilité exagérée alors qu'il continuait imperturbablement à la traîner derrière lui. Cela vous aurait permis de tirer le meilleur parti de ces quelques heures d'escale.

— Vous êtes déjà venue ici à plusieurs reprises. Vous me servirez de guide.

— Je ne vous servirai de rien du tout. Je suis de congé aujourd'hui. Et j'ai des courses à faire.

— Je vois que vous avez déjà commencé, observa-t-il en jetant un coup d'œil au collier qu'elle tenait toujours à la main.

Renonçant à tout essai de diplomatie, Serena poussa un soupir exaspéré.

— Laissez-moi vivre, Blade, O.K. ? J'ai décidé de me faire plaisir, aujourd'hui.

Il sourit.

— Ça tombe bien, moi aussi.

— Seule, précisa-t-elle en pinçant les lèvres.

— C'est une question de solidarité élémentaire. Deux Américains qui se retrouvent en terre étrangère font nécessairement corps ensemble. Vous l'ignoriez ?

— Je n'ai aucune intention de faire *corps* avec vous de quelque façon que ce soit, Justin Blade.

— La question mérite d'être débattue. Je vous propose d'aborder le sujet plus à loisir pendant que nous ferons un tour en calèche dans la ville.

Serena faillit hurler.

— Puisque je vous dis que je suis en mission shopping !

— L'un n'empêche pas l'autre. Au contraire. Cela vous permettra de faire vos repérages.

— Cela vous arrive d'accepter que l'on vous dise non ? se récria-t-elle, à bout de patience.

Il s'accorda un temps de réflexion avant de secouer lentement la tête.

— Pas que je me souvienne…

— C'est bien ce qu'il me semblait, maugréa-t-elle en s'immobilisant. Nous allons avoir du mal à trouver un terrain d'entente, Blade. Car quand je dis non, c'est non.

S'il croyait qu'elle allait continuer à se laisser traîner comme ça toute la journée, il se faisait des illusions !

Il sortit une pièce de sa poche.

— O.K., soyons bons joueurs et laissons le hasard trancher. Face, nous grimpons dans une de ces jolies calèches blanches ; pile, je vous laisse faire votre shopping.

— Et qu'est-ce qui me prouve que vous n'utilisez pas une pièce truquée ? demanda-t-elle, suspicieuse, en tendant la main pour l'examiner.

— Je ne triche jamais.

Il avait l'air si solennel qu'au lieu de passer son chemin en l'envoyant promener, Serena attendit, fascinée, de voir ce que le destin leur réservait. Elle avait une chance sur deux de lui échapper, après tout. Les probabilités étaient raisonnablement favorables.

D'un geste exercé du poignet, Justin lança la pièce en l'air, la rattrapa et la retourna sur le dos de la main.

Face.

Comme par hasard.

— J'aurais dû me douter que ça se terminerait comme ça, bougonna-t-elle en grimpant à bord de la calèche la plus proche, sous l'œil réjoui du cocher qui avait suivi la tractation de près.

Comme la voiture à cheval s'ébranlait, Serena envisagea de serrer les lèvres pendant toute la durée du trajet en s'enfermant dans une contemplation obstinée du paysage. Mais la journée était trop belle pour faire la tête. Et elle s'était prêtée au jeu de son plein gré, après tout. Déposant son fourre-tout sur le siège, elle se tourna vers son compagnon. Et laissa libre cours à sa curiosité :

— Et maintenant, parlez-moi de vous : qu'est-ce que vous faites ici, au juste ?

Il glissa un bras sur le dos du siège, effleurant ses cheveux au passage.

— Un tour en calèche dans les rues de Nassau.

— N'éludez pas mes questions, Justin. Vous vouliez ma compagnie et vous l'avez. Du moins, tant que je ne déciderai pas de hurler « Au viol ! » avant de sauter de la voiture en marche.

Il l'examina avec un léger sourire amusé et laissa descendre sa main jusqu'à ce qu'elle repose sur sa nuque.

— Je vous soupçonne d'être capable de mettre cette menace à exécution… Questionnez-moi et je vous répondrai.

Serena secoua la tête pour repousser son bras.

— Qu'est-ce qui vous a amené à passer dix jours à bord du *Celebration* ? Vous n'avez pas le profil type du croisiériste de base.

— C'est un ami qui m'a poussé à partir. J'avais besoin de me changer les idées. Et il s'est montré persuasif.

De nouveau, il laissa courir les doigts le long de la ligne sensible de sa nuque.

— Et vous, Serena, que faites-vous sur le *Celebration* ?

— Je distribue les cartes au black-jack.

— C'est ce que j'ai constaté, oui. Et pourquoi ?

— J'avais besoin de me changer les idées.

Ils échangèrent un sourire. Le cocher qui avait entrepris de fournir le commentaire touristique d'usage, jeta un coup d'œil au couple assis derrière lui, hocha la tête et choisit d'observer le silence.

Serena se détendit sur la banquette, bercée par le rythme indolent de la calèche.

— D'où êtes-vous, aux Etats-Unis, Justin ? Je n'ai pas réussi à définir votre accent.

Pas un muscle ne tressaillit sur son visage impassible.

— Un peu d'ici, un peu d'ailleurs.

— Mais vous êtes bien né quelque part ?

— Dans le Nevada.

— Mmm… et vous avez vécu quelque temps à Las Vegas, je parie ? C'est LE lieu de référence lorsqu'on a un talent comme le vôtre.

Comme il se contentait de hausser les épaules, Serena examina son profil.

— Et c'est comme ça que vous gagnez votre vie, je suppose ? Par la fréquentation assidue des tables de jeu ? Black-jack ? Baccara ?

Il tourna la tête vers elle.

— Entre autres, oui, pourquoi ? Ça se voit tant que ça ?

— Il n'y avait que deux joueurs véritables à la table, hier soir. Vous et le Géorgien. Mais le Géorgien était moins pro que vous.

— Et les autres ?

— Oh, le Texan aime bien s'asseoir à une table de jeu de temps en temps et se laisser hypnotiser par l'ambiance, le cliquetis des machines et les motifs des tapis. Mais il joue sans trop y penser, pour le plaisir. La blonde de New York se prend pour une experte, mais elle manque de concentration. Au lieu d'observer la stratégie élémentaire, elle finit par jouer à l'intuition. Et ça, au black-jack, c'est fatal. Il lui arrive de gagner, bien sûr. Mais ce sera plus le résultat d'un coup de chance que d'un calcul délibéré de sa part. L'autre New-Yorkais, l'homme, est très observateur, très systématique. Mais il est timoré, inquiet. Il n'a pas les nerfs assez solides pour être un vrai joueur.

Justin siffla doucement entre ses dents.

— Je vois que vous n'avez pas perdu votre temps en un an. Vous pourriez presque écrire un traité sur la personnalité du joueur.

Se penchant vers elle, il fit descendre ses lunettes de soleil sur le bout de son nez afin de plonger son regard dans le sien.

— Et vous, Serena ? Vous jouez ?

— Ça dépend du jeu et ça dépend des risques. S'il y a une chose que je déteste, c'est perdre.

Alors même qu'elle formulait cette réponse, Serena comprit que ce n'était pas aux cartes qu'il faisait allusion. Son cœur battit plus vite.

— Il est des jeux auxquels on ne s'adonne que pour le plaisir, observa Justin avec l'ombre d'un sourire. La formule gagnant/gagnant, vous connaissez ?

— Mmm…

Comme elle tombait dans un silence pensif, le conducteur reprit son commentaire et poursuivit ses explications jusqu'au moment où il les ramena à leur point de départ.

Toutes les rues du centre ne formaient qu'une longue suite de boutiques. Justin régla le cocher.

— Eh bien, merci pour ce petit tour, lança Serena, bien décidée, cette fois, à lui fausser compagnie.

Elle voulut descendre mais Justin la devança. Il la prit par la taille et la souleva de la banquette. Durant quelques instants, il la maintint contre lui, les pieds pendant dans le vide, si bien qu'elle dut s'agripper à ses épaules pour maintenir son équilibre.

Justin fut surpris de la découvrir si légère. Si fragile aussi. Comme si sa force nerveuse ainsi que l'intense sensualité qui émanait d'elle faisaient oublier à quel point elle était menue. Desserant son étreinte, il la déposa presque avec précaution sur le sol.

— Merci, murmura Serena, la bouche sèche et les jambes coupées. Passez une bonne journée.

— C'est bien ce que je compte faire, acquiesça-t-il en lui prenant la main.

— Justin…

Serena prit une profonde inspiration. Le moment était venu de se montrer ferme. La faiblesse qu'elle avait ressentie dans ses bras avait valeur de signal d'alarme. C'était dangereux pour elle de laisser un homme tel que Justin Blade l'approcher de trop près. Chaque fois qu'il la touchait, elle perdait la tête, s'oubliait, s'embrasait. Et elle avait horreur de se sentir vulnérable.

— J'ai tenu mes engagements de mon côté, Justin. Vous avez eu votre tour en calèche, maintenant, je fais mes courses.

— Puisque vous vous êtes sacrifiée pour me tenir compagnie, je peux faire un geste à mon tour. Je porterai vos paquets.

Elle poussa un bref soupir exaspéré.

— Par pitié, Justin ! Réfléchissez ! J'ai l'intention de me coltiner toutes les boutiques de souvenirs du coin ! D'hésiter pendant des heures entre deux T-shirts, trois objets en vannerie, une collection de boîtes en coquillage. Vous allez vous ennuyer à mourir.

— Je ne m'ennuie jamais.

— Eh bien, ce sera une première, décréta-t-elle, lugubre, comme il commençait à déambuler dans les petites rues sinueuses, ses doigts étroitement enlacés aux siens. Et croyez-moi, vous allez le regretter.

— J'ai une véritable passion pour les magasins destinés aux touristes. Je vous aiderai à choisir un cendrier avec « Bienvenue à Nassau » inscrit en grosses lettres.

Serena toussota pour ne pas éclater de rire.

— J'entre ici, annonça-t-elle en passant résolument la première porte.

Elle était bien décidée à écumer tous les bazars un à un. S'il ne se décourageait pas à ce régime, c'est qu'il avait des nerfs en acier. A peine une heure plus tard, cependant, alors que son grand sac débordait de foulards, de T-shirts et autres boîtes à musique, Serena ne songeait plus du tout à se débarrasser de Justin Blade. Pour un homme qu'elle avait classé d'office dans la catégorie des grands solitaires, il était d'une compagnie étonnamment enjouée. Il s'y entendait pour la faire rire — ce qui, de toutes les méthodes de séduction, était la plus douce, et sans doute aussi la plus subtile.

Dès la seconde boutique, il avait réussi à endormir jusqu'à ses dernières traces de méfiance.

— Regarde ça ! s'exclama-t-elle en désignant une noix de coco sculptée en forme de tête grimaçante.

— Très élégant, commenta Justin avec gravité.

Elle pouffa.

— Elle est monstrueuse, oui. Mais elle conviendra à mon frère Caine. Il a un faible pour les objets absurdes.

Sur le marché aux vanneries bondé, Serena se fraya résolument un chemin à travers la foule. En principe, elle avait horreur des corvées souvenirs. Mais une fois qu'elle était partie, rien ne pouvait plus l'arrêter.

— Tiens, tu peux me faire voir ça ?

Justin décrocha obligeamment l'immense panier tressé qu'elle lui désignait.

— En te tassant un peu, tu tiendrais dedans tout entière, observa-t-il après examen de l'objet.

— Je pensais à ma mère, en fait. Elle adore les travaux d'aiguille. Il me semble que ce serait le contenant idéal pour transporter tout son matériel.

Assise derrière le stand, une énorme femme noire se balançait nonchalamment sur son rocking-chair en tirant sur sa pipe en terre.

— Tout ce que vous voyez ici est fabriqué à la main, indiqua-t-elle en frappant son ample poitrine. Par mes soins.

Intriguée par le côté majestueux du personnage, Serena examina les différents produits exposés.

— C'est du beau travail artisanal, madame.

La marchande accepta le compliment d'un signe de tête souverain et entreprit de s'éventer avec une feuille de palme. Serena nota avec fascination qu'elle portait une bague à chaque doigt.

— Vous avez déjà acheté un petit cadeau pour faire plaisir à votre épouse, aujourd'hui ? demanda la femme en s'intéressant à Justin.

Il réagit avec son calme habituel.

— Pas encore, non. Vous avez des suggestions, peut-être ?

— Justin…

— Bien sûr. J'ai exactement ce qu'il vous faut, décréta la vieille femme avec autorité en soulevant un tissu sur sa droite.

Soufflant, grognant et haletant tant et plus, elle sortit une tunique brodée en batiste légère qu'elle étala devant Justin.

— Elle est parfaite pour la plage, à porter sur un maillot de bain. Et on retrouve le violet de ses yeux.

— Mes yeux sont bleus, rectifia patiemment Serena. Et je ne suis pas la…

Mais Justin tenait déjà le vêtement devant elle pour l'examiner, les yeux plissés.

— Vous avez raison. Elle lui va très bien au teint, en effet.

— Vous la mettrez ce soir rien que pour votre homme, suggéra la vieille dame avec un clin d'œil en glissant le vêtement dans un sac.

— J'espère bien qu'elle ne la portera que pour moi, acquiesça Justin en lui tendant un billet.

— Hé, mais attendez ! protesta Serena. Il n'y a rien entre ce monsieur et moi. Nous ne…

— Rien entre ce monsieur et vous ?

La grosse femme partit d'un éclat de rire bruyant qui la fit se balancer d'avant en arrière à un rythme accéléré. Le rocking-chair grinça et protesta sous la charge.

— Ma chérie, on ne raconte pas d'histoires à la septième fille d'une septième fille. Si celui-là n'est pas votre homme, je veux bien aller en enfer ! Ah, mais pardon. Je sais ce que je dis… Vous voulez prendre le panier aussi ?

— Eh bien, je…

Serena était tellement sidérée qu'elle avait oublié qu'elle tenait toujours l'objet en vannerie à la main.

— Oui, nous le prenons aussi, acquiesça Justin en réglant la somme. Et merci pour tout, madame.

L'argent disparut prestement dans la manche de la femme. Elle ralluma sa petite pipe en terre et les contempla gravement.

— Passez un agréable séjour sur notre île, les tourtereaux.

Serena voulut protester mais Justin l'entraînait déjà plus loin.

— Chut ! Tu n'as tout de même pas l'intention de contredire la septième fille d'une septième fille ? lui glissa-t-il à l'oreille. Ose lui dire qu'elle se trompe et elle te jettera un sort.

Serena jeta un coup d'œil derrière elle. La vieille femme fumait avec une expression rêveuse, le regard rivé droit devant elle. Un frisson la parcourut comme si l'insulaire avait réellement été douée de pouvoirs surréels.

— Arrête de dire n'importe quoi, idiot ! bougonna-t-elle. Je sais très bien que ce n'est pas pour déjouer le mauvais œil que tu m'as acheté cette tunique, Justin. Et je ne peux pas accepter de vêtements de toi. Je ne te connais même pas... Quand je pense que tu as même payé pour le panier de ma mère.

— Tu le lui offriras avec mes compliments.

Elle soupira et cligna des yeux comme ils sortaient du marché couvert.

— Tu sais que tu es un individu ingérable, Blade ?

— N'est-ce pas ? Tu vois que tu me connais bien, finalement... Tu as faim ?

Elle hésita. Il aurait mérité qu'elle le remette sévèrement à sa place pour sa manie insupportable de n'en faire qu'à sa tête, sans tenir le moindre compte de ses opinions.

Mais il était difficile de rester fâchée contre lui alors que le soleil brillait sur Nassau, que la foule rieuse palpitait autour d'eux, que l'île entière respirait la douceur de vivre.

— Je commence à avoir un petit creux, oui, admit-elle, soudain consciente que cela faisait un moment qu'ils marchaient main dans la main.

— Et que dirais-tu d'un pique-nique sur la plage ? s'enquit-il en lui caressant le creux de la paume. Ce serait dommage de ne pas profiter de ces extraordinaires étendues de sable, non ?

Elle soupira, luttant contre les sensations qui lui montaient insidieusement à la tête.

— Eh bien... Je pourrais me laisser tenter si tu avais le repas tout prêt, un moyen de transport pratique sous la main et une boisson aux fruits des îles bien fraîche. De préférence dans une Thermos.

— Autre chose pour vous servir, madame ? demanda-t-il en s'immobilisant pour prendre appui contre le capot d'une voiture.

— Non, mes exigences s'arrêteraient là.

— Parfait. Alors c'est parti.

Sortant un trousseau de clés de sa poche, il contourna la Mercedes contre laquelle il s'était adossé et ouvrit la portière passager. Les bras ballants, son fourre-tout traînant par terre, Serena lui jeta un regard interrogateur.

— Ne me dis pas qu'elle est à toi ?

— Seulement pour la journée. Je l'ai louée pour quelques heures. Il y a une glacière dans le coffre. Tu aimes le poulet froid ?

Comme il plaçait leurs courses sur la banquette arrière, Serena posa les poings sur les hanches.

— Ainsi tu avais tout manigancé ! L'idée ne t'a même pas traversé l'esprit que j'aurais pu refuser ? Tu te crois irrésistible à ce point ?

Il lui prit le menton et lui effleura les lèvres d'un baiser presque amical.

— Moi ? Pas du tout. J'ai juste fait un petit pari sur l'avenir.

Avec une légère sensation de tournis, Serena se laissa tomber sur le siège passager en se demandant si elle devait admirer son audace ou détester son arrogance. Dans le doute, elle choisit de réserver son jugement.

Justin conduisait comme il faisait toute chose : avec une maîtrise totale et un soupçon de morgue. Ils quittèrent la ville, longèrent des plantations d'amandiers, des vignes aux raisins encore verts. Partout on voyait les abondantes floraisons orange, typiques de la végétation sur ces îles.

Tant qu'il fut au volant, Justin ne prononça pas un mot. Il avait cette capacité rare que Serena jugeait admirable : savoir garder le silence. Mais loin d'être apaisant, son mutisme avait quelque chose de subtilement excitant, au contraire.

Comme ils longeaient les gracieuses maisons de style colonial qui se multipliaient à l'approche du bord de mer, Serena songea que la compagnie de Justin Blade devait rarement être reposante. Puis une autre pensée — plus dérangeante — lui traversa l'esprit juste derrière la première : les compagnies reposantes l'avaient toujours ennuyée mortellement…

Détournant les yeux de la beauté chatoyante du paysage, Serena choisit de se concentrer sur le profil d'oiseau de proie de l'homme assis à côté d'elle. Un joueur… Un passager à la recherche d'un brin de piment — plaisir des corps sous les tropiques. Elle connaissait suffisamment ces deux types de personnages pour savoir que rien de durable ne pouvait naître de leur rencontre.

Mais si elle était suffisamment prudente pour tenir Justin à distance, rien ne l'empêchait de passer quelques moments agréables en sa compagnie, le temps d'une croisière.

Quel mal y aurait-il à faire plus amplement connaissance avec cet homme énigmatique, à l'observer d'un peu plus près ? A la différence de certaines de ses collègues qui tombaient éperdument amoureuses à chaque traversée et se retrouvaient avec d'insurmontables chagrins d'amour sur le cœur en fin de croisière, elle était capable de garder la tête froide. Si elle avait atteint l'âge honorable de vingt-six ans en gardant son cœur intact, il n'y avait aucune raison pour qu'il se brise inopinément, à la première occasion.

Du moins…

Justin tourna la tête et la gratifia d'un de ses regards scrutateurs dont aucun sourire ne venait adoucir l'intensité presque effrayante. Elle frissonna. « Prudence », se dit-elle. Avec Justin, elle ferait preuve d'une circonspection sans égale. Comme si elle se déplaçait sur un champ de mines. Son intérêt pour lui devait rester purement anthropologique.

— A quoi penses-tu, silencieuse Serena ?

— A des bombes, déclara-t-elle gravement. Des mines antipersonnelles. Imprévisibles et mortelles… On mange bientôt ? Je meurs de faim.

Il se gara aussitôt sur le bas-côté.

— Que penses-tu de ce bout de plage ?

Serena laissa son regard errer sur les étendues de sable fin, sur le bleu intense de la mer. Elle poussa un soupir de délice.

— On peut difficilement faire mieux, si ?

Une fois descendue de voiture, elle s'étira, le visage renversé vers le ciel, humant les senteurs mêlées de plage, de fleurs et de soleil.

— C'est rare que je vienne me baigner en cours de croisière. Quand le *Celebration* est à quai, j'en profite généralement pour faire une petite cure de sommeil, pour lire ou tenter une séance de bronzage — même si elles n'aboutissent jamais au moindre résultat notable, dit-elle en contemplant ses bras blancs avec une grimace amusée.

— Ainsi, ce n'est pas pour découvrir le monde que tu as pris un emploi sur un paquebot ?

— C'est plutôt l'humanité qui m'intéresse, en fait.

Serena retira ses sandales et enfonça les pieds avec délices dans le sable tiède.

— L'équipage compte plus de cinq cents personnes et nous ne sommes que dix Américains. C'est stupéfiant, la diversité des origines. Ce bateau, c'est un peu comme les Nations unies en version maritime.

Elle prit le grand plaid que lui tendait Justin et l'étala sur le sable.

— Chaque soir, je distribue des cartes à des gens de toutes les nationalités, poursuivit-elle en s'asseyant en tailleur sous un palmier. Ça va me manquer de ne plus voir ce tourbillon de personnalités, de visages, de coutumes.

Justin se laissa tomber à côté d'elle sur la couverture.

— Ça va te manquer, tu dis ? Tu as l'intention d'arrêter ?

Serena ôta son chapeau et laissa ses cheveux se répandre sur ses épaules.

— J'ai envie de changer d'horizon.

— Pour faire quoi ?

Ses lèvres se plissèrent en une moue pensive.

— Je ne sais pas... Peut-être un casino-hôtel. Pourquoi pas ?

Il faudrait qu'elle voie avec son père pour le financement. Mais plus elle y pensait, plus le projet lui semblait fait pour elle.

— La même chose, mais sur la terre ferme, alors ? conclut Justin, persuadé qu'elle songeait à un emploi salarié.

Une idée germa dans son esprit. Mais il décida d'attendre encore un peu avant d'émettre une proposition.

— Et ta famille ? Où vit-elle ?

— Dans le Massachusetts, répondit Serena, les yeux fixés sur la glacière. Mais nourris-moi maintenant, je défaille.

Il souleva le couvercle et elle reconnut les couverts et les serviettes du *Celebration*.

Elle siffla entre ses dents.

— Tu as obtenu un panier repas ! Comment as-tu réussi ce tour de force ? Ils refusent catégoriquement ce genre de prestation, en principe.

— Je peux être très persuasif quand je veux.

Elle fit la moue.

— Mmm... Je te soupçonne de leur avoir forcé la main. Tu as prévu quelque chose à boire ?

Justin sortit une Thermos et remplit deux gobelets en plastique. Elle trempa les lèvres dans le liquide odorant.

— Je me trompe ou c'est leur fameux cocktail Bahamas aux fruits et au rhum des îles ?

Elle prit une seconde gorgée et secoua la tête.

— Le mélange est parfaitement redoutable. J'ai toujours veillé soigneusement à ne pas tomber dedans jusqu'à aujourd'hui. Et tu voudrais que je craque maintenant, à quelques jours de la quille ?

Il lui jeta un regard amusé.

— Pendant les heures de congé, tout est permis... Mais je ne pensais pas que nous aurions une plage entière quasiment pour nous seuls. Il n'y a pas plus de monde que ça, aux Bahamas ?

Serena trempa de nouveau les lèvres dans son verre et sentit une agréable sensation de détente l'envahir.

— La saison touche déjà à sa fin. Et la plupart des touristes à Nassau préfèrent les visites guidées. Ou la plongée sous-marine qui se pratique à l'autre extrémité de l'île. Il y a des milliers de choses à voir, dans cet archipel, contrairement à ce que l'on peut penser. Je suis d'ailleurs surprise que tu aies résisté à l'appel des célèbres casinos de Paradise Island.

Une lueur dansa dans les yeux verts.

— Surprise, vraiment ? murmura-t-il en se penchant pour lui caresser les cheveux. Entre les jeux de l'amour et ceux du hasard, il y a parfois des priorités qui s'imposent d'elles-mêmes.

Justin lui prit le visage entre les mains et voulut déposer sur ses lèvres un simple baiser joueur. Mais la sensation de sa bouche contre la sienne lui monta à la tête, comme aucun rhum au monde n'aurait su le faire.

— Comment ai-je pu oublier que je te désirais à ce point ? chuchota-t-il fiévreusement contre sa chair déjà frémissante.

Sans lui laisser le temps de répondre, il l'allongea sur la couverture. Serena songea un instant à protester mais sa volonté avait cessé d'être opérante. Nouant les bras autour de son cou, elle attira le visage de Justin contre le sien. Sa bouche s'entrouvrit, quêta la sienne.

Les rayons du soleil glissaient sur les feuilles de palmier au-dessus d'eux et la lumière mouvante jouait sur ses paupières closes. Elle ne voyait plus qu'une brume rose, déchirée par des éclairs de lumière. Justin l'embrassa comme elle n'avait encore jamais été embrassée auparavant, avec une avidité immédiate, une fougue ravageuse et une rare compétence. Il mordillait et dévorait tour à tour, tantôt enjôleur, tantôt envahisseur sans merci. Bouches mêlées, salives confondues, ils retrouvaient dans leurs baisers le goût des fruits, la chaleur du rhum, l'entêtante douceur des îles.

Une mouette passa au ras de l'eau avec un cri rauque qu'ils perçurent l'un et l'autre sans l'entendre. Puis l'oiseau reprit de l'altitude et disparut dans l'infini du ciel sans laisser d'autre trace de son passage que l'écho de sa plainte.

Les mains de Justin traçaient l'arrondi de ses épaules, glissaient fiévreusement sur ses bras. Des frissons électriques parcouraient Serena, se répercutaient jusqu'au plus profond de son corps comme si, déjà, il l'avait touchée, possédée tout entière. Ses cuisses en tremblaient, ses seins se tendaient sous les caresses qu'ils n'avaient pas encore reçues. N'aspirant plus qu'à prendre et à être prise, elle se mit à bouger sous lui en gémissant, la nuque renversée, pétrissant, malaxant cette chair d'homme fondue à la sienne.

Arrachant sa bouche à ces lèvres tentatrices, Justin enfouit le visage dans son cou et fit l'effort de se rappeler que la plage était publique et qu'ils risquaient d'être surpris à tout moment. Il ne se souvenait pas d'avoir jamais été emporté aussi loin par la magie d'un seul baiser. *Il voulait tout d'elle. Tout.* Sentir sa peau fine s'humidifier sous sa langue, brûler sous le feu de ses caresses. Parcourir son dos de ses lèvres, s'arrêter au creux des reins, sentir ses hanches onduler sous ses mains, chercher plus loin encore, le cœur de sa féminité, réveiller en elle un sang sauvage qui ne demandait qu'à battre.

Le désir montait en lui, menaçait de se déchaîner alors que les mains de Serena appuyaient, caressaient, stimulaient ; alors qu'elle se pressait contre lui comme pour l'absorber en elle.

Sans cesser de lécher, de mordiller, de sucer doucement, il amena ses lèvres contre son oreille.

— Viens avec moi. Retournons à bord.

Il prit le lobe entre ses dents.

— Je veux t'emmener dans ma cabine et te faire l'amour, Serena. Pendant des heures et des heures.

Les paroles de Justin glissèrent dans son esprit, comme à travers une couche nébuleuse, flottant dans le ciel brumeux de sa conscience avec la légèreté d'un nuage. Seulement lorsqu'il les réitéra, elle comprit où ses mots voulaient la mener.

— Non, protesta-t-elle.

D'une voix infiniment faible, tout d'abord. Puis elle confirma son refus avec plus de force

— Non, Justin. Je ne veux pas.

Elle se débattit pour échapper à ces bras qui l'étreignaient comme pour la garder esclave d'eux à jamais, pour s'arracher à l'emprise de cette bouche dévoreuse.

Se redressant en position assise, elle noua les bras autour de ses genoux repliés.

— Tu n'as pas le droit de… de…

— De quoi ? lança Justin d'une voix dure en lui saisissant le visage à deux mains pour le ramener tout contre le sien. D'avoir envie de toi ? De te prouver que tu trembles de désir autant que moi ? Que tu en défailles, même ?

Ses yeux verts avaient perdu leur impassibilité. Ils n'étaient plus indéchiffrables et lointains mais luisaient d'un mélange redoutable de colère et de frustration. Serena se souvint de la première impression qu'elle avait eue de lui, du côté impitoyable qu'elle avait pressenti chez cet homme. Elle se dégagea en réprimant un frisson.

— Si tu as envie de te payer une aventure le temps d'une croisière, tu n'auras aucun mal à trouver preneuse. Mais moi je ne joue pas à ces jeux-là.

Se relevant d'un mouvement brusque, elle se dirigea à grands pas vers l'océan. Justin la rattrapa par le bras et la força à pivoter vers lui.

— Attends, Serena, tu te moques de moi ou quoi ? Tu me fais le coup de la vertu offensée alors qu'il y a quelques secondes à peine, sur cette couverture, tu avais perdu jusqu'à la notion du lieu et du temps ! J'aurais pu te prendre là, sur place, en plein jour sur une plage ouverte à tout venant. Et tu en aurais redemandé.

— Ah tiens ? Vraiment ?

Serena l'aurait volontiers étranglé. Elle était d'autant plus furieuse qu'il n'était pas loin de la vérité. Les bras croisés sur la poitrine, elle le défia du regard.

— Puisque tu n'avais qu'à te servir, pourquoi t'être privéd'aller jusqu'au bout, don Juan ? Par grandeur d'âme, peut-être ?

— En temps normal, je ne compte pas l'exhibitionnisme au nombre de mes perversions. Mais continue à me provoquer comme ça, et je ferai une exception à la règle.

— C'est ça. Quand les poules auront des dents, murmura-t-elle d'un ton égal en se tournant de nouveau vers les vagues.

Mais elle avait à peine un orteil dans l'eau lorsque Justin la retint de nouveau par les épaules. Pendant une fraction de seconde, Serena se demanda jusqu'où il pourrait aller. La rage dans ses yeux verts était proprement terrifiante. Mais c'était du sang MacGregor qui coulait dans ses veines. Et lorsqu'il l'attira de force contre lui, elle l'abreuva d'insultes sans hésiter.

La tête bourdonnante, Justin plongea le regard dans les yeux violets assombris par la fureur. Le désir et l'exaspération faisaient rage en lui et s'alimentaient mutuellement. S'il cédait au premier, il savait qu'il irait trop loin. Il choisit donc de donner libre expression à la seconde.

— Espèce de… espèce de malotru ! vociféra-t-elle lorsqu'elle se retrouva assise les fesses dans l'eau, le regardant d'un air ulcéré.

Lorsqu'elle se releva pour se jeter sur lui toutes griffes dehors, Justin découvrit que sa colère était retombée comme par magie.

— Tu sais que tu es très belle quand tu t'énerves comme ça ?

— Tu vas payer pour ce que tu viens de faire, Justin Blade.

Lorsqu'il réussit à l'immobiliser en lui plaquant les bras dans le dos, elle l'attaqua à coups de pied, s'agitant tant et si bien qu'ils finirent par tomber à l'eau ensemble, bras et jambes étroitement mêlés.

— Lâche-moi, tu m'entends ?

Alors qu'elle le repoussait de toutes ses forces, une vague les submergea et ils refirent surface en crachotant.

— On ne s'attaque pas à une MacGregor comme ça !

Comme Justin luttait vaillamment pour les sauver tous deux de la noyade, sa main entra en contact avec un sein. Avant même de comprendre ce qui se passait, il découvrit qu'ils avaient déjà recommencé à s'embrasser de plus belle. Tout en gémissant de plaisir dans ses bras, Serena continua à lutter, les amenant à boire la tasse une fois de plus. Il goûta le sel sur ses lèvres, sentit ses cuisses minces pressées contre les siennes tandis qu'il la faisait rouler sous lui, à la faveur de la vague suivante. Elle l'insulta et il rit doucement contre ses lèvres.

Mais, de nouveau, le ressac les souleva, les jetant l'un contre l'autre, dans un grand mouvement d'eau, de sable et de coquillages.

Momentanément échoués là, ils se regardèrent, à demi immergés et haletants.

— *MacGregor ?* répéta-t-il soudain, secouant la tête pour tenter de s'éclaircir les idées.

Repoussant les cheveux trempés qui lui tombaient sur les yeux, Serena s'efforça de reprendre une respiration plus régulière. Le mélange de colère et de désir qui palpitait en elle formait un cocktail pour le moins détonant.

— MacGregor, oui, *exactement,* lança-t-elle, le regard étincelant. Et fière de mes origines écossaises. En temps normal, je pourrais te débiter un stock d'insultes en gaélique à te faire dresser les cheveux sur la tête. Mais elles me sont toutes sorties de l'esprit pour le moment !

Justin paraissait surpris, constata-t-elle soudain. Intriguée par son changement d'attitude, elle en oublia d'être en colère contre lui. Il la fixait avec la plus grande attention, scrutant ses traits comme s'il la voyait pour la première fois. Puis un sourire, lentement, se dessina sur ses lèvres.

Appuyant son front contre le sien, il partit d'un rire qui enfla peu à peu, pour se répercuter sur la plage déserte en longues vagues sonores. N'eussent été les coquillages brisés qui s'enfonçaient dans son dos, Serena se serait sans doute jointe à lui. Son rire était communicatif et elle n'était pas loin de partager son hilarité. La situation avait quelque chose d'irrésistiblement cocasse.

— Ça t'amuse, peut-être, Justin, mais moi je suis couverte de sable, à demi noyée, lacérée de partout, et affamée, lança-t-elle, plaintive.

Sans cesser de sourire, il lui souleva le menton pour lui déposer un baiser fraternel sur le bout du nez.

— Tu as raison. Rinçons-nous et allons voir ce qu'il y a de bon dans ce panier repas. Avec les efforts que j'ai déployés pour l'obtenir, ce serait un crime de le laisser se perdre.

3.

Serena MacGregor. Justin secoua la tête en sortant une chemise propre de la penderie de sa cabine. Pour s'être fait avoir en beauté, il s'était fait avoir en beauté. Il était tombé dans le panneau, la tête la première, et sans rien voir venir, en plus…

Incroyable ! Vu la façon dont il gagnait sa vie, il avait tendance à faire preuve d'une vigilance constante, pourtant. Et il était rare qu'on parvienne à endormir sa méfiance.

Justin ne put s'empêcher de sourire. Sacré Daniel. Le vieux bougre avait décidément plus d'un tour dans son sac. Si père et fille s'étaient ressemblé physiquement, il se serait douté de quelque chose. Mais Serena n'avait hérité ni des cheveux d'un roux flamboyant de Daniel ni de son visage massif. A la réflexion, elle ressemblait plutôt à une version modernisée du portrait d'une de ses lointaines ancêtres que Daniel avait suspendu au-dessus de son bureau. Ce détail seul, déjà, aurait dû le frapper, s'il avait eu l'esprit suffisamment alerte.

Torse nu devant le miroir, Justin observa distraitement sa peau bistre, la longue cicatrice qui couturait sa poitrine. Si ses visites à Hyannis s'étaient multipliées, ces dernières années, il n'avait encore jamais eu l'occasion de croiser « Rena » comme on l'appelait dans sa famille. A chacun de ses passages, Daniel et Anna mentionnaient avec un ton de regret l'absence de la jeune fille, retenue une fois de plus par les études auxquelles elle consacrait apparemment tout son temps.

Pour cette raison sans doute, Justin avait toujours imaginé Rena comme une grande fille un peu trop maigre, le nez chaussé de grosses lunettes d'intellectuelle. Rousse comme son père et avec l'air de digne excentricité qui caractérisait Anna.

Jamais il n'aurait fait spontanément le lien entre la fille de Daniel telle qu'il l'imaginait et la croupière blonde aux extraordinaires yeux violets dont la sensualité à fleur de peau avait enflammé son imagination.

Il était plutôt surprenant, d'autre part, que la fille de Daniel MacGregor occupe ces fonctions modestes, derrière une table de casino. Qui aurait pu penser qu'elle exercerait un emploi pareil, honnêtement ? Alors qu'on la disait aussi intelligente que son père, Serena MacGregor avait choisi de travailler pour un salaire de misère à bord d'un paquebot qu'elle aurait sans doute pu acheter cash rien qu'avec ce que Daniel lui donnait comme argent de poche.

Justin haussa les épaules. Cela dit, il ne fallait s'étonner de rien avec les MacGregor. Têtus, originaux, imprévisibles, ils formaient une espèce résolument à part.

Il avait vingt-cinq ans lorsqu'il s'était trouvé pour la première fois en présence de Daniel MacGregor. Quelques mois plus tôt, un coup de chance exceptionnel lui avait permis de racheter la part de son associé dans le petit casino-hôtel qu'ils avaient réussi à acquérir à Las Vegas.

Mais pour mener à bien le projet d'agrandissement qu'il ambitionnait, il lui fallait des capitaux. Des banquiers, il s'était toujours méfié, cependant. Et ceux-ci le lui rendaient bien. On ne prêtait pas volontiers de l'argent à un homme qui gagnait sa vie en jouant.

Justin, de son côté, n'avait aucune considération pour les individus en costume trois-pièces, qui s'exprimaient à coups de formules impersonnelles, d'une voix toujours trop lisse. L'Indien en lui, d'autre part, ne croyait pas aux promesses faites sur papier. Pour établir une *vraie* relation de confiance en affaires, il lui fallait un contact d'homme à homme.

Lorsque le nom de Daniel MacGregor tomba au hasard d'une conversation, Justin mena l'enquête à sa façon. Et ce qu'il apprit sur le financier le séduisit : un Ecossais complètement excentrique, qui ne mâchait pas ses mots, ne se laissait pas marcher sur les pieds, menait ses affaires exactement comme il l'entendait et gagnait chaque fois haut la main.

Justin se mit en contact avec lui, par écrit tout d'abord, puis par téléphone. Au bout de un mois passé ainsi en pourparlers, il effectua sa première visite à Hyannis où Daniel MacGregor officiait à domicile, dans sa maison forteresse, plus ou moins inspirée des châteaux de ses ancêtres.

Une personnalité telle que celle de Daniel ne s'accommodait pas de la froideur standardisée des immeubles de bureaux modernes. Il n'avait que faire des ascenseurs, des secrétaires zélées, des grandes baies vitrées donnant sur des forêts de bâtiments alignés. Dès qu'il en avait eu les moyens, il avait acquis le bout de terre qu'il convoitait, au bord de l'océan. Son argent, il l'avait gagné d'abord à la force du poignet, puis grâce à sa formidable intelligence. Il ne lui avait pas fallu longtemps pour comprendre qu'il pouvait ramasser des sommes vertigineuses, non pas à la sueur de son front, mais en faisant fonctionner sa seule cervelle.

Une fois ce constat établi, Daniel avait construit sa demeure et bâti son empire financier. A sa manière.

Armé d'un attaché-case, Justin s'était aventuré avec curiosité dans la demeure des MacGregor à Hyannis. Les couloirs y étaient larges et profonds ; les pièces immenses. Daniel MacGregor avait horreur de tout ce qui était étriqué.

Son bureau, il l'avait installé dans une tour. Justin fut fasciné par la vue sur l'océan et amusé par l'atmosphère tout à fait particulière qui se dégageait des lieux. Se levant de derrière son bureau sculpté dans un séquoia géant, Daniel déploya sa silhouette massive.

— Ainsi, vous êtes Blade.

— Et vous, MacGregor, rétorqua-t-il sans se laisser démonter.

Un sourire plissa le visage large, aux traits marqués, au regard intelligent.

— Ah, ça, pour être un MacGregor, je suis un MacGregor, oui. Personne n'a jamais songé à le contester... Asseyez-vous, mon garçon.

Les bras croisés sur son torse puissant, Daniel MacGregor commença par examiner son jeune visiteur avec la plus grande attention. Il apprécia la façon dont Justin Blade se déplaçait, la manière dont il réussit à ne pas se laisser engloutir par l'immense fauteuil qu'il lui avait désigné à dessein. Il nota l'élégance naturelle de la démarche, admira l'absence de raideur dans les gestes.

Au bout d'un temps d'observation, le magnat de la finance hocha la tête avec satisfaction.

— Ainsi vous voulez m'emprunter de l'argent.

— Je vous propose un investissement, monsieur MacGregor, rectifia Justin, imperturbable.

— Mmm...

Amusé, Daniel secoua la tête. Alors même qu'il venait en position de demandeur, Justin Blade ne cherchait ni à impressionner ni à séduire. Il avait l'art — sans doute hérité de ses ancêtres — de se maintenir dans une immobilité parfaite, sans sourire et sans courber l'échine. Daniel sourit. Sa façon d'être là, simplement, avec une dignité calme, exempte de toute agitation, n'était pas faite pour lui déplaire.

Blade était beau, à sa façon austère, avec une élégance hautaine qui ne devait rien à la mode ni au body-building. On sentait en lui un fond de violence toujours prêt à affleurer. Mais si du sang guerrier coulait incontestablement dans ses veines, il n'avait rien d'une tête brûlée en perpétuelle recherche de bagarre.

Daniel savait qu'il pouvait se fier à sa propre intuition dans ce domaine : lui-même était issu d'une solide race de guerriers.

— Bon, eh bien, dites-moi ce que vous valez, pour commencer, ordonna-t-il abruptement.

Justin demeura de marbre. Son premier réflexe aurait été d'envoyer bouler MacGregor. Mais il ravala sa remarque cinglante et se pencha pour prendre son attaché-case.

— J'ai ici les bilans, le compte d'exploitation, l'estimation faite par…

Daniel l'arrêta d'un geste.

— Vous croyez peut-être que je vous aurais laissé venir jusqu'ici si je n'avais pas déjà ces chiffres en tête ? Ce que je veux, c'est savoir qui vous êtes et ce que vous avez dans les tripes. Qu'est-ce qui, à votre avis, pourrait me motiver pour que je vous confie mon argent ?

S'appliquant à rester impassible, Justin reposa son attaché-case sur le tapis.

— Je paye toujours mes dettes.

De nouveau, Daniel éclata de son gros rire. Il en avait des larmes dans ses yeux bleus.

— Ça, mon ami, c'est la moindre des choses. Vous ne feriez pas long feu en affaires si vous n'honoriez pas vos engagements.

— Je peux vous faire gagner de l'argent.

— De l'argent, j'en ai déjà, mon garçon. Et plus qu'il ne m'en faut pour vivre.

— Gagner de l'argent peut être un jeu. Et le jeu vous fascine.

Cette fois, Daniel cessa de rire. Se renversant contre son dossier, il hocha la tête.

— Du diable si vous n'avez pas raison sur ce point. Il vous faut combien ?

— Trois cent cinquante mille, répondit Justin sans ciller.

Daniel se leva pesamment. Il posa une bouteille de whisky sur son bureau, ainsi que deux verres et un jeu de cartes.

— Une petite partie de poker, jeune homme ?

Ils jouèrent pendant plus d'une heure. Sans prononcer un mot, sauf pour laisser tomber les chiffres laconiques qui ponctuaient le jeu. Justin entendit un carillon sonner quelque part dans les profondeurs de la maison. Au bout d'un quart d'heure, un coup discret fut frappé à la porte. Daniel hurla qu'il ne voulait qu'une chose : qu'on lui fiche la paix. Et personne ne vint plus les déranger. La fumée du cigare de Justin se mêla à l'odeur du whisky, au parfum capiteux des roses dont on avait disposé un bouquet sur le large rebord de fenêtre en pierre.

Lorsqu'il eut perdu mille cinq cents dollars, Daniel reposa ses cartes et se renversa contre son dossier.

— Il vous faudra des actionnaires.

Justin écrasa son cigare dans le cendrier.

— Je viens de me débarrasser d'un associé. Je ne veux plus dépendre de personne.

— Il y a associés et il y a actionnaires, mon garçon. Ce n'est pas la même chose. Si vous voulez gagner de l'argent, il faut commencer par le répartir. Un homme qui joue aux cartes comme vous le faites comprend nécessairement les stratégies élémentaires.

Les yeux bleu pâle de Daniel se posèrent sur lui.

— Je vous prêterai l'argent dont vous avez besoin et je prendrai dix pour cent des parts. Gardez-en soixante pour vous et débrouillez-vous pour le reste. Un jour, vous serez riche, Justin Blade.

— Je sais.

Le rire puissant de l'Ecossais fit vibrer les vitres. Il se leva pour lui taper l'épaule.

— Restez donc dîner.

Justin resta dîner... Et fit fortune, tout comme Daniel le lui avait prédit.

Il rebaptisa son établissement « Le Comanche » et le transforma en un des meilleurs casinos-hôtels de Las Vegas. Quelques années plus tard, il était à la tête d'une chaîne. Au cours de cette décennie, il se lia d'amitié avec Daniel et Anna MacGregor et partit pêcher à plusieurs reprises avec Caine et Alan, leurs deux fils. Mais jamais son chemin ne croisa celui de Rena.

— C'est une fille intelligente, lui confiait Daniel à l'occasion. Mais il me tarde de la voir avec une bague au doigt. Pour l'instant, les hommes la laissent de marbre. Parce qu'il lui faudrait une personnalité forte. Un type avec l'envergure nécessaire... Un de ces jours, il faudra que je te la présente.

Confronté à ce genre de remarques, Justin se contentait de hocher la tête et de changer de sujet. Il s'était toujours débrouillé magistralement pour se dérober chaque fois que son vieil ami tentait de le mettre en contact avec sa fille.

Du moins, il avait *cru* se soustraire à ses manœuvres jusqu'à présent.

— Sacré Daniel... Il m'a eu comme un bleu, cette fois.

C'est Daniel qui lui avait recommandé de partir en croisière pour dix jours. « Tu travailles trop, Justin. Regarde-toi, tu es tendu comme une corde de violon. Tu vas finir par avoir un ulcère à force. Il n'y a rien de tel que l'air de la mer et le spectacle de femmes à demi nues pour remettre les idées d'un homme en place. »

Justin avait vaguement pris ces conseils en considération. Puis il s'était retrouvé au pied du mur lorsque Daniel lui avait envoyé sa réservation. En lui demandant de lui ramener une caisse de Chivas Regal hors taxe.

Ainsi le vieil original n'avait pas renoncé à ses intrigues. Avec un léger rire, Justin boutonna sa chemise. Il imagina la tête de son ami et associé s'il avait pu le voir la veille en train de lutter physiquement avec sa précieuse fille. Et cela dans le but avoué de la traîner dans son lit séance tenante...

Bon sang, quelle histoire de fou ! Il avait failli coucher avec *Serena MacGregor.* En toute innocence, si on pouvait formuler les choses ainsi.

Irrité de se retrouver en position délicate, Justin enfila son veston et fit claquer la porte de son armoire. Finalement, cela lui aurait servi de leçon, à cet incorrigible entremetteur s'il avait séduit sa fille sans arrière-pensée.

La politique la plus raisonnable, bien sûr, consisterait à ignorer Serena pendant le reste de la croisière. Puis à apporter le whisky à Daniel sans même mentionner qu'il avait fait sa connaissance. Le vieux roublard, assurément, serait vexé comme un pou.

— Mais si tu crois que tu vas réussir à éviter cette femme pendant six jours, tu te fais de sacrées illusions, camarade, déclara Justin à son reflet en noir et blanc dans le miroir.

Lorsqu'il pénétra dans le casino, il trouva Serena en conversation avec son supérieur, un blondinet bronzé, avec le sourire caractéristique des grands dragueurs. Elle semblait l'apprécier, son don Juan d'opérette, constata-t-il en hâtant insensiblement le pas. Riant de bon cœur à une remarque que le beau blond venait de lui faire, elle renversa la tête en arrière pendant qu'il rectifiait son nœud papillon en lui parlant à voix basse

De mieux en mieux, songea Justin. En l'espace de deux jours, elle l'avait rendu fou de désir et fou de colère, alors qu'il se flattait de bien maîtriser ces deux émotions d'ordinaire. Et ce soir — cerise sur le gâteau — il découvrait l'âcre morsure de ce sentiment minable entre tous : la jalousie.

D'un geste possessif, il lui posa la main sur l'épaule.

— Tu ne donnes pas les cartes, ce soir, Serena ?

— Je reviens juste de ma pause.

Elle l'examina, avec une question muette dans ses yeux lilas.

— Quand je ne t'ai pas vu au casino hier soir, j'ai pensé que tu étais tombé par-dessus bord, lança-t-elle d'un ton lourd de sarcasme.

Notant le regard inquiet de Dale, Serena rassura son supérieur d'un sourire.

— Dale, je te présente Justin Blade, grand ami des cartes devant l'Eternel. Lorsque j'ai refusé de céder à ses avances, hier après-midi sur une plage de Nassau, il m'a jetée à l'eau tout habillée.

Le visage de Dale s'éclaira. Il serra la main de Justin avec l'ombre d'un sourire.

— Je n'avais encore jamais essayé cette technique. Ça a marché ?

— Tu poursuivras cette discussion technique ailleurs qu'en ma présence, Dale, tu veux bien ? coupa Serena d'une voix exagérément suave.

Dale se tourna vers Justin en riant.

— Il faudra lui pardonner son horrible caractère. Il y a des gens que la vie en mer rend terriblement grincheux... Vous êtes satisfait de votre croisière, sinon, monsieur Blade ?

— Très, répondit Justin en la fixant ostensiblement. Jusqu'à présent, l'expérience a été en tout point fascinante.

Ulcérée par ce déploiement de solidarité machiste, Serena leur décocha un sourire angélique.

— Si vous voulez bien m'excuser, messieurs...

Pivotant sur ses talons, elle partit vers la table que Dale lui avait attribuée. Et dut faire un effort méritoire pour sourire aux joueurs en présence. L'arrivée de Justin, quelques minutes plus tard, ne fut pas faite pour améliorer son humeur.

— Nouvelle partie, annonça-t-elle.

Justin plaça ses jetons devant lui et alluma un cigare. Serena tenta de faire abstraction de sa présence, échoua, puis opta pour une tactique offensive. Pour le punir de lui plaire comme il lui plaisait, elle ne voyait qu'une consolation possible : le faire perdre.

Une fois que les mises furent placées, elle se lança dans un combat sans merci, déployant toutes les stratégies acquises pendant ces douze mois où elle avait été croupière.

Une demi-heure plus tard, Justin n'avait plus que trois jetons devant lui. Serena exultait, savourant déjà sa victoire annoncée. Hélas... Il reçut alors une paire de sept et fit un *split*. Il se retrouva avec une main d'une valeur de vingt, et l'autre de vingt et un. Imbattable.

Et les jetons, peu à peu, recommencèrent à s'amonceler devant lui.

Lorsqu'elle dut changer de table, Justin se leva sans prononcer un mot et lui emboîta tranquillement le pas. Serena grinça des dents. Elle l'aurait volontiers étranglé pour sa peine mais elle ne pouvait évidemment rien dire. Qu'à cela ne tienne. Cette fois, elle ferait ce qu'il fallait pour le mettre sur la paille.

Pendant les vingt minutes qui suivirent, ce fut à peine si elle remarqua les autres joueurs à sa table. Tout ce qu'elle voyait encore, c'était les yeux verts insondables de Justin, sa main qui se déplaçait pour indiquer s'il restait ou s'il prenait. Malgré la détermination qu'elle mettait à le vaincre, la pile de jetons devant Justin ne cessait de grandir.

— Hé ! Regardez tous ! J'ai un black-jack !

Le cri de victoire lancé par un jeune étudiant en bout de table arracha momentanément Serena à son état de transe.

— J'ai gagné trente dollars, exultait l'étudiant en brandissant ses jetons.

Il les posa devant lui et se frotta les mains.

— Parfait. C'est le début de la fortune. Cette fois, je vais pouvoir commencer à jouer sérieusement. Vous allez voir ce que vous allez voir.

Amusée, Serena tendit la main pour reprendre les cartes. Son regard croisa celui de Justin et elle y vit pétiller une étincelle d'humour. C'était la première fois en deux heures que son regard exprimait une émotion quelconque. Et, stupidement, elle se sentit fondre. Comme si elle avait été reliée à lui par une secrète connivence, elle aurait voulu le toucher, lui sourire, passer affectueusement la main dans ses cheveux noirs et lisses.

Comment ce simple signe d'amusement dans son regard avait-il pu la bouleverser à ce point ?

L'étudiant leva sa chope de bière et Serena reprit ses esprits. Il ne serait pas dit qu'un homme l'aurait distraite de sa mauvaise humeur par la magie d'un simple sourire.

Elle fit glisser dans sa direction un bon d'une valeur de vingt-cinq dollars et crut discerner de nouveau un pétillement d'humour dans son regard. Mais, cette fois, elle ne se sentit pas fondre.

A mesure que les heures s'écoulaient, l'air s'épaississait de fumée, en dépit de la ventilation qui tournait à plein régime. Sans avoir à consulter sa montre, Serena évaluait le passage du temps à l'état de ses pieds et à sa tension nerveuse. Peu à peu, le cliquetis des machines à sous se faisait plus discret, signe que l'heure de fermeture approchait. Le couple assis à l'autre extrémité de la table commençait à donner des signes évidents de lassitude.

Il ne resta bientôt plus que deux joueurs. Justin et la fameuse Mme Dewalter qui avait fait l'objet d'un débat passionné entre Rob et Jack, l'avant-veille. La rousse explosive à la poitrine généreuse s'intéressait infiniment plus à Justin qu'à ses cartes.

Se sentant d'humeur particulièrement rosse, tout à coup, Serena décida que le diamant de Mary Dewalter était trop gros pour ne pas être vulgaire. Et elle faillit sourire lorsque la malheureuse se mit à enchaîner perte sur perte.

— Décidément, quand ça ne veut pas, ça ne veut pas, constata la femme au diamant avec une moue gracieuse.

Elle se tourna vers Justin de manière à placer son décolleté plongeant au centre de son champ de vision.

— Vous, en tout cas, vous semblez avoir apprivoisé la chance. Elle ne vous a pas quitté de la soirée. A croire qu'elle n'aime que vous… Vous avez une méthode particulière ?

— Aucune, non, répondit Justin en prenant le temps d'examiner la poitrine opulente qu'elle lui collait aimablement sous le nez.

— Vous devez avoir un secret pourtant, murmura Mary Dewalter. Et j'aimerais le connaître. Nous pourrions peut-être en discuter en prenant un verre ?

Justin souffla sa fumée.

— Je ne bois jamais quand je joue.

— Vous placez votre mise, madame ? lança Serena, faussement sereine.

— Ah non, je m'arrête là. J'ai eu ma dose de cartes pour ce soir.

Mme Dewalter effleura la cuisse de Justin en se levant et fit glisser l'équivalent de cent dollars de jetons dans son sac. En début de soirée, la jolie rousse était arrivée avec quatre fois cette somme, se remémora Serena, non sans une pointe de joie sadique.

— Je vais boire un dernier verre au bar, annonça Mary avec un sourire appuyé vers Justin.

— Dommage pour vous que la chance n'ait pas été de votre côté ce soir, madame, commenta Serena d'une voix suave.

Tournant la tête, elle vit que Justin souriait.

— Vous voulez bien m'encaisser ? demanda-t-il.

— Mais certainement.

Il était sans doute pressé d'aller rejoindre sa Mary Dewalter au bar ? Il suffisait donc d'un 95 C pour transformer un homme en automate docile et le mener par le bout du nez n'importe où ?

Furieuse, Serena fit le total de ses jetons et compta sept cent cinquante dollars. Ce qui acheva de la mettre en rogne.

— Voilà, dit-elle en faisant glisser les billets sur le tapis. La soirée a été on ne peut plus profitable, on dirait.

Elle voulut récupérer ses cartes mais Justin lui saisit le poignet.

— Une dernière partie ?

— Tu as déjà touché ton argent, protesta-t-elle à voix basse en tentant de se dégager.

— Juste entre toi et moi.

— Je suis désolée. Mais il est interdit aux croupiers de ce casino de jouer en tête à tête. Maintenant, si tu veux bien m'excuser, je vais fermer.

Justin soutint son regard étincelant sans broncher.

— Ce n'est pas de l'argent que nous mettrons en jeu... Si je gagne, tu m'accordes une promenade sur le pont. Ça marche ?

— Et où serait le bénéfice pour moi ? lui lança-t-elle d'un ton de défi.

— Cela te laisse une chance supplémentaire de me battre. Et n'oublie pas que tu conserves l'avantage de la maison.

Elle retira lentement la main qu'il avait posée sur la sienne.

— Si tu perds, tu t'engages à me laisser tranquille pendant le reste de la croisière, Justin Blade ?

Mis au défi, Justin prit le temps d'examiner soigneusement sa proposition. Devoir renoncer à Serena était ce qui pouvait lui arriver de mieux, de toute façon. Il prit une dernière bouffée de son cigare et l'écrasa dans le cendrier. Ce ne serait pas la première fois, après tout, qu'il s'en remettrait aux cartes pour décider de son destin.

— Tope là ! Distribue.

Il jeta un regard aux cartes qu'elle posa devant lui : deux de cœur et cinq de pique. Serena, elle, affichait un dix de carreau. Sa seconde carte était — comme toujours — invisible et connue d'elle seule. D'un signe de tête, il indiqua qu'il prenait. Et tira une reine. Son premier réflexe fut de rester sur son dix-sept. Mais il capta juste à temps la fugitive lueur de satisfaction dans les yeux de Serena. Le regard rivé sur son visage, il annonça qu'il prenait.

— Bon sang ! s'écria-t-elle, ulcérée. Ce n'est pas possible d'avoir de la chance à ce point !

Jetant le quatre de carreau devant lui, elle le foudroya du regard.

— Je te jure, Justin, qu'un jour je te battrai !

Il se leva avec nonchalance et glissa les mains dans les poches.

— Non. Parce que c'est *moi* que tu combats. Et pas les cartes. Je t'attends dehors.

Levant les yeux de son registre, Dale eut la surprise de voir sa meilleure donneuse de black-jack tirer la langue dans le dos d'un client.

Du pont-promenade couvert, Justin observa Serena qui allait et venait dans le casino. Une telle colère transparaissait dans ses gestes, que son exaspération semblait former comme une aura visible autour d'elle. En vérité, il n'était pas loin de ressentir la même tension qu'elle. Avec un haussement d'épaules, il se souvint qu'il s'en était remis au hasard et que les cartes avaient tranché.

En le regardant jouer ce soir, tout le monde avait pensé que la chance était de son côté. Mais le hasard l'aurait sans doute mieux servi s'il avait perdu cet ultime pari. Dans quelques secondes, Serena serait à son coté. Belle, tentante, sensuelle en diable.

Inutile d'espérer qu'ils se contenteraient de déambuler côte à côte, les mains dans les poches. Si encore il avait eu la certitude que quelques nuits passées avec Serena suffiraient à la lui ôter de la tête. Il aurait pu faire un pied de nez à son ami Daniel et déployer quelques stratégies choisies pour la convaincre de partager sa cabine pendant la durée de la croisière.

Mais il avait la désagréable impression que le remède serait sans doute pire que le mal. C'était la première fois qu'une femme l'obsédait à ce point jour et nuit.

« Et comment réagira-t-elle si je lui annonce que son père a organisé notre rencontre et que l'ami Daniel tire les ficelles depuis sa forteresse de Hyannis ? » Justin ne put s'empêcher de sourire à cette pensée. Nul doute que Serena verrait cette intervention paternelle d'un très mauvais œil. Elle était capable de prendre le premier avion pour le Massachusetts et d'aller l'écorcher vif.

Mmm... Vu l'humeur qu'elle affichait ce soir, il aurait peut-être intérêt à attendre un peu avant de lui communiquer l'information.

— Tu peux sourire, en effet, commenta froidement Serena. Avoir une veine pareille, ça met du baume au cœur d'un joueur.

A sa grande surprise, Justin lui prit la main et porta ses doigts à ses lèvres avec un respect inattendu.

— Ma plus grande « veine » c'est d'avoir pu passer la soirée à te regarder, Serena. Tu es très belle.

Déconcertée, elle en oublia son humeur massacrante. Lorsque Justin y mettait du sien, il pouvait déployer de redoutables réserves de charme.

— Quand je suis énervée, c'est ça ? compléta-t-elle pour lui.

Retournant sa main, il lui embrassa la paume.

— Tu es belle, tout court. Et spontanée. Généreuse, avec du tempérament. En un mot : attachante.

— N'essaye pas de m'amadouer en faisant mine d'être agréable. Tu es tout le contraire d'un individu sympathique, Blade, protesta-t-elle en entrelaçant malgré tout ses doigts aux siens.

— C'est vrai. Allons faire un tour sur le pont. Je suppose que tu dois avoir besoin d'un peu d'air pur.

— Après avoir passé la soirée à respirer la fumée de ton cigare, tu veux dire ? Bon, va pour le tour sur le pont, acquiesça-t-elle à contrecœur. Mais je me suis engagée à faire quelques pas dehors. Rien d'autre. Nous sommes bien d'accord ?

— Nous sommes en accord parfait, comme toujours. Comment ça a marché ce soir ?

— Au casino ? Plutôt mieux que d'habitude. Nous tournons à perte depuis le printemps.

Justin poussa la porte donnant sur l'extérieur et le vent frais de la nuit leur caressa le visage. Serena ferma un instant les yeux, se remplissant les poumons d'une dose d'oxygène salvatrice.

— Vos profits seraient plus élevés si vous aviez des croupiers performants, observa-t-il en lui passant un bras autour de la taille.

— C'est difficile d'être au mieux de ses capacités lorsqu'on travaille debout, quasiment sans s'arrêter jusqu'à douze heures d'affilée. C'est un travail très exigeant qui demande une attention permanente et de grosses capacités de concentration. Et comme le salaire n'a rien de motivant… En fait, les gens ne restent pas et le turn-over est permanent. La plupart des croupiers à bord n'ont bénéficié que d'une formation éclair de quelques semaines. Au début, ils croient que ça va être le paradis de travailler sur un paquebot de luxe. Puis, très vite, ils se rendent compte qu'ils passent plus de temps enfermés, à respirer de la fumée, qu'à s'ébattre sur des plages de sable fin.

Serena glissa spontanément un bras autour de la taille de Justin lorsqu'il ajusta son pas au sien.

— Ça, c'est ce que je préfère, soupira-t-elle en prenant une profonde inspiration.

— Quoi ?

— Cette heure de la nuit. Lorsque le paquebot dort. Tout ce qu'on entend, c'est la rumeur de l'océan. Il n'y a pas de plus belle musique. Si j'avais un hublot, je le laisserais ouvert toute la nuit.

— Parce que tu n'as pas de hublot dans ta cabine ?

La main de Justin allait et venait dans son dos, massait, décontractait plus qu'elle ne caressait. Avec un soupir de bien-être, elle le laissa pétrir ses muscles endoloris par les longues heures de station debout.

— Seuls les passagers et les officiers supérieurs ont droit à ce luxe. Et pourtant, je n'échangerais pour rien au monde cette année que je viens de vivre. C'est comme si j'avais trouvé une seconde famille.

— C'est important, la famille, pour toi ?

— La famille ?

Etonnée par sa question, Serena leva les yeux sur son visage. Comme il se penchait à son tour pour la regarder, ses lèvres effleurèrent l'angle de la mâchoire de Justin.

— Mmm... Ne fais pas ça, protesta-t-elle dans un murmure.

— Quoi ?

Le souffle de Justin glissait sur son visage. Elle lutta contre la tentation de fermer les yeux.

— Tu sais très bien ce que je veux dire.

Elle lui lâcha la taille et s'accouda au bastingage, le visage tourné vers la mer.

— Ma famille, précisa-t-elle d'un ton plus ferme, a toujours joué un rôle majeur pour moi. Des fois, c'est presque un peu trop passionnel entre nous. Mais nous ne pourrions pas nous passer les uns des autres... Et toi ?

Il eut un petit rire amer.

— Pour moi, ce n'est pas tout à fait le même cas de figure.

Justin ne se lassait pas de la regarder. Il était fasciné par la façon dont son smoking dissimulait et soulignait à la fois les courbes délicates de sa silhouette. Le vent jouait dans ses cheveux, détachait une à une les mèches qu'elle avait si soigneusement rassemblées dans la nuque. Sa peau claire paraissait encore plus marmoréenne sous l'éclat bleuté de la lune.

Justin en oublia presque le sujet de conversation en cours.

— On ne peut pas dire que ma famille tienne une grande place dans ma vie, précisa-t-il en se plaçant devant elle. J'ai une sœur, Diana, qui a dix ans de moins que moi. Mais je la connais à peine.

— Et tes parents ?

— Ils sont morts lorsque j'avais seize ans. Diana a été prise en charge par une de nos tantes. Et je ne l'ai quasiment plus revue depuis.

— Mais pourquoi ? se récria Serena. Comment as-tu pu abandonner ta sœur ainsi ?

Justin haussa les épaules.

— Ma tante estime que ma profession fait de moi un individu résolument infréquentable.

« Même si elle n'a jamais refusé pour autant l'argent que je lui verse chaque mois pour ma sœur », songea-t-il, avec un mélange de sarcasme, de mépris et de subtile souffrance.

— Pour Diana, c'était plus simple que je disparaisse carrément de sa vie, ajouta-t-il en défaisant un à un les boutons de la veste de smoking de Serena.

Trop choquée par son histoire pour prêter la moindre attention à ses manœuvres, elle protesta avec fougue.

— Je ne vois pas en quoi tirer ses revenus du jeu serait pire que de spéculer en Bourse ! Et même si ton mode de vie ne lui plaît pas, un frère reste un frère. Elle n'a pas le droit de te séparer de ta sœur comme ça !

— Ma tante est une Grandeau, de la branche française de la famille. Elle a des idées bien arrêtées sur ce qui se fait et ne se fait pas, chez les « gens bien ». Et il est parfaitement clair pour elle que les casinos ont été inventés par le diable pour tirer l'être humain vers le bas.

C'était le genre de logique qui avait toujours paru étrange à Serena.

— Grandeau ou pas Grandeau, elle reste quand même ta tante, non ? Toi, tu es quoi pour elle ?

— Un Blade, répondit-il en détachant les syllabes, le regard rivé au sien. Et comanche dans l'âme.

Serena réalisa soudain que le visage de Justin était tout proche du sien. Même si elle sentait le vent tiède de la mer souffler à travers le tissu léger de sa chemise, elle n'avait toujours pas remarqué pour autant qu'il était en train de la déshabiller savamment.

— Ainsi tu es indien... J'aurais dû m'en douter, murmura-t-elle. Je crois que ce sont tes yeux verts qui m'ont induite en erreur.

— Je dois la couleur de mes iris aux quelques gouttes de sang français et gallois qui se sont mêlées à l'indien. Mon père était comanche à quasiment cent pour cent. Ma mère descendait d'une lignée fondée par un guerrier indien et une pionnière française.

Lentement, le regard toujours plongé dans le sien, il défit son nœud papillon. Serena déglutit mais ne fit rien pour l'arrêter.

— Il y a une histoire que l'on racontait toujours dans ma famille. Un de mes ancêtres, un brave, est tombé un jour sur une femme aux cheveux d'or accroupie sur la rive du fleuve. Elle avait apporté son linge et le lavait à l'eau claire en chantonnant doucement. Mon ancêtre était un guerrier. Il avait mené une lutte sans merci pour défendre son peuple et ses terres contre l'envahisseur blanc. Mais la femme, il l'a désirée tout de suite, chuchota Justin en s'attaquant aux boutons de sa chemise. Et comme il la voulait pour lui, il l'a prise.

La gorge de Serena était si sèche qu'elle avait de la peine, soudain, à articuler ses phrases.

— Tu veux dire qu'il l'a kidnappée, enlevée à sa famille, traitée en esclave ! Tu ne trouves pas ça barbare ? Quel choix avait-elle, dans l'histoire ?

Justin posa un doigt sur ses lèvres.

— Le choix, elle l'a fait quelques jours plus tard. Dérobant un couteau pendant le sommeil de son ravisseur, elle le lui a planté dans l'épaule pour s'enfuir. Mais lorsqu'elle a vu le sang de cet homme couler sur ses mains, elle n'a pas pu prendre la fuite. Elle est restée pour le soigner et lui a donné des garçons et des filles aux yeux verts.

— Très romantique, comme légende familiale. Et tu crois qu'elle n'a jamais regretté ce choix ?

Justin sourit

— On dit que non. Son nouveau nom, dans la langue des Comanche signifiait « Or pur ». Et mon ancêtre n'a jamais pris une autre femme. Depuis, c'est devenu une sorte de coutume tribale chez nous : lorsqu'un homme de notre lignée voit une femme aux cheveux d'or qu'il désire, il la prend.

Déjà, la bouche de Justin était sur la sienne. Ses doigts se perdaient dans ses cheveux, cherchaient les épingles qu'il arrachait pour les jeter à l'eau. Serena s'agrippa à ses épaules comme si elle était en danger de prendre le même chemin. Car elle se sentait couler le long d'une spirale vertigineuse et sombrer — sombrer corps et âme, comme si l'abîme des eaux noires l'attendait à l'issue de cette chute dans l'inconnu.

Doucement, presque avec révérence, Justin posa la main, là où son cœur battait la chamade. Avec un gémissement où la peur se mêlait au désir, Serena se cramponna à lui. Comme s'il était à la fois l'ultime menace et son dernier rempart.

Aucun homme, jamais, ne s'était risqué à la toucher comme Justin la touchait en cet instant, sur le pont du *Celebration* sous l'éclat mouillé d'une lune qui s'embuait. Les mains qui couraient sur son corps revendiquaient leur dû, comme si, par quelque mystérieux décret, il avait acquis sur elle tous les droits. Il l'affirmait sienne avec une détermination si farouche que l'idée de s'y soustraire ne lui traversa même pas l'esprit.

Il ne demandait pas. N'essayait pas de séduire. Il imprimait sa marque, donnait forme à la force sans nom et sans visage qui les consumait l'un et l'autre. C'était un élan aussi absolu qu'archaïque — irrépressible dans son incontournable évidence.

Le corps de Serena criait ses exigences, montrait la voie. Elle se délecta des baisers brûlants que Justin déposait dans son cou. Un vent de pluie se leva, faisant frissonner la mer obscure. Mais son haleine humide glissa sur eux sans éteindre le feu qui faisait rage.

Une main de Justin glissa dans son dos, cherchant la nudité de sa peau sous sa chemise ouverte. De l'autre, il malaxait ses seins, ses flancs, son ventre. Ses jambes menaçaient de se dérober. Elle s'arc-boutait contre lui, aveuglée par les vagues de plaisir, impuissante, ballottée par les fureurs de ce roulis d'amour.

— Non, protesta-t-elle faiblement. Non, Justin… S'il te plaît.

Mais il cueillit ses mots sur ses lèvres, les noya sous le déferlement d'un nouveau baiser. Et sa bouche affamée reçut la sienne, refusant d'entendre les lointains signaux d'alerte dont elle ne percevait déjà plus qu'un faible écho.

Si les mains de Justin détenaient quelque pouvoir secret, elle en était devenue la victime consentante. Tout ce qu'il voudrait bien lui demander, elle le lui donnerait, à condition qu'il n'arrête jamais de la toucher, de l'embrasser, de la tenir. Nouant les doigts dans sa nuque, elle l'attira plus près, encore plus près, sans même remarquer que la bruine légère irisait leurs cheveux, formait une fine pellicule humide sur leurs fronts et sur leurs joues.

Sourde, aveugle, habitée par une obsession secrète, elle ne voyait, ne sentait plus que Justin. Et elle chantait la musique de son nom, les yeux clos, la tête renversée en arrière.

— Tu es trempée, murmura Justin en la détachant du bastingage. Viens. Il faut te mettre à l'abri.

— Mmm... ?

Justin ne put résister à la tentation d'enfouir une dernière fois les lèvres dans ses cheveux, de se délecter de leur odeur de fruit. Paupières closes, Serena chercha son visage, s'étonna enfin de l'humidité sous ses doigts. Son corps chaviré de désir n'était plus qu'une pulsation continue.

— Il pleut ? chuchota-t-elle rêveusement.

Elle cligna des yeux, regarda autour d'elle avec effarement. C'était comme si elle se réveillait, égarée, d'un sommeil trop lourd. Se détachant de Justin, elle repoussa les cheveux qui lui tombaient sur les yeux.

— Je... je...

— Tu as besoin de repos, compléta-t-il doucement. Il est tard, Serena.

Il avait été à deux doigts de la prendre là, sur le pont, comme le dernier des obsédés, songea-t-il, effaré. Elle, la fille de son ami.

— Je... je n'avais même pas remarqué qu'il pleuvait, balbutia-t-elle en serrant les pans de sa veste de smoking ouverte contre sa poitrine.

Sa vulnérabilité soudaine eut le double effet de la rendre à la fois plus désirable encore et totalement intouchable. Glissant les mains dans ses poches, Justin maudit énergiquement Daniel MacGregor et ses fichues intrigues. Son vieil ami lui avait tendu un piège infernal. S'il entraînait Serena dans sa cabine maintenant, ce serait, à coup sûr, la fin d'une amitié précieuse. S'il renonçait à elle, il continuerait à la désirer comme un fou. Et s'il attendait... S'il attendait, c'était un coup de poker.

— Bonne nuit, Serena.

L'espace d'une seconde, elle demeura indécise, comme écartelée entre deux élans aussi impérieux que contradictoires. Courir le long des coursives éclairées du *Celebration*, se réfugier dans sa cabine, et se renverser contre le battant clos, hors d'haleine et soulagée de l'avoir échappé belle ? Ou se jeter dans ses bras, aller jusqu'au bout de la folie à laquelle elle avait déjà succombé à demi ?

Elle prit une profonde inspiration.

— Bonne nuit, chuchota-t-elle.

Avant de s'éloigner, consciente qu'un simple appel, un murmure — un regard même — auraient suffi à la faire revenir sur ses pas.

4.

Sachant qu'elle le trouverait désert, Serena choisit le pont situé à l'arrière du paquebot et qu'on appelait « la véranda ». Les quelques personnes restées à bord se regroupaient plutôt autour de la piscine, à proximité du bar. Quant à l'écrasante majorité des passagers, elle était descendue visiter San Juan, fouler les rues pavées de briques du centre historique, explorer les forts ou photographier les montagnes alentour.

Même si quelques croisiéristes regagnaient le *Celebration* en cours de journée, personne, a priori, ne viendrait la déranger dans ce coin tranquille.

Serena bâilla à s'en décrocher la mâchoire. Elle avait failli ne pas entendre son réveil lorsque sa sonnerie l'avait arrachée ce matin d'un sommeil de plomb. Après avoir chaviré corps et biens entre les bras de Justin la veille, elle avait bien cru qu'elle ne dormirait pas de la nuit. Mais la fatigue avait fini par la terrasser à l'aube. Elle avait dû se faire violence pour se lever quand même à l'heure programmée. Pas moyen, aujourd'hui, de faire la grasse matinée. C'était à son tour d'aider Dale à calculer la recette.

Après une matinée passée à faire les comptes, Serena n'aspirait plus qu'à une chose : somnoler tout l'après-midi sur une chaise longue en savourant la douceur ensoleillée de cette fin de saison.

Elle n'avait pas envie de parler. Pas envie de penser non plus. Et surtout pas à Justin. Mais dès qu'elle s'allongea, bien déterminée à faire le vide *total* dans son esprit, la ronde obsédante reprit de plus belle.

Quel étrange phénomène chimique les lèvres de Justin déclenchaient-elles chaque fois qu'elles touchaient les siennes ? Elle s'était pourtant juré qu'on ne l'y reprendrait plus. Mais il suffisait que son regard vert vienne cueillir le sien pour qu'elle succombe, pieds et poings liés, et tombe en chute libre dans ses bras. Qu'y avait-il donc de si exceptionnel chez cet homme pour qu'elle ressente cette constante attirance, cet élan presque fatal, cette force gravitationnelle qui la ramenait à lui avec une puissance chaque fois redoublée ?

Serena défit les brides de son haut de Bikini, ajusta ses lunettes de soleil sur son nez et décida de regarder le « phénomène Justin » en face. Puisqu'il n'y avait pas moyen d'y échapper, elle pouvait au moins l'étudier, le disséquer, l'examiner sur toutes ses coutures. Les stratégies d'évitement n'avaient jamais eu bonne presse, chez les MacGregor. On préférait aborder les obstacles de front, quitte à les attaquer sabre au clair pour les écraser sur son passage.

Justin Blade la subjuguait, autant le reconnaître. Dangereusement, même. La fascination, elle l'avait ressentie d'emblée, à l'instant précis où son regard vert avait croisé le sien. Mais pourquoi *lui* plutôt qu'un autre ?

Bon, d'accord, il était beau. Mais la beauté ne jouait qu'un rôle annexe, raisonna Serena en fermant les yeux, le visage offert à la caresse du soleil. Ce qu'elle aimait chez lui, c'était sa puissance mentale, son indifférence aux modes, son mépris affiché des conventions établies. Sa liberté intérieure, en somme.

Son côté dominateur, la calme autorité de Justin étaient pour elle autant de défis. Il éveillait en elle des élans violents, où elle oscillait entre la rage de vaincre et le vertige d'une passion pressentie.

Mais avait-elle de la sympathie pour lui ? se demanda-t-elle rêveusement. A priori, Justin Blade était imbuvable. Taciturne, sarcastique et d'un sans-gêne absolu dans la façon dont il se comportait parfois avec elle.

Et pourtant...

Serena songea à l'après-midi qu'ils avaient passé à Nassau. Aux moments de camaraderie joyeuse. Au sourire dans ses yeux la veille. A la façon dont sa main accueillait la sienne.

Mmm... Peut-être avait-il, malgré tout, certains aspects attachants. Mais la vraie question n'était pas là, de toute façon. Face au phénomène Justin Blade, il importait avant tout de définir une politique. En sachant qu'il serait illusoire de prétendre instaurer de simples rapports amicaux avec lui.

Il n'y avait rien de simple ni d'amical, entre cet homme et elle, hélas. Et plus elle y réfléchissait, moins elle voyait comment elle pourrait échapper à leur attirance mutuelle. Etouffant un bâillement, Serena se laissa rouler sur le ventre, soupira, posa ses lunettes à côté d'elle et s'assoupit sans avoir trouvé l'ombre d'une solution à son problème.

Chaud. Agréable. Apaisant.

Toute une gamme de sensations douces l'envahit. Serena soupira de délice. Elle rêvait. Nue sur un radeau, elle flottait dans des eaux calmes et le soleil lui caressait la peau. Elle aurait pu voguer ainsi jusqu'à la fin des temps. Les rives étaient vertes, silencieuses, la végétation enveloppante. C'était un lieu clos, préservé ; à la fois sensuel et protecteur. Peu à peu, elle s'abandonnait, et la chaleur des rayons glissait sur sa peau, en un lent mouvement de va-et-vient, tendre comme des mains d'amant.

Et c'était bon, si bon, ces doigts de lumière qui couraient, frôlaient, la faisaient gémir doucement. Elle sourit lorsqu'un papillon vint se poser sur ses lèvres. Parfaitement immobile, Serena s'appliquait à ne pas le déranger. Les ailes de l'insecte battirent, effleurant sa joue. Puis il revint butiner au creux de sa bouche en murmurant son nom.

Surprise par la bizarrerie du phénomène, Serena se força à soulever les paupières pour voir les couleurs de cet insecte parlant. Mais ce fut le vert des yeux de Justin que rencontra son regard somnolent.

Elle sourit, heureuse de le trouver là.

— Je croyais que tu étais un papillon, murmura-t-elle d'une voix ensommeillée en refermant les yeux.

Avec un sourire amusé, Justin se pencha de nouveau sur ses lèvres. Elle émit un petit son encourageant.

— Mmm… comment as-tu fait, Justin ?

Comme elle s'étirait doucement sous ses caresses, il continua à lui frictionner le dos.

— Comment ai-je fait quoi ?

— Pour arriver jusqu'ici ? Tu es venu en barque ?

— Pas en barque, non.

Déjà la respiration de Serena s'accélérait. Elle était sans défense, tout alanguie sous ses doigts. Il la sentit disponible, infiniment ouverte.

Justin posa les lèvres sur une épaule douce et ronde.

— Tu rêvais, chuchota-t-il.

— Ah bon ?

De nouveau, elle souleva les paupières. Son regard était déjà plus lucide.

— *Justin ?* C'est *toi* ?

— C'est moi, oui.

Sourcils froncés, elle se redressa sur les coudes

— Qu'est-ce que tu fais ici ?

— Tu m'as déjà posé la même question il y a trois secondes, murmura-t-il le regard rivé sur ses seins, à peine dissimulés par les deux triangles de tissu qu'elle tenait plaqués sur sa poitrine. Avec une peau comme la tienne, tu ne devrais pas rester au soleil sans te protéger. Je suis en train de t'enduire de crème solaire.

Lorsqu'il arriva au niveau de ses reins, Serena ressentit une poussée d'excitation si violente qu'elle eut de la peine à respirer.

— Arrête ! ordonna-t-elle d'une voix beaucoup trop rauque et frémissante à son goût.

— Un rien suffit à faire vibrer les cordes de ta sensualité, Serena, commenta-t-il, comme à regret. Tu es extraordinairement réactive. C'est insupportable de ne jamais être au bon endroit au bon moment.

— Justin, protesta-t-elle en se redressant résolument, pourrais-tu avoir l'amabilité de me laisser poursuivre ma sieste *tranquillement* ?

Avec un soupir contrarié, elle rattacha les brides de son maillot.

— Je me suis levée tôt ce matin et le casino rouvre ce soir. Je serai de nouveau à pied d'œuvre dès que nous aurons quitté le port. J'ai besoin de récupérer un peu de sommeil d'ici là.

— Et moi j'ai besoin de te parler.

Accroupi à côté d'elle, Justin se rétablit et se redressa d'un mouvement souple des reins. Serena, qui venait d'ouvrir la bouche pour l'envoyer promener, la referma, muette. C'était la première fois qu'elle voyait Justin en maillot de bain. La première fois qu'elle voyait ses jambes longues, musclées ; sa peau glabre d'Indien. Le corps qu'elle découvrait était un corps de guerrier, fait pour courir et chasser. Une merveille d'équilibre et de beauté.

Reprenant son souffle tant bien que mal, elle détourna la tête et chaussa ses lunettes de soleil.

— J'ai sommeil et je ne suis pas d'humeur à faire causette avec un passager en mal de distractions. C'est clair ? Pourquoi n'es-tu pas descendu visiter San Juan comme tout le monde ?

— J'ai une proposition à te faire.

— Ça va, merci, laisse tomber. Je la vois venir d'ici, ta proposition.

Repoussant ses jambes, il se fit une place à côté d'elle sur la chaise longue.

— Une proposition de travail.

— Ça ne m'intéresse pas. Il n'y a que des chaises libres sur ce pont, Justin. Tu es vraiment *obligé* de te coller contre moi ?

— Je crois me souvenir que le règlement interdit aux membres de l'équipage de se montrer impoli avec les passagers, non ?

Elle ne put s'empêcher de sourire.

— Vas-y. Dénonce-moi. Je démissionne, de toute façon.

— Justement. C'est de cela que je voulais t'entretenir.

Justin reprit le flacon de crème solaire, en fit couler au creux de sa paume et entreprit de lui en passer sur les cuisses.

— Justin !

Il sourit.

— Ah, voilà. Je savais que c'était LE geste à faire pour obtenir ton attention.

— C'est un nez en bouillie que tu vas obtenir si tu ne te décides pas rapidement à bouger tes fesses de *mon* matelas.

— Tu es incapable de parler affaires en gardant un minimum de calme, Serena ?

— Une vraie conversation d'affaires ne me pose aucun problème. Au contraire.

— Alors, c'est parfait. Nous devrions pouvoir converser en toute quiétude.

Intriguée, elle l'examina à travers les verres teintés de ses lunettes. Et repéra soudain la cicatrice qui lui barrait la poitrine.

Elle siffla entre ses dents.

— Jolie balafre, don Juan. Souvenir d'un mari jaloux, peut-être ?

— Souvenir d'un raciste armé d'un couteau.

La réplique désinvolte tomba entre eux comme une pierre. Un silence se fit. Violente, inattendue, la souffrance vint nouer la gorge de Serena. Une vision du couteau entaillant sa chair lui traversa l'esprit et elle réprima un cri.

— Je suis désolée, Justin. Je ne sais pas pourquoi j'ai eu cette réflexion stupide… Tu… tu aurais pu en mourir, ajouta-t-elle à voix basse, avec une sensation de déchirure au creux de la poitrine.

Il songea aux deux semaines d'hospitalisation passées dans un état critique et haussa les épaules.

— C'est de l'histoire ancienne.

— Comment est-ce arrivé ?

Elle retint son souffle, consciente qu'elle touchait du doigt le drame central de l'existence de Justin, le cœur même de son mystère. L'espace d'un instant, elle crut qu'il allait refuser de lui répondre. Mais il ne se déroba pas sous le regard qu'elle tenait rivé au sien.

— Ça s'est passé au comptoir d'un bar de seconde zone, dans un coin paumé du Nevada. L'un des habitués m'a fait savoir que boire avec une tronche d'Indien à proximité lui gâchait le plaisir de la boisson. Comme j'avais une bière à finir, je lui ai suggéré poliment d'aller picoler ailleurs si ma présence lui posait problème.

Il eut un sourire sans joie.

— A dix-huit ans, je ne perdais pas une occasion de faire de la provocation. J'étais seul au monde et j'avais la rage.

Jouer des poings ici et là représentait un moyen comme un autre d'évacuer un trop-plein de tension.

— Mais ce n'est pas un poing qui t'a fait cette cicatrice, murmura-t-elle.

Retrouvant un geste qui lui avait longtemps été familier, Justin traça du bout des doigts les quelques centimètres de chair suturée qui lui barraient la poitrine.

— Le problème avec les bonnes bagarres, c'est que l'alcool les fait dégénérer. L'homme était ivre et il avait la haine. Ça a commencé par des insultes, des coups. Le truc classique, quoi. Lorsque j'ai vu le couteau dans sa main, j'ai été trop surpris pour avoir le réflexe de l'esquiver. Je pense qu'il était ivre mort et qu'il ne savait plus ce qu'il faisait. Reste qu'il l'a plantée, sa lame. En cherchant le cœur.

— Non...

Serena lui prit spontanément la main et la serra dans la sienne.

— Et personne n'a appelé la police ?

Quelle vie protégée elle avait vécue, songea-t-il en lui caressant distraitement les phalanges.

— Ce genre de réflexe ne faisait pas partie des mœurs locales. Et la cavalerie serait arrivée trop tard, de toute façon.

— Autrement dit, ils se sont tous contentés de regarder pendant que tu te faisais massacrer ? Ce type était un assassin, bon sang ! J'espère au moins qu'il a été arrêté et jugé ? s'exclama-t-elle, les yeux étincelants d'indignation.

Se préparant à la réaction qui n'allait pas manquer de suivre, Justin la regarda droit dans les yeux.

— Il n'a pas été arrêté, non. Je l'ai tué.

Il sentit la main de Serena devenir inerte et peser comme un poids mort dans la sienne. Ses yeux s'écarquillèrent derrière les verres teintés de ses lunettes et elle eut un mouvement instinctif de recul.

Mais, très vite, ses doigts s'ancrèrent de nouveau aux siens.

— En légitime défense, trancha-t-elle d'une voix qui tremblait à peine.

Justin ne dit rien. Il se souvenait. De l'enfer traversé. De la solitude et de la nuit.

Si seulement il avait eu quelqu'un à son côté alors, pour lui offrir cette même confiance tranquille que Serena lui manifestait aujourd'hui. Quelqu'un pour croire en lui, l'Indien de dix-huit ans, resté sans appui, sans famille, seul face à tous ceux qui ne voulaient voir en lui qu'un meurtrier.

Il n'y avait eu personne à son chevet d'hôpital, personne pour lui tenir la main pendant les journées interminables passées recroquevillé au fond d'une cellule dans l'attente d'un procès où le verdict de culpabilité avait toutes les chances de tomber.

Sous le regard confiant de Serena, quelque chose de profond et d'enfoui se dénoua en lui, le laissant soudain démuni.

— Je me suis emparé du couteau, et nous sommes tombés au sol. Après cela je ne me souviens de rien. Lorsque j'ai ouvert les yeux, j'étais dans une chambre d'hôpital, avec un flic en faction devant la porte… Inculpé pour homicide volontaire.

— Mais ce n'était pas ton couteau, protesta-t-elle, indignée. Et c'est lui qui avait essayé de te tuer. Si tu n'avais pas sauvé ta peau, tu y passais. C'était aussi simple que cela.

Justin ferma les yeux sous le choc des souvenirs. Tout lui revenait en vrac, soudain : l'odeur écœurante de la cellule, l'attente, la rage au ventre, les regards méprisants ou sceptiques, le jury aligné face à lui dans la salle de tribunal.

Et l'impuissance, surtout.

— Ça a été long — très long — avant que le magistrat chargé de l'instruction reconstitue toute l'histoire, expliquat-il en se passant la main dans les cheveux. Une fois que la vérité a été rétablie, j'ai été acquitté.

Mais avec combien de cicatrices invisibles, en plus de celle qui lui barrait la poitrine ? se demanda Serena.

— Ils ont refusé de témoigner en ta faveur, n'est-ce pas ? Tous ces types qui ont assisté sans rien faire à la scène dans le bar ?

— J'étais un étranger pour eux. Personne ne me connaissait. Mais lorsqu'ils sont venus à la barre et qu'ils ont dû témoigner sous serment, ils ont raconté ce qu'ils avaient vu, sans chercher à déformer la vérité. J'ai eu au moins cette chance.

— Ça a dû être une expérience terrifiante pour un gamin de dix-huit ans.

— Un gamin ? protesta-t-il en haussant les sourcils.

Elle sourit.

— Mon père dit toujours qu'un homme ne devient vraiment homme qu'à trente ans. Ou à quarante. Ça dépend des jours et de l'humeur. Mon père n'est pas toujours très cohérent dans ses théories.

Justin songea à Daniel et admit, non sans amusement, qu'elle avait raison sur ce point. Et s'il profitait de ce moment de relative sérénité entre eux pour lui confier que son père avait manigancé leur rencontre ? Il hésita un instant puis finit par opter pour le silence. Puisque son plan était désormais établi, il s'y conformerait point pour point. Cohérent, Justin Blade l'avait toujours été. Avec lui-même comme avec autrui.

— Je t'ai parlé de mon histoire parce que, si tu acceptes ma proposition, tu finiras par en entendre parler tôt ou tard. Alors, plutôt que d'attendre que tu captes des bribes ici et là, j'aime autant te donner la version intégrale moi-même.

Cette fois les traits de Serena exprimaient une franche curiosité.

— Et c'est quoi, alors, cette fameuse proposition ?

— Un emploi.

— Un emploi ? reprit Serena en riant. Dans quel genre ? Tu as décidé de créer une table de black-jack flottante à laquelle j'officierai habillée en sirène ?

— Le spectacle aurait sûrement son charme. Mais je pensais à un job un peu plus stable, murmura Justin en laissant son regard dériver sur sa poitrine. Elles sont solides, ces minuscules petites bretelles ?

— Il n'y a pas plus résistant. Et j'attends toujours ta proposition, Justin… Sans détour, de préférence.

— O.K.

Le regard grave, soudain, il changea radicalement de ton et d'attitude.

— Je t'ai observée pendant que tu travaillais. Et tu as du talent. Pas seulement avec les cartes, d'ailleurs. Tu as cette qualité rare, pour un croupier : un très bon feeling par rapport aux joueurs. Ta table est toujours occupée même lorsque les autres se vident progressivement. Tu sais remettre de l'ordre lorsqu'un incident éclate et calmer le jeu lorsque la tension monte un peu trop vite. En bref, tu as de la classe et du charisme.

Un peu trop sensible à ses compliments et ne sachant où il voulait en venir, Serena haussa les épaules.

— Oui, bon… Et alors ?

— Et alors, j'aurais besoin de quelqu'un avec des compétences comme les tiennes.

Repliant les jambes sous lui, Justin se contenta de la regarder en silence. Dans cette position, il devait être le portrait vivant de son redoutable ancêtre — grand kidnappeur de femmes blondes devant l'éternel.

Relevant ses lunettes de soleil sur son front, elle soutint froidement son regard.

— Besoin de compétences comme les miennes pour quoi faire ?

— Diriger mon casino-hôtel à Atlantic City.

Justin eut la satisfaction de voir les lèvres de Serena s'entrouvrir sous l'effet de la surprise.

— Tu es propriétaire d'un casino ?

Toujours assis en tailleur, il posa les mains sur ses genoux.

— Oui.

La première réaction de Serena fut de méfiance, cette fois. Alors qu'elle avait cru spontanément en son innocence lorsqu'il lui avait parlé de son combat au couteau quelques minutes plus tôt. Elle le regarda fixement un instant puis son regard s'éclaira.

— Mais bien sûr ! Le Comanche ! s'exclama-t-elle. Il y en a un à Las Vegas et un autre à Lake Tahoe, je crois.

Sous le choc de la nouvelle, Serena retomba contre son dossier. Ainsi l'Errant, le joueur sans feu ni lieu était en réalité un homme d'affaires. Et pas des moindres…

— J'ai dû mettre le directeur à la porte juste avant de partir en croisière, précisa Justin. Il y a eu un petit problème avec la recette.

Elle écarquilla les yeux.

— Il s'est servi dans la caisse ?

— Il a *essayé* de se servir dans la caisse. Mais on ne joue pas à ça avec moi.

— Je veux bien le croire, admit Serena en repliant les genoux contre la poitrine de manière à ne plus être en contact physique avec lui. Et pourquoi veux-tu m'embaucher, au juste ?

Bonne question, en effet. Justin prit le temps de la réflexion avant d'y répondre. Même si les raisons qu'il venait de nommer étaient valables, il y en avait d'autres qu'il avait choisi de garder sous silence. Tout ce qu'il savait, c'est qu'il ne voulait pas perdre Serena de vue. Il avait besoin de l'intégrer à son univers. Besoin de la voir. De la toucher. Besoin d'avoir la certitude qu'elle ne disparaîtrait pas de sa vie du jour au lendemain.

— Je t'ai expliqué point pour point pourquoi je veux te nommer à ce poste, Serena. Tu as le profil requis.

— Si tu es propriétaire de trois hôtels qui marchent…

— De cinq, rectifia-t-il.

Elle hocha la tête et reprit :

— De cinq casinos-hôtels qui marchent, donc, tu ne dois pas être le genre de personne à prendre des décisions irréfléchies. Tu es conscient, je suppose, qu'entre tenir une table sur un paquebot et gérer un établissement comme le Comanche à Atlantic City, il y a un monde de différences. Je suppose que vous devez avoir deux fois plus de tables que nous. Et qu'à côté de ce que vous ramassez tous les soirs, nos maigres profits à bord doivent faire figure d'argent de poche.

Justin sourit de cette remarque.

— C'est un fait. Et si tu ne te sens pas à la hauteur, Serena, je ne veux pas te…

Elle réagit au quart de tour.

— Attention : je n'ai jamais dit que je n'étais pas capable de le faire !

Notant le discret sourire de triomphe qui se dessinait sur ses traits, elle le foudroya du regard.

— Tu sais que tu es terriblement manipulateur, Justin Blade ?

— Je ne te demande pas une réponse immédiate. Prends le temps de réfléchir. Tu m'as dit toi-même que tu n'avais pas encore de projet bien défini.

Pas de projet bien défini mais un désir de plus en plus marqué de s'établir à son propre compte. Mais même sans renoncer à ses ambitions personnelles, il pouvait être intéressant de se faire la main dans une structure déjà constituée.

— Entendu. Je prends ta proposition en considération, murmura-t-elle sans remarquer que le pouce de Justin allait et venait doucement sur ses doigts.

— Bien. Je t'invite à dîner ce soir à San Juan pour discuter des modalités pratiques.

Se penchant vers elle, il commença à se livrer à son sport favori : la cueillette d'épingles à cheveux. Irritée, Serena lui saisit le poignet.

— Arrête ! Il n'y a pas moyen de discuter sérieusement avec toi. Et si tu continues à envoyer mes épingles à la mer, j'aurai épuisé mon stock avant la fin de la croisière.

Il passa les doigts dans ses cheveux.

— J'aime assister au moment où tes cheveux se défont, murmura-t-il. Tu as l'air tellement plus accessible lorsqu'ils tombent en cascade jusqu'au creux de tes reins.

Repoussant sa main, Serena se releva. Lorsqu'il se mettait à chuchoter sur ce ton, la sagesse commandait de battre en retraite.

— Je n'ai pas l'intention de dîner avec toi, ni à San Juan ni ailleurs. Et pour ce qui est de ta proposition, je crois que tu vas finir par m'obliger à te dire non tout de suite.

Elle se pencha pour récupérer la tunique qu'il lui avait offerte. Mais avant qu'elle puisse l'enfiler, il se leva d'un mouvement souple.

— Tu as peur, Serena ?

— Non.

Comme elle soutenait son regard sans broncher, Justin sourit et glissa les mains sur son cou. Il aimait la voir ainsi : combative, obstinée.

— Ne prends pas de décision hâtive, O.K. ? Il est important de faire la part des choses. L'offre que je t'ai faite n'est pas conditionnelle. Elle n'a rien à voir avec le fait que nous soyons amants.

Serena lui jeta un regard noir. Et dire qu'elle avait failli se laisser amadouer par la pression amicale de ses doigts qui lui pétrissaient doucement la nuque.

— Au cas où tu ne l'aurais pas remarqué, nous ne sommes pas amants, Justin.

Maintenant son cou d'une main, il se rapprocha d'elle jusqu'à la toucher.

— Pas encore, non. Mais ce n'est qu'une question de jours. Toi et moi, nous sommes de la même espèce, Serena. Nous ne passons pas à côté de ce que nous désirons. Quand tu veux quelque chose, tu le prends. Et tu me désires autant que je te désire toi.

— Ça doit être fatigant d'avoir la grosse tête comme ça, tout le temps, non ? Elle ne te pèse pas, à force ?

Comme il glissait un bras autour de sa taille pour l'attirer plus près, elle lui opposa une résistance passive, refusant de se battre comme de se rendre.

— Qu'ils l'admettent ou non, tous les joueurs croient au destin, Serena. Et toi aussi, tu as la passion du jeu chevillée au corps.

Combien de temps parviendrait-elle à tenir ? A rester de marbre alors que sa voix de velours murmurait à son oreille ? A ne pas céder à la tentation de ces lèvres qui bientôt viendraient sceller les siennes ? Déjà, Serena sentait les battements désordonnés de son cœur, la faiblesse insidieuse qui, inéluctablement, lui couperait les jambes, la réduisant à sa merci. Résister ne servait à rien car il avait un trop grand pouvoir sur ses sens. Dire non, c'était perdre la partie à coup sûr.

Luttant pour garder les idées claires, Serena se força à chercher une solution alternative. Et comprit que sa seule chance de salut consistait à adopter la stratégie de l'adversaire.

Consciente qu'à tout instant, sa tactique pouvait se retourner contre elle, elle passa à la contre-offensive.

Lentement, avec une infinie douceur, elle lui caressa le dos, avec les paumes tout d'abord, puis avec les ongles, procédant à de légers effleurements. Lorsqu'il pressa les lèvres dans le creux de son cou, elle faillit s'abandonner dans ses bras et oublier le reste du monde. Dans un ultime sursaut de lucidité, elle se mordit violemment la lèvre inférieure. La douleur l'aiderait à garder le contrôle d'elle-même.

S'appliquant à rester calme, concentrée, elle ondula contre lui, sinueuse comme une liane, frottant son corps contre le sien tout en explorant ses épaules et son cou, la peau douce derrière le pavillon de l'oreille.

Elle sentit le cœur de Justin s'emballer et réprima un sourire. Sa bouche affamée chercha la sienne mais elle s'arrangea pour l'éviter. Un baiser — un seul baiser de lui — et elle était perdue.

Déjà la caresse précipitée de son souffle tout contre son oreille était comme un appel à l'abandon, une incitation à lâcher prise. A quel jeu jouait-elle ? S'appliquant à s'abstraire de la situation, elle lui mordilla le cou. Cette fois, elle ne se laisserait pas exalter par l'odeur de sa peau ; elle ne succomberait pas à ces émanations, ce musc subtil, ce cocktail diabolique qui lui donnait envie de gémir, de se tordre et de se livrer tout entière.

Cette fois, c'était *Justin* qui finirait à genoux, ivre de sensations, malade de désir.

Elle l'entendit grogner, sentit la tension accrue de ses muscles, la turgescence virile contre ses cuisses. La découverte du pouvoir qu'elle exerçait lui fit tourner la tête. Comme elle continuait à le caresser, il murmura des mots incompréhensibles dans la langue de ses ancêtres et enfouit le visage dans ses cheveux.

Un frisson de désir parcourut Serena. Son cœur lui commandait de rester là, chair contre chair, de se réchauffer au feu de leur étreinte, de prendre et de donner tour à tour. Si son corps n'avait pas été façonné pour s'accorder au sien, aurait-elle ressenti cette satisfaction, cette impression jamais encore éprouvée d'équilibre et d'harmonie ?

Mais la joueuse en elle refusa de céder. Il ne serait pas dit qu'elle se laisserait gouverner par ses sens.

Et encore moins par un homme.

Reculant d'un pas, elle s'arracha stoïquement à leur étreinte. Le cœur battant, les jambes en coton, elle se baissa pour récupérer sa tunique. Elle la fit glisser sur son maillot avant de se risquer à le regarder.

L'intensité du désir qu'elle lut dans ses yeux lui donna le vertige. Il était à la fois troublé et surpris, comprit-elle. Et suffisamment désemparé pour lui laisser toute latitude d'aller jusqu'au bout du défi qu'elle s'était lancé.

— *Si* — et je dis bien si — je décide un jour de partager ton lit, je te le ferai savoir, Justin.

Sur cette remarque lancée d'une voix calme, elle se détourna et s'éloigna sans se retourner.

Les mâchoires crispées, Justin la suivit des yeux. Bien sûr, il aurait pu la retenir, s'il l'avait voulu. La traîner de force dans sa cabine, l'allonger sur sa couchette. Elle ne lui aurait opposé qu'une résistance symbolique, ils le savaient l'un et l'autre. Son projet élaboré avec soin, il pouvait l'envoyer au diable et étancher sa soif, assouvir enfin la faim qui le rongeait, le désir qui le dévorait peu à peu de l'intérieur, comme une maladie en progression constante.

Luttant pour recouvrer son calme, Justin desserra les poings. Ne jamais agir sous le coup d'une émotion violente, tel était le principe auquel il avait appris à se soumettre.

Il se pencha pour récupérer le flacon de crème solaire que Serena avait oublié et revissa distraitement le bouchon. Une chose était certaine : sa proposition l'avait intéressée. Même si, a priori, elle n'avait pas l'intention d'y donner suite, l'idée ferait son chemin dans son esprit. Après avoir reçu des ordres pendant un an, la perspective d'en donner ne pouvait qu'être tentante. Surtout qu'elle avait les capacités nécessaires pour assumer ce type de responsabilité.

Et comme elle venait de remporter une belle victoire sur lui, elle se sentirait désormais de taille à l'affronter sur le plan personnel. Si elle était aussi MacGregor qu'il le pensait, elle ne pourrait pas s'empêcher de relever le défi.

Le sourire du joueur glissa sur les traits impassibles de Justin. Il venait de faire son annonce. Pour le moment, il resterait sur ses positions et s'en remettrait à la chance. Jusqu'à présent, après tout, elle l'avait plutôt bien servi…

Il faisait nuit noire lorsqu'une sonnerie se déclencha dans la cabine de Serena. Emergeant en sursaut d'un sommeil de plomb, elle tâtonna en aveugle à la recherche du réveil. Mais elle eut beau taper du poing sur l'infâme objet de torture, la sonnerie continua à lui vriller les oreilles. Elle finit par mettre la main sur le téléphone, mais le combiné lui échappa des doigts et retomba lourdement contre sa tempe.

— Aïe ! maugréa-t-elle en lâchant un juron.

— Bonjour à toi, petite fille, dit une voix joviale à l'autre bout de la ligne. Bien dormi ?

Luttant pour dissiper la brume épaisse qui lui obstruait le cerveau, elle se frotta la tête.

— Papa ?

— Comment va mon petit moussaillon ? demanda Daniel la voix toute vibrante d'enthousiasme paternel.

Serena souleva faiblement une paupière et tourna le réveil dans sa direction.

— Tu sais qu'il est à peine 6 heures du matin ? s'écria-t-elle, consternée.

— L'avenir est aux gens qui se lèvent tôt, Rena. Et un bon marin est toujours debout avant l'aube.

Elle soupira.

— Je ne me suis pas engagée dans la marine, papa. Je suis croupière. Bonne nuit et à un de ces quatre.

— Hé, attends, j'ai juste une petite question à te poser. Tu connais ta mère. Elle est toujours très inquiète à ton sujet. Elle voudrait savoir quand, au juste, tu rentres à la maison.

Serena ne put s'empêcher de sourire. Anna n'avait jamais été une mère poule. Alors que Daniel, en revanche...

— Le *Celebration* devrait toucher les côtes de Floride dans l'après-midi de samedi. Je pense que j'arriverai dimanche. Vous avez prévu une fanfare, j'espère ?

— Tu me donnes une idée, tiens.

— Il ne faudra pas oublier les cornemuses, surtout. Et les musiciens en kilt.

— Tu as toujours été la plus irrespectueuse du lot, Rena, constata Daniel avec un profond soupir. Ta mère s'inquiète de savoir si on te nourrit correctement sur ton rafiot.

Serena secoua la tête sur l'oreiller.

— Qu'elle ne se fasse aucun souci. Nous avons droit à un pain noir par semaine et à un morceau de viande boucanée le dimanche. Comment va-t-elle, au fait ?

— Bien. Elle est déjà partie pour l'hôpital.

— Et Alan et Caine ?

Daniel souffla bruyamment.

— Je les vois si rarement, ces deux ostrogoths, que j'ai même oublié à quoi ils ressemblent. Mais je sais de source sûre qu'ils sont toujours aussi célibataires l'un que l'autre. Ta pauvre mère en a le cœur brisé. C'est son rêve le plus cher de bercer enfin ses petits-enfants sur ses genoux.

— Quelle bande d'ingrats nous formons, tous les trois, admit Serena d'un ton suave.

— Si seulement Alan avait épousé la fille Judson qui était tout de même mignonne comme un cœur…

— Elle marchait comme un canard, papa. Et Alan est assez grand pour trouver une femme tout seul.

— Pff… Tu crois qu'il a le temps de chercher, occupé qu'il est à faire de la politique ? Caine, ce n'est même pas la peine d'en parler. Il change de petite amie en moyenne deux fois par semaine. Quant à toi, tu travailles douze heures par jour en te faisant exploiter à bord d'un rafiot.

— D'un paquebot de luxe, papa.

— Un paquebot si tu veux. Toujours est-il que ta mère ne voit toujours pas approcher le jour où elle sera enfin grand-mère.

Serena entendit Daniel allumer un de ses gros cigares. Sa mère s'employait régulièrement à les lui confisquer mais il se débrouillait toujours pour créer de nouvelles réserves secrètes qui échappaient à la vigilance d'Anna.

— Tu m'as réveillée à 6 heures du matin pour me faire un sermon sur les joies de la procréation et la nécessité de maintenir la lignée des MacGregor en vie, papa ?

— Tu ne devrais pas faire la fine bouche lorsque j'aborde ce grave sujet, petite fille. Le clan…

— Je ne fais pas la fine bouche, papa, lui assura-t-elle, trop fatiguée pour soutenir un débat passionné sur le sujet favori de son père. Et puis, je serai chez vous dans quelques jours, ne l'oublie pas. Tu auras tout le temps nécessaire pour me persécuter de vive voix.

— Te persécuter ? Moi ? se récria Daniel, clairement offusqué. C'est une façon de parler à son père, ça ? Moi qui n'ai même jamais levé la main sur toi !

— Tu es le meilleur père que j'aie jamais eu. Et je t'achèterai une caisse de ton whisky préféré à Saint Thomas.

— *Une caisse de mon whisky préféré*, répéta pensivement Daniel, comme si cela lui rappelait quelque chose… Ah, ça c'est une heureuse idée, par contre ! Mais parle-moi un peu de toi, ma fille. Tu as rencontré des gens intéressants pendant cette croisière ?

— Bien sûr. Je pourrais écrire un livre sur tous les personnages plus ou moins fascinants qui ont croisé ma route ! Ça va me manquer de ne plus faire partie de l'équipe.

— Et les passagers ? Il doit y en avoir des sympathiques, non ? s'enquit Daniel avec une curiosité manifeste. Tu as rencontré des joueurs ? Des vrais ?

— Il m'arrive d'en voir passer quelques-uns.

Les pensées de Serena dérivèrent sur Justin.

— Et tu dois avoir des quantités d'hommes à tes pieds, je suppose ? Il n'y en a aucun qui t'attire plus particulièrement que les autres ?

— Mmm…, marmonna-t-elle d'un ton délibérément vague.

— Une belle d'histoire d'amour, c'est ce qu'on peut espérer de mieux, dans la vie, commenta Daniel doctement. A condition de ne pas choisir n'importe qui, bien sûr. Un peu de sang guerrier dans les veines, un cerveau en bon état de marche. Et du cœur et de l'honnêteté, en prime. Généralement, les joueurs, les vrais, sont des gens assez brillants.

— Cela te ferait plaisir si je décidais de m'enfuir avec un obsédé des cartes ? Un passionné de la roulette ?

— Mmm… Tu as quelqu'un en tête, là ? Un candidat sur tes listes ?

— Pas un, non, rétorqua Serena fermement. Et maintenant, je voudrais bien me rendormir. N'oublie pas d'aérer avant que maman rentre. Et vide bien les cendriers, surtout... Et... papa ?

— Oui ?

— Rassure-toi quand même. Je garde un faible pour toi, vieux pirate.

— Mmm... Prends des petits-déjeuners bien équilibrés, surtout, recommanda Daniel in extremis avant de se résigner à raccrocher.

Pensif, Daniel MacGregor se renversa dans son fauteuil et tira une longue bouffée de son cigare. Rena n'avait jamais été très loquace lorsqu'il s'agissait de ses amours. Et il fallait une habileté quasi diabolique pour lui tirer les vers du nez. Mais tel qu'il connaissait Justin, ce dernier avait bien dû se débrouiller pour passer deux ou trois soirées tropicales en sa compagnie.

Daniel éteignit son cigare en se promettant de faire disparaître toutes les traces de son vice avant le retour d'Anna. Justin Blade... Il pouvait faire confiance à ce génie du poker pour mener rondement cette affaire, non ? Satisfait, Daniel visualisa le premier enfant du couple. Un petit garçon, pour commencer. Yeux violets. Cheveux noirs. Le petit serait magnifique. Et ils lui donneraient le prénom de son grand-père...

Ragaillardi, Daniel reprit son téléphone et composa le numéro d'Alan. Pendant qu'il y était, autant poursuivre sur sa lancée et mener campagne aussi auprès de ses deux fils.

5.

— Bon, d'accord, je n'en ai rien à faire de ce type. Mais quand même… il exagère ! marmonna Serena en enfilant un short et un T-shirt.

Que pouvait bien fabriquer Justin depuis deux jours qu'il faisait le mort ? Non seulement il ne s'était pas montré au casino, mais elle ne l'avait vu ni à la piscine ni au bar ni mêlé à une des parties de poker privées qui s'organisaient parfois sur un des ponts. Alors à quoi pouvait-il bien employer son temps ? Un joueur était censé jouer, non ? Il ne s'était tout de même pas mis au *bingo*, bon sang ?

— Il le fait exprès ! trancha-t-elle en se plantant devant le miroir. Il essaye de m'avoir à l'usure. Il me laisse mariner…

Alors qu'elle avait passé deux jours enfermée à travailler d'arrache-pied, il avait dû se dorer au soleil, nager et goûter les douceurs du farniente. Délibérément. Rien que pour lui prouver qu'il était capable de se passer d'elle. Indifférent aux tortures qu'il lui faisait subir.

Qui sait, d'ailleurs, s'il n'en avait pas profité pour prendre un verre avec sa Mary Dewalter ?

— Et alors ? Qu'est-ce que ça peut te faire ? demanda-t-elle à son reflet en s'attaquant à ses cheveux à grands coups de brosse rageurs. Pendant ce temps-là, au moins, tu ne l'as pas dans les jambes.

Cela tombait bien — vraiment bien — que Justin ait trouvé à s'occuper ailleurs. Ainsi, elle terminerait sa dernière croisière dans le calme et la sérénité, au lieu d'être constamment sur le pied de guerre, à lui tirer dessus à boulets rouges.

Il suffisait qu'il soit dans les parages pour que ses nerfs craquent. Cela dit, elle n'était pas très calme non plus lorsqu'il s'appliquait à l'éviter, reconnut-elle en jetant la brosse sur la commode.

Le cœur des femmes était décidément compliqué

Mais ce n'était pas une raison pour passer sa dernière journée de liberté à broyer du noir. Non, elle s'appliquerait à prendre du bon temps, au contraire. Se balader à Charlotte Amalie, faire un peu de plongée, acheter quelques bricoles — entre autres, le whisky promis à son père.

— Mais *quand même*, quel ingrat, ce Justin… Me proposer un emploi, me faire miroiter des perspectives, puis disparaître sans crier gare…

Une stratégie typique de joueur, décida-t-elle en s'asseyant pour enfiler ses sandales. Mais si ça l'amusait de jouer à ce petit jeu, elle pouvait procéder de même de son côté. Quitte à se faire porter pâle et à s'enfermer deux jours entiers dans sa cabine s'il le fallait.

Serena sourit lorsqu'on frappa à la porte.

— C'est ouvert, lança-t-elle, persuadée qu'il s'agissait d'un de ses collègues croupiers.

Justin était la *dernière* personne qu'elle s'attendait à voir apparaître dans le rectangle de lumière du couloir. Et le plaisir de le retrouver était certainement la *dernière* émotion qu'elle s'attendait à ressentir en le voyant !

— Bonjour, lança-t-il avec un large sourire, comme si sa présence chez elle allait de soi.

— Tu sais qu'il est formellement interdit aux passagers de s'aventurer sur ce pont ?

— Ah bon.

Sans paraître rebuté par son accueil glacial, Justin entra et referma la porte derrière lui. Il examina les quatre cloisons blanches et la couchette, le pot de verre dans lequel elle avait arrangé du sable et des coquillages, les quelques coussins aux couleurs vives réalisés par sa mère et le tableau qu'elle avait accroché au-dessus du lit.

— Tu as su tirer parti de l'espace, commenta-t-il, approbateur.

— *Mon* espace, oui. Fermé au public, je te le rappelle. Si on te surprend ici, je perds mon emploi, Justin.

— La perspective ne me paraît pas très menaçante, sachant qu'il ne te reste plus que deux jours à travailler à bord. Je doute qu'ils te jettent à l'eau en t'intimant l'ordre de rentrer à la nage.

Il se rapprocha du tableau pour l'examiner de plus près.

— C'est une vue d'ici, non ? Le port de Saint Thomas ?

— En effet, riposta-t-elle, sarcastique. Désolée de ne pas pouvoir te recevoir avec tous les honneurs que tu mérites, Justin. Mais je me préparais à sortir.

Il hocha la tête et s'assit sur la couchette.

— Mmm… C'est du solide. Ils t'ont mis une planche de fakir en guise de matelas ?

Elle ne put s'empêcher de sourire.

— Le confort te paraît rudimentaire ? C'est bon pour le dos de coucher sur du dur.

Ils se regardèrent un moment en silence. Savourant le plaisir de le revoir, Serena réprima un sourire.

— Et moi qui croyais être débarrassée de toi.

— Tu pensais vraiment que ce serait aussi simple ? s'enquit-il en attrapant la fine combinaison de dentelle et de soie qu'elle portait pour dormir.

Il la suspendit à un doigt et l'examina avec une attention fascinée.

— Justin ! Repose-moi ça tout de suite !

Avant qu'elle ait pu lui arracher le vêtement des mains, il le replaça docilement sur l'oreiller.

— Ainsi tu as un faible pour la lingerie fine. J'ai toujours admiré les femmes qui revêtent des petites choses aussi sensuelles tout en choisissant de dormir seules. Pour moi, cela témoigne d'un certain esprit d'indépendance.

— Je dois prendre cela comme un compliment ? demanda Serena toujours assise sur le sol de la cabine.

— C'était dit dans cette intention, en tout cas.

Avec un léger sourire, il se pencha pour prendre une mèche de ses cheveux entre ses doigts.

— Arrête d'être charmant comme ça, Justin, protesta-t-elle en se mettant en position accroupie. Ça me déstabilise quand tu oublies d'être arrogant et désagréable.

— Mmm… Qu'est-ce qui te faisait penser que tu étais débarrassée de moi, au fait ?

— Voilà deux jours, maintenant, qu'on ne te voit plus au casino, admit-elle avec un soupir.

— Le *Celebration* offre d'autres distractions.

Elle lui jeta un regard noir.

— En effet, oui. Comme la fréquentation de Mme Dewalter, par exemple ?

— Madame qui ?

Stupidement jalouse, Serena se mit à la recherche de son fourre-tout.

— De-wal-ter. La rousse pulpeuse avec un diamant gros comme une pyramide.

— Des comme ça, il y en a plusieurs à bord, non ? Quelques exemplaires interchangeables ?

Justin haussa les sourcils lorsqu'elle se mit à tâtonner en aveugle sous sa couchette.

— Tu cherches quelque chose ?

— A ton avis ?

Sous son regard amusé, Serena roula à plat ventre et entreprit de ramper sous le lit en pestant et en râlant tant et plus.

— Tu as besoin d'aide ?

— Non, merci ! Je n'ai besoin de rien ni de personne. Tu ne l'avais pas encore remarqué ?

Elle jura de plus belle en se cognant la tête. Lorsqu'elle ressortit en marche arrière avec son grand sac en toile à la main, elle trouva Justin assis sur le sol à côté d'elle.

Repoussant les cheveux qui lui tombaient sur les yeux, elle vida le contenu du fourre-tout sur la couchette.

— Justin, j'ai une chose absolument regrettable à te dire.

Il sourit, habitué à sa langue acerbe.

— Je t'en prie. Exprime ce que tu as sur le cœur. Je suis tout ouïe.

— Tu m'as manqué.

Comme elle faisait le geste de se relever, il la retint par le bras. *Quatre mots seulement.* Elle avait prononcé quatre petits mots de rien du tout. Mais ils avaient suffi à déclencher une tornade en lui. Il s'était aventuré jusqu'à sa cabine en croyant être préparé à tout : sa froideur, sa colère, ses sarcasmes. Mais ce : « Tu m'as manqué » le laissait démuni. Et pour une fois, presque sans voix.

— Serena…

Il lui caressa la joue d'un geste qui n'était que tendresse.

— C'est dangereux ce que tu viens de me dire là. Surtout que nous sommes seuls dans ta cabine.

— Je ne m'attendais vraiment pas à ça, Justin. Je n'en ai pris conscience qu'au moment où tu as passé le pas de la porte, en fait… Et je reconnais que je ne comprends pas grand-chose à ce qui se passe entre nous.

— C'est peut-être un tort que nous avons l'un et l'autre : vouloir comprendre ce qui nous arrive, murmura-t-il comme pour lui-même.

Jugeant qu'elle avait suffisamment baissé sa garde comme cela, Serena se leva d'un mouvement brusque et jeta quelques affaires dans son grand sac.

— J'ai envie d'aller à la plage, de nager, de me balader sur l'île. Ça te dirait de me tenir compagnie ? lança-t-elle d'une voix légèrement tremblante.

Justin se déplaçait toujours sans bruit. Et pourtant, sans le voir ni l'entendre, elle *savait* qu'il s'était levé à son tour et qu'il se tenait juste derrière elle. Son cœur cessa de battre. La cabine lui parut si minuscule soudain que, pour la première fois, en un an, elle sentit poindre comme un début de claustrophobie.

Il posa les mains sur ses épaules et la fit pivoter vers lui.

— Qu'est-ce qu'on fait, alors ? On dépose les armes ?

Sa retenue la toucha. Il aurait pu tirer avantage de la situation, l'embrasser avec son talent et sa passion habituels, la renverser sur sa couchette. Elle lui avait mis toutes les cartes en main pour le faire.

— Déposer les armes ? murmura-t-elle doucement. Oh, non, quelle idée ! Ce ne serait pas drôle du tout.

Comme il lui glissait les bras autour de la taille, elle plaça son fourre-tout entre eux en guise de protection. Justin sourit.

— On ne peut pas dire que l'obstacle soit insurmontable…

— Ma proposition était d'ordre touristique et rien que touristique, Justin. C'est à prendre ou à laisser.

Après une imperceptible hésitation, il la lâcha.

— Va pour la formule touristique alors. Dans un premier temps, en tout cas.

Serena sourit et ouvrit la porte.

— Tu vas voir, tu vas adorer Saint Thomas, promit-elle en lui prenant spontanément la main.

Avec un soupir de bien-être, Serena rejeta ses longs cheveux trempés dans le dos et allongea les jambes sur son drap de bain. Le soleil était tiède, ils avaient nagé pendant deux bonnes heures, équipés de masques et de tubas, et elle ressentait une agréable fatigue musculaire. Devant eux, la mer turquoise scintillait de son éclat de joyau. Et les montagnes vertes alentour semblaient flotter à ras de l'eau, comme autant de mirages.

— Quand je vois ces paysages, j'imagine que, d'un instant à l'autre, je vais voir arriver la flibuste. Il y a trois siècles seulement, j'aurais eu toutes mes chances, commenta-t-elle rêveusement.

Des gouttes d'eau scintillaient encore sur la peau mate de Justin. Il sourit.

— Ah, les pirates des Caraïbes… Tu ne crois pas que l'ami Barbe Noire serait choqué par ce spectacle ? commenta-t-il en montrant les taches de couleurs éparses sur la plage. Nous parlons encore de « la splendeur intacte » des îles Vierges, mais, pour lui, ce serait une vraie vision d'apocalypse, tous ces corps huilés échoués sur le sable comme des phoques.

Serena rit de bon cœur.

— Il aurait sans doute préféré découvrir quelques ossements blanchis et des restes d'épave. Et je le comprends. J'aurais apprécié de vivre à cette époque.

— Comme membre à part entière d'une association de pirates ?

— Pourquoi pas ? C'étaient des aventuriers. J'ai toujours admiré l'indépendance d'esprit sous toutes ses formes — définir soi-même ses codes, ses valeurs, ses lois.

Justin lui jeta un regard indéfinissable.

— Dangereuse théorie, ma belle. C'est la porte ouverte aux pires dérives.

Avec un petit rire heureux, elle renversa la tête en arrière et contempla le ciel.

— Tu as raison. Et mes deux frères juristes ne diraient pas autre chose. Mais ces îles sont si magnifiques et sauvages que j'ai envie de balancer la raison aux orties, pour une fois. Note quand même que la cruauté et la barbarie sévissent aujourd'hui tout autant qu'il y a trois siècles. Avec le côté aventure en moins. Cela ne me dérangerait pas de faire un petit tour dans une machine à remonter le temps.

Justin prit le peigne en corne qu'elle avait posé à côté d'elle et entreprit de le faire glisser dans sa chevelure.

— Et quelles époques irais-tu visiter, Serena aux cheveux d'or ?

— Mmm… La cour du roi Arthur, la Grèce de Platon, la Rome de César… Et il faudrait que j'explore l'Ecosse de mes ancêtres bien sûr, sinon mon père me désavouerait pour la vie. Et naturellement, j'irais faire un tour dans le Far West avant l'arrivée des colons. Enfin… en même temps que les premiers pionniers, plus exactement.

Riant doucement, elle tourna le visage de manière à croiser le regard de Justin.

— Au risque de me faire scalper par l'un de tes ancêtres.

Avec une moue appréciative, il souleva sa chevelure dans ses mains.

— Quel scalp de choix ! Un trophée unique…

— Et toi, Justin ? Cela ne te tenterait pas de partir en excursion dans le passé ? D'aller jouer aux cartes dans un saloon, il y a deux siècles ?

— Ils n'acceptaient pas les Comanches, en ce temps-là.

— Tu aurais trouvé le moyen de t'imposer.

Il plongea son regard dans le sien.

— Non. J'aurais été parmi les guerriers à cheval venus attaquer ton convoi. J'aurais combattu l'envahisseur blanc dont tu aurais été une représentante.

— Selon toute vraisemblance, oui.

Serena se tut un instant pour contempler la mer. Elle aurait tort d'oublier qui il était et ce qu'il était. Ils appartenaient à deux univers rivaux. Leurs passés, leurs traditions traçaient entre eux une ligne de partage invisible mais réelle.

Et la fascination qu'elle ressentait pour lui n'en était que plus grande…

— Oui, nous aurions été ennemis, admit-elle. Tu aurais défendu tes terres et j'aurais été à la recherche d'un nouveau monde, déterminée à repousser les frontières. Tu n'as pas le sentiment d'avoir été dépossédé, parfois ? D'être privé de ce qui te revient de droit ?

Justin continuait à passer lentement le peigne dans ses cheveux. A mesure qu'ils séchaient, ils révélaient les mille nuances qui se mariaient pour former un or délicat et pur.

— Plutôt que de me battre pour un héritage, je préfère me reconstruire par mes propres moyens.

Elle hocha la tête, frappée de l'entendre exprimer une opinion qui avait toujours été la sienne.

— Les MacGregor ont été persécutés en Ecosse, forcés de renoncer à leur titre, leur clan, leurs terres. Si j'avais vécu à cette époque, je me serais battue pour défendre nos droits, bien sûr. Mais maintenant que c'est fait, je n'ai pas de regrets. Pour moi, c'est juste une légende colorée, une belle histoire à raconter aux enfants... Et mon père ne s'en prive pas, d'ailleurs !

Elle fut interrompue par l'arrivée surprise d'un minuscule bout de fillette de deux ans. La fugueuse, échappée à la garde de sa mère, courut droit vers elle et atterrit spontanément sur ses genoux. Toute fière de son escapade, l'enfant noua les bras autour de son cou en riant aux éclats.

— Bonjour, toi, commenta-t-elle, amusée par le regard rieur de ce bout de femme miniature. C'est gentil d'être venue nous voir.

L'enfant attrapa ses cheveux et ses yeux bruns s'écarquillèrent.

— Jo-li, articula-t-elle.

Serena tourna la tête vers Justin.

— Elle a bon goût cette petite, non ?

A sa grande surprise, il attrapa la fillette en riant, la plaça sur ses propres genoux et effleura le nez minuscule.

— Toi aussi, tu es jolie, tu sais.

La petite rit et lui pressa un baiser mouillé sur la joue.

Serena n'eut pas le temps de s'étonner de la facilité avec laquelle Justin accueillait cette manifestation d'affection de la part d'une admiratrice de deux ans, couverte de sable et toute collante de crème solaire. Une jeune femme en maillot de bain noir se hâtait vers eux avec une expression soucieuse sur des traits marqués par la fatigue.

— Rosie ! Voyons, tu ne peux vraiment pas rester tranquille deux secondes, ma chérie ?

Toute rose d'embarras, la jeune mère armée d'une pelle et d'un seau se répandit en excuses. Rosie, elle, jubilait.

— Toi aussi... joli, déclara gravement la fillette en gratifiant Justin d'un second baiser.

Serena ne put s'empêcher de rire.

— Vraiment, je suis désolée, se récria la mère. Je me suis juste éloignée une seconde pour prendre le seau et la pelle et elle en a profité pour partir comme une flèche. Et comme vous avez pu le constater, personne n'est à l'abri de ses élans d'affection.

— Elle a un tempérament curieux et ouvert, de toute évidence, commenta Serena en rassurant la mère d'un sourire… J'imagine qu'elle doit vous occuper à plein temps ?

— Plus que cela, même ! Je suis désolée, vraiment.

— Ne vous excusez pas.

D'un geste plein de tendresse, Justin brossa le sable que la petite avait sur la main.

— Elle est très belle.

Toute rose de fierté, cette fois, la mère se pencha pour récupérer sa fille.

— Merci. Vous avez des enfants, vous aussi ?

Des enfants… *ensemble,* voulait-elle dire ? Déconcertée, Serena ouvrait la bouche pour répondre qu'ils n'étaient mariés ni l'un ni l'autre. Mais Justin la devança :

— Pas encore, non. J'imagine que votre fille n'est pas à vendre ?

Hissant Rosie sur une hanche, la jeune mère eut un regard rayonnant d'amour pour sa progéniture.

— Non, je la garde. Même si je suis tentée de la mettre en location, une heure ou deux de temps en temps ! En tout cas, merci pour votre compréhension. Tout le monde n'apprécie pas d'être attaqué par une tornade de sable de deux ans… Tu dis au revoir au monsieur et à la dame, Rosie ?

En guise d'adieu, la petite fille leva une menotte potelée par-dessus l'épaule de sa mère. Puis elles s'éloignèrent toutes deux en riant aux éclats.

Serena essuya le sable sur ses genoux.

— Franchement, Justin, tu étais obligé de dire à cette femme que nous n'avions pas encore d'enfants ?

— C'est la vérité, non ?

— Tu sais très bien ce que je veux dire !

— Je croyais que ces îles étaient trop belles et trop sauvages pour qu'on se sente obligés d'être raisonnables ?

Avant que Serena puisse répliquer, il lui noua les bras autour de la taille et l'attira contre lui en déposant un baiser sur l'arrondi de son épaule. Au lieu de résister, elle s'abandonna contre lui, consciente que le contact physique avec Justin lui avait manqué aussi.

— Elle était adorable, cette gamine, non ?

— La plupart des enfants le sont, répondit Justin en lui embrassant les cheveux. Ils sont sans préjugés et sans prétentions. Et sans craintes, surtout. La mère de Rosie va bientôt lui apprendre à se méfier des inconnus. C'est indispensable, bien sûr. Mais en même temps, l'univers d'un enfant se rétrécit terriblement. C'est triste qu'on soit obligés de leur inculquer la peur.

Serena s'écarta légèrement pour le regarder dans les yeux.

— Tu sais que tu as des côtés vraiment surprenants, parfois ? Tu es la dernière personne au monde que je m'attendais à entendre tenir des discours sur l'éducation.

Justin faillit répondre que le moment qu'ils venaient de partager avec la petite fille avait éveillé en lui une nostalgie qu'il ignorait abriter. Il avait eu la vision d'une femme à son côté, d'un enfant nouant les bras autour de son cou pour le couvrir de baisers collants. Et cette image avait fait vibrer la corde familiale en lui.

Mais serait-il bien stratégique de confier ces pensées à Serena ? La prudence commandait de rester sur une note plus légère.

— Comment pourrait-on ne pas s'intéresser aux enfants ? Nous avons tous commencé petits, non ? rétorqua-t-il en jouant avec une mèche couleur or.

Serena rit doucement et lui posa les mains sur les épaules.

— J'ai du mal à t'imaginer petit garçon.

— Tu pensais que j'étais né tel quel, de la cuisse de Dame Fortune, en smoking, chemise blanche impeccable avec un jeu de cartes à la main ?

— Mmm… Peut-être, oui.

Le regard solennel, elle se pencha vers lui.

— Je vais te confier quelque chose, Justin.

— Mmm ?

— Moi, je ne te trouve pas « joli » du tout.

— Ah tiens ? Rosie avait pourtant l'air sûre d'elle. Et la vérité est censée sortir de la bouche des enfants.

Elle ne put résister à la tentation de faire glisser lentement ses lèvres sur les siennes.

— Même ta personnalité n'a rien de joli joli, dans l'ensemble, chuchota-t-elle contre sa bouche.

— La tienne n'est pas si angélique non plus.

Justin l'entoura de ses bras et approfondit le baiser. Ils gardèrent l'un et l'autre les paupières mi-closes, agréablement appesanties sans être fermées tout à fait. Serena sentit fondre la carapace qui la séparait du monde, comme si sa peau, ses muscles, ses os n'étaient plus qu'une cire semi-liquide, infiniment malléable. Quelque chose s'ouvrait en elle qui n'avait encore jamais été ouvert. Entre Justin et elle se produisit un phénomène étrange : il y eut une circulation muette, comme un courant qui oscillait de l'un à l'autre.

Dans leur baiser passa alors comme une promesse.

— Je n'ai aucune intention de devenir un ange, murmura-t-elle contre ses lèvres.

—Tant mieux, chuchota-t-il.

Serena s'écarta doucement. Quelque chose avait changé. Elle aurait été incapable de définir ce qui s'était produit exactement. Mais une mystérieuse opération chimique semblait s'être déroulée entre eux à leur insu. Et l'air même qu'ils respiraient vibrait avec une intensité différente. Troublée, les joues en feu, elle se détourna pour récupérer son T-shirt.

Elle avait besoin de prendre de la distance, de se ressaisir, de se retrouver pareille à elle-même.

Entière, de nouveau.

— Il est temps de lever l'ancre, Blade. Il me reste quelques courses à faire avant de retourner prendre du service.

Justin la laissa aller. Mais une lueur d'ironie dansa dans ses yeux verts.

— Tu n'auras pas toujours cette excuse, Serena.

— En effet, acquiesça-t-elle en enfilant son T-shirt. Mais je l'ai aujourd'hui.

Les rues de Charlotte Amalie étaient bondées. Des taxis, des piétons et des petits autobus découverts peints de couleur vive se disputaient le territoire dans un joyeux charivari. Plongée dans ses pensées, Serena laissa à Justin le soin de se frayer un chemin en voiture au milieu de ce chaos. Que s'était-il donc produit de si particulier à l'occasion de ce baiser sur la plage ? Un baiser pourtant nettement moins dévorant, nettement moins *physique* que ceux qu'ils avaient échangés auparavant.

C'était peut-être de là que venait cette drôle de sensation qu'elle ressentait dans sa poitrine, comme si elle était désormais reliée à Justin par un lien autrement plus tenace qu'une simple attirance sexuelle ?

En le voyant faire avec Rosie, elle avait découvert un autre homme, très différent de l'image qu'il projetait. Qu'un joueur professionnel comme lui, impitoyable et froid lorsqu'il défiait le hasard, puisse fondre ainsi devant une jolie poupée brune de deux printemps l'avait littéralement stupéfaite. Il y avait un côté profondément humain en lui qu'elle n'avait pas su détecter sous le masque.

Autant se rendre à l'évidence : elle avait fini par concevoir une réelle affection pour cet homme pas tout à fait comme les autres — pour Justin le joueur. Raison de plus, décida-t-elle, pour rester sur ses gardes. Avec un individu tel que lui la prudence serait toujours de mise.

De toute façon, elle n'aurait plus guère de temps à lui consacrer avant le retour à Miami. Saint Thomas était l'ultime escale, et une fois que le paquebot aurait repris la mer, le casino tournerait seize heures par jour.

Naturellement, il lui restait la possibilité d'accepter sa proposition et de prendre la direction de son casino à Atlantic City. Sourcils froncés, Serena regarda sans les voir les étals et les boutiques de Charlotte Amalie. Jusqu'à présent, elle avait choisi de ne pas trop y penser. Il lui avait paru préférable d'attendre la fin de la croisière pour commencer à réfléchir sérieusement à son offre d'emploi.

Aurait-elle le cran nécessaire pour relever le défi qu'il lui avait lancé ? Alors qu'elle savait d'ores et déjà qu'elle ne sortirait pas indemne de l'aventure ?

Non sans mal, Justin finit par repérer une place de stationnement. Tout en manœuvrant pour faire son créneau, il observa Serena du coin de l'œil. Et se demanda pourquoi le fait de la sentir s'amadouer peu à peu le perturbait à ce point. Il n'attendait que ça depuis le début, après tout. Il avait eu envie d'elle, dès l'instant où il l'avait vue. Et son désir n'avait fait que s'exacerber depuis.

Mais les rires partagés, les baignades, les disputes comme les baisers avaient fini par ajouter une dimension supplémentaire à leur relation. Ce qui n'avait été tout d'abord qu'un besoin physique s'enrichissait de nuances inattendues. Et ce qu'il ressentait désormais pour Serena était trop inhabituel pour qu'il puisse y trouver ses repères.

Il ne savait plus très bien où il en était, en somme.

Au point qu'il en oubliait régulièrement qu'elle était la fille de son amie Daniel. Ce qui n'était pas fait pour arranger la situation…

« Tu ne crois pas qu'il serait temps de clarifier un peu les choses, mon vieux, en commençant déjà par jouer cartes sur table avec elle ? »

Il se tourna vers Serena et la trouva singulièrement pensive.

— Alors ? Qu'est-ce que tu comptes ramener, cette fois-ci ? Encore une collection de porte-clés qui jouent la « Lettre à Elise » ? demanda-t-il sans résister à la tentation de l'attirer dans ses bras.

— Sûrement pas, non. Je n'ai pas l'habitude de me répéter. Je suis pour l'acte unique.

— Répète cet acte-ci au moins encore une fois, murmura-t-il en se penchant sur ses lèvres.

Elle rit doucement et noua les bras autour de son cou, oubliant rapidement qu'ils étaient assis à la vue de tous dans une voiture en stationnement. « *Ce soir*, songea-t-elle. Ce soir je veux faire l'amour avec lui, aller jusqu'au bout de cette attirance entre nous ». A quoi bon reculer indéfiniment ? Elle n'avait pas envie de passer à côté de ce qui se dessinait entre Justin et elle. Et tant pis si elle devait y laisser des plumes.

— Serena…

Avec un soupir qui frisait le grognement, il l'écarta de lui.

— Je sais, chuchota-t-elle en appuyant un instant son front contre le sien. Jamais le bon endroit ni le bon moment.

Elle regarda sa montre et fit la moue.

— Il ne me reste plus beaucoup de temps. Il va falloir être efficace. Tu as le courage de te coltiner encore quelques magasins de souvenirs ?

— Sans problème.

Ils descendirent de voiture et Justin lui prit la main. Deux mètres plus loin à peine, elle tomba en arrêt devant la vitrine d'un bijoutier et poussa un léger soupir.

— Je suis attirée par ce genre d'étalage comme un papillon par la flamme. Et pourtant, je n'ai jamais compris comment une femme intelligente pouvait succomber bêtement à l'attrait de simples cailloux de couleur, commenta-t-elle en secouant la tête.

Justin se plaça à côté d'elle et examina une paire de boucles d'oreilles en diamant et améthyste.

— C'est dans l'ordre naturel des choses, non ? Les garçons collectionnent les cailloux lorsqu'ils sont petits et les filles quand elles sont grandes.

— Avoue que ça ne plaide pas en faveur des filles. Car concrètement, c'est quoi, un diamant ? La forme cristalline du carbone à l'état pur. Une pierre précieuse ? Simple morceau de rocher éclaté et retaillé. Il y a quelques siècles, les pierres précieuses étaient utilisées pour leurs vertus soi-disant magiques. Les Phéniciens voyageaient jusque dans les pays Baltes d'Europe pour trouver de l'ambre. Des guerres ont éclaté pour quelques bijoux célèbres. Et des populations entières sont exploitées en leur nom… C'est peut-être ça, au fond, qui fait que nous aimons les pierres, conclut-elle pensivement.

— Je ne te vois pourtant jamais porter de bijoux, observa Justin en lui enlaçant la taille.

Serena se détourna de la vitrine et reprit sa progression.

— J'ai l'intention de craquer pour une de ces douces folies la prochaine fois que je voyagerai pour le plaisir. Mais pour l'instant, je me contenterai de quelques souvenirs et d'une caisse de Chivas Regal, dit-elle en poussant la porte d'une espèce de bazar.

Justin la suivit à l'intérieur du magasin. Mais lorsque Serena se trouva plongée dans une longue discussion avec la vendeuse au sujet d'un assortiment de nappes brodées, il ressortit sans rien dire et lui faussa compagnie.

Lorsqu'il revint un peu plus tard, Serena avait fait emballer ses achats et se dirigeait vers le rayon des spiritueux. Il la rejoignit au comptoir au moment où elle commandait une caisse de Chivas.

— Du douze ans d'âge, s'il vous plaît.

— Vous en mettrez deux, lança-t-il en arrivant derrière elle.

Serena se retourna au son de sa voix.

— Ah, te voilà. Je croyais que tu avais perdu patience et que tu m'avais plantée là pour de bon.

— Tu as trouvé ce qu'il te fallait ?

— A peu près, oui. Et même un peu plus que cela, admit-elle en riant. Inutile de préciser que je vais regretter amèrement cette folie d'achats au moment où il faudra que je case le tout dans mes valises.

Ils firent livrer les deux caisses de scotch sur le *Celebration* et quittèrent le magasin. Etrange, songea Serena, que Justin ait acquis une telle quantité de whisky. Il n'était pas buveur, pourtant. Elle avait remarqué qu'il ne consommait jamais d'alcool au casino. A part le cocktail Bahamas qu'il avait apporté en pique-nique à Nassau, elle ne l'avait jamais vu boire autre chose que de l'eau.

Elle glissa une main au creux de la sienne.

— C'est surprenant que nous ayons acheté tous les deux la même marque de whisky, non ?

— Pas tant que ça, en fait. C'est même très logique, puisque les deux caisses sont destinées à la même personne, rétorqua-t-il calmement, comme s'il soulignait une évidence.

Déconcertée, elle leva les yeux sur son visage.

— La même personne ?

— Ton père ne boit que du Chivas Regal douze ans d'âge.

— Comment sais-tu que…

Perturbée, elle secoua la tête.

— Et pourquoi ferais-tu cadeau d'une caisse de whisky à mon père, pour commencer ?

Justin lui tint fermement la main lorsqu'un groupe d'adolescents manqua de les séparer en monopolisant tout le trottoir.

— Parce qu'il me l'a demandé.

— Mon *père* ? Mais en quel honneur ?

Justin lui prit le bras pour traverser. Elle avait les yeux rivés sur lui et ne prêtait aucune intention au trafic.

— Quand Daniel fait un cadeau, il demande généralement quelque chose en contrepartie.

Daniel ? La parfaite aisance avec laquelle il prononçait ce prénom sidéra Serena. Elle s'immobilisa net au beau milieu du trottoir bondé.

— Exprime-toi clairement, Justin, s'il te plaît. Je ne comprends strictement rien à ce que tu me racontes !

— Oh, mais je ne crois pas qu'il y ait eu quoi que ce soit d'obscur dans ma formulation : ton père m'a prié de lui ramener une caisse de whisky pour le remercier d'avoir organisé pour moi une croisière dans les Caraïbes à bord du *Celebration.*

— Tu dois confondre, conclut-elle en secouant résolument la tête. Mon père ne travaille pas dans une agence de voyages.

Justin éclata de rire.

— Nous sommes bien d'accord. Daniel est très polyvalent, mais je ne le verrais pas tour operator ! Viens, allons nous asseoir dans ce café. Je t'offre un verre.

Serena dégagea son bras d'un geste sec.

— Je n'ai pas envie de m'asseoir. J'aimerais juste comprendre comment il se fait que *mon* père se mêle d'organiser *tes* vacances.

— Je crois que c'est ma vie qu'il avait l'intention d'organiser, surtout.

Il trouva une table vide et Serena s'assit machinalement.

— … et la tienne, par la même occasion, précisa-t-il avec un pétillement d'humour dans ses yeux verts insondables.

Tentée de taper du poing sur quelque chose, Serena se résigna à croiser les bras sur la table.

— Justin…

— J'ai fait la connaissance de ton père il y a dix ans.

Pour se donner du temps, Justin sortit un de ses cigares de sa poche et l'alluma sans se presser. Serena réagissait exactement comme il l'avait prévu. Qu'elle soit folle de rage, il pouvait d'ailleurs le comprendre. Restait à savoir qui, de Daniel ou de lui, elle choisirait d'étrangler en premier…

— La première fois que je suis allé à Hyannis, c'était pour proposer à Daniel d'investir dans l'unique casino que je possédais à l'époque. Au lieu de parler finances, ton père a sorti un jeu de cartes et ça s'est terminé par une partie de poker. Ce fut plutôt un bon début et nous sommes restés en relation d'affaires depuis. Peu à peu, nous nous sommes également liés d'amitié. J'ai d'excellentes relations avec ta mère ainsi qu'avec tes deux frères. Restait un membre — un seul membre — de la famille que je n'avais jamais eu l'occasion de croiser dans les vastes couloirs de la forteresse…

Comme Serena le regardait froidement sans rien dire, il poursuivit :

— Chaque fois que j'étais de passage à Hyannis, tu brillais par ton absence. Mais j'entendais toujours beaucoup parler de « Rena ». Alan apprécie ton intelligence et Caine vante ton direct du droit.

Même si les yeux de Serena brillaient d'une lueur assassine, Justin ne put s'empêcher de sourire.

— Quant à ton père, c'est tout juste s'il n'a pas fait ériger un monument à ta gloire le jour où tu as eu ton bac avec deux ans d'avance.

Serena se sentait plus ou moins comme une cocotte-minute près d'exploser. Elle aurait voulu hurler, jurer, se rouler par terre.

Et se jeter sur Justin pour l'égorger.

— Ainsi, tu *savais*, murmura-t-elle d'une voix vibrante de rage contenue. Depuis le début, tu savais qui j'étais et tu n'as rien dit. Tu m'as manipulée alors qu'il aurait été si simple de m'expliquer que… que…

Comme elle se levait, bien décidée à couper court une fois pour toutes, Justin la retint fermement par le poignet.

— Attends une seconde. Pas un instant, je n'avais songé à faire le rapport entre Serena, la croupière sexy, et la Rena MacGregor dont Daniel me chantait les vertus sur tous les tons et que j'imaginais plutôt en membre actif d'une association de surdoués, occupée à peaufiner son Q.I. Comment aurais-je pu deviner que ton père manigançait une rencontre entre nous ?

Elle rougit, gênée par les innombrables vantardises que son père avait dû débiter à son sujet.

— Je ne comprends pas à quel jeu tu joues, balbutia-t-elle.

— Moi, je ne joue pas à grand-chose, hormis aux cartes et à la roulette, Serena. C'est ton père qui tire les ficelles, en l'occurrence. Et je n'étais pas plus au courant que toi de ce qu'il tramait. Jusqu'au jour où nous avons lutté sur la plage et que tu as clamé haut et fort que personne ne s'attaquait impunément à une MacGregor. Là, j'ai enfin compris pourquoi Daniel avait tant insisté pour que j'aille passer neuf jours dans un village flottant pour admirer des couchers de soleil flamboyants et boire des cocktails tropicaux.

Se remémorant à quel point il avait paru surpris le jour où elle avait prononcé son nom de famille à Nassau, Serena réussit à demander presque calmement :

— Tu veux dire que lorsqu'il t'a envoyé ton billet, mon père n'a pas précisé que je travaillais à bord de ce paquebot ?

Justin écrasa son cigare dans le cendrier en plastique.

— Mais qu'est-ce que tu crois ? Que j'aurais accepté de marcher dans sa combine si je m'étais douté de quoi que ce soit ? C'est seulement lorsque j'ai appris ton nom de famille que j'ai compris que je m'étais fait manipuler comme un débutant… Je reconnais que, sur le coup, je n'ai pas trouvé la situation très confortable, précisa-t-il avec un petit rire.

Pas très confortable, disait-il ? Et il trouvait ça drôle ? Ulcérée, Serena repensa à la conversation qu'elle avait eue au téléphone avec son père. Daniel avait essayé de la cuisiner, le monstre ! Il avait tenté de lui extorquer des informations sur sa rencontre avec Justin, pour s'assurer que sa petite intrigue avait fonctionné comme prévu.

— Je vais le tuer, annonça-t-elle froidement… Mais seulement une fois que je t'aurai réglé ton compte. Chaque meurtre en son temps.

Les poings serrés, elle se força à expirer à fond pour ne pas céder à la tentation de hurler.

— Et inutile de jouer les innocents, surtout. Tu aurais pu m'en parler tout de suite, sur la plage, à Nassau, au lieu de garder ta découverte pour toi.

— C'est vrai. J'aurais pu le faire. Mais comme je pressentais que ta réaction serait explosive, j'ai choisi d'attendre un peu.

— Tu as *choisi* d'attendre un peu, répéta-t-elle, les mâchoires crispées. Et mon père a *choisi* d'orchestrer cette rencontre. Tu te rends compte, au moins, à quel point vous êtes manipulateurs, dominateurs et égocentriques, toi et lui ? Cela ne te dérangeait pas de me voir traitée comme un pion sur un échiquier ? Mais que dis-je ? Tu envisageais peut-être de me fourrer dans ton lit et de m'en rejeter illico, histoire de te venger du « vague sentiment d'inconfort » que t'avait procuré mon père ?

— Si cela avait été le cas, ce serait déjà chose faite, non ? rétorqua-t-il d'un ton ironique qui acheva de la mettre en fureur. Tu vois, Serena, pour une raison que je ne m'explique qu'à moitié, j'ai de la peine à me souvenir de qui tu es la fille chaque fois que je pose la main sur toi.

— Tout ce que je *vois*, c'est qu'entre mon père et toi, il n'y en a pas un pour racheter l'autre ! Vous êtes puants d'arrogance et sûrs de vous jusqu'au ridicule. De quel droit t'es-tu insinué dans ma vie de cette façon ?

— C'est ton père qui a créé les circonstances de cette intrusion. Ce qui s'est passé pour le reste est strictement personnel. Si tu as l'intention d'assassiner ton aimable canaille de père, libre à toi. Mais évite de poser tes griffes acérées sur moi.

Elle tapa du poing sur la table.

— Je n'ai pas besoin de ta permission pour tuer mon père ! hurla-t-elle à tue-tête.

Un bref silence tomba autour d'eux et quelques têtes se tournèrent discrètement dans leur direction.

— C'est exactement ce que je viens de te dire, il me semble, rétorqua Justin avec un calme exaspérant.

Se levant d'un bond, elle chercha vainement des yeux quelque chose à lui jeter à la figure. La caisse de Chivas Regal destinée à son père aurait merveilleusement fait l'affaire. Mais hélas… elle devait déjà être à bord du *Celebration*.

— Je crains d'avoir nettement moins d'humour que toi, Justin. Je ne peux pas me contenter de rire de l'affront que m'a fait subir mon père. Car je trouve son complot aussi insultant qu'humiliant.

Rassemblant sa dignité, elle se pencha pour récupérer ses sacs.

— Je te demanderai de te faire *très, très* discret dorénavant. Si je devais te trouver sur mon chemin, je ne résisterais pas à la tentation de te jeter par-dessus bord, je te préviens.

— C'est entendu. Je te laisserai tranquille jusqu'à la fin de la croisière. A une condition…, précisa-t-il avant qu'elle ne recommence à se déchaîner de plus belle. Que tu me donnes ta réponse pour Atlantic City dans quinze jours.

Elle lui jeta un regard outragé.

— *Ma réponse ?* Je peux te la donner tout de suite. Tu veux savoir ce que j'en fais de ton casino ?

D'un geste de la main, il stoppa le flot d'invectives qui allait suivre.

— Respecte les règles du jeu, Serena. Je m'engage à t'éviter jusqu'à l'arrivée à Miami et toi à m'informer de ta décision dans deux semaines. Pas un jour avant, pas un jour après.

— Ma réponse dans quinze jours sera la même qu'aujourd'hui. Mais je suis parfaitement capable d'attendre jusque-là. Adieu, Justin.

— Serena ?

Elle se retourna pour lui jeter un regard noir.

— Avant de lui planter un couteau dans le cœur, pense à transmettre mes amitiés à Daniel, tu veux bien ?

6.

Pendant le trajet en taxi entre l'aéroport et sa maison de famille, Serena fut surtout éblouie par les arbres. Même si on était encore en septembre, les premiers frémissements de l'automne se faisaient sentir et des touches de couleur enrichissaient le vert profond des chênes, des érables et de certains résineux. Mais si elle éprouvait un réel plaisir à redécouvrir les paysages du Massachusetts, Serena n'en oubliait pas pour autant sa colère.

Si on ne lui avait pas inculqué à un âge encore tendre que « une fois lancé, un MacGregor va jusqu'au bout », elle aurait laissé le *Celebration* repartir sans elle et serait montée dans le premier avion. Stoïque, elle avait serré les dents et s'était acquittée de ses tâches de croupière avec son sourire habituel. Mais loin de se calmer dans l'intervalle, sa rage n'avait fait que croître, au contraire. Si encore elle avait eu la satisfaction de pouvoir se défouler sur Justin ! Mais il avait tenu parole et s'était arrangé pour jouer l'homme invisible pendant le restant de la croisière. Comment il s'y était pris, elle n'aurait su le dire, mais elle ne l'avait même pas aperçu de loin. Et son ressentiment, du coup, s'était entièrement reporté sur son père.

— Ah, tu vas le regretter, vieux tyran touche-à-tout, c'est moi qui te le dis, murmura-t-elle entre ses dents.

Le chauffeur de taxi lui jeta un regard surpris dans le rétroviseur et tint prudemment sa langue pendant le reste du trajet.

Ils longèrent la baie de Nantucket en silence. La vue de la demeure familiale se profilant au loin détourna momentanément Serena de ses projets de vengeance. Entièrement sortie de l'imagination de Daniel, elle ressemblait avec ses deux tours à un château d'un autre âge. Les balcons en pierre de taille étaient massifs, les fenêtres à meneaux hautes et sobres. Serena avait toujours pensé que la large plate-bande colorée qui encerclait les murs servait de substitut aux douves que Daniel aurait sans doute fait creuser autour de sa forteresse s'il avait été libre de laisser ses rêves moyenâgeux suivre leur cours.

Une des ailes de la demeure abritait un garage grand comme un parking où on pouvait ranger dix voitures. L'autre dissimulait une piscine d'intérieur et un sauna. Même si les goûts architecturaux de Daniel étaient résolument tournés vers le passé, il appréciait le confort de la vie moderne.

Le taxi s'immobilisa devant les marches en granit du perron. Laissant ses valises au chauffeur, Serena rassembla ses paquets et gravit l'escalier. Sur le heurtoir en cuivre qui ornait la haute porte en chêne massif étaient gravées les armoiries familiales. Sous la tête de lion couronnée, on pouvait lire la devise des MacGregor, inscrite en gaélique : « Orgueil et loyauté ».

Malgré sa colère, Serena ne put s'empêcher de sourire. Son père avait jugé indispensable d'enseigner ces quelques mots en gaélique à ses trois enfants.

Toujours souriante, elle remercia le chauffeur de taxi, régla le prix de sa course puis actionna le heurtoir, consciente que le son se répercuterait comme un coup de canon dans l'immense demeure.

Quelques secondes s'écoulèrent avant qu'une petite femme aux cheveux gris, au menton pointu, vienne tirer le lourd battant.

— Miss Rena !

Un élan de joie envahit Serena : le plaisir du retour.

— Ah, ma Lily, je suis tellement contente d'être là ! Ça faisait une éternité, non ?

Avec un sourire jusqu'aux oreilles, Serena serra la gouvernante dans ses bras. Lily avait toujours tenu son rôle de mère de substitution avec la plus grande tendresse pendant les longues heures qu'Anna passait à l'hôpital.

— Je t'ai manqué, Lily, j'espère ?

— Toi ? Je n'avais même pas remarqué que tu étais partie ! bougonna la gouvernante en l'examinant d'un regard rayonnant d'affection. Mais où est passé ton bronzage ?

Serena fit la moue.

— Je l'ai caché au fond de mes valises

— Lily ? Quelqu'un a frappé, je crois ? dit la voix claire d'Anna.

Sa mère apparut à l'autre bout du vestibule, avec un canevas à la main

— Rena !

Elle se précipita, les bras tendus, et Serena courut se jeter à son cou. Anna était forte et douce. Et elle portait depuis toujours le même parfum, évocateur d'enfance et de vergers en fleurs.

— C'est merveilleux que tu aies pu rentrer un jour plus tôt, ma chérie. Nous ne t'attendions que demain.

— J'ai eu de la chance. J'ai réussi à trouver un vol tout de suite en arrivant à Miami.

Serena s'écarta pour examiner sa mère. Anna n'avait pas changé depuis sa dernière visite. Elle gardait une peau lisse et veloutée à peine marquée par le temps. Son visage avait une douceur juvénile qui se maintiendrait sans doute jusque dans le grand âge. Et son regard reflétait le calme intérieur qu'elle avait conservé à travers les années, malgré le stress lié à son métier et ses rendez-vous quotidiens avec la maladie et la mort.

Avec un soupir de joie, Serena appuya sa joue contre la sienne.

— Comment fais-tu pour rester si belle, maman ?

— Ton père me le demande si gentiment !

Avec un léger rire, elle prit une des mains d'Anna dans les siennes.

— Tu as une mine superbe, Rena. Rien ne vaut l'humidité de l'air marin pour le teint. Lily, vous voulez bien dire à la cuisinière que Rena est rentrée un jour plus tôt que prévu ? Quant à toi, ma chérie, je ne te lâcherai pas avant d'avoir entendu le récit détaillé de cette année de voyage. Mais ton père ne te le pardonnera jamais si tu ne montes pas le saluer d'abord.

Ramenée au souvenir de sa mission de représailles, Serena fronça les sourcils.

— Pour aller le saluer, je vais aller le saluer, oui.

— Mmm… Tu as l'air bien combative, tout à coup, ma fille. Tu as des comptes à régler avec Daniel ?

— Je te raconterai ça tout à l'heure. Quand j'aurai fini de le réduire en purée, il aura besoin d'assistance médicale, donc tiens-toi prête.

— Mmm… Je vois. Je serai en bas, dans le petit salon de couture si tu as envie de venir me parler après cette séance houleuse.

— Oh, normalement, ça ne devrait pas prendre plus de cinq minutes, murmura Serena, le regard déjà tourné vers l'escalier monumental qui conduisait aux étages.

Au premier palier, elle s'immobilisa un instant pour contempler le profond corridor. C'était là qu'elle avait dormi toute son enfance, avec ses frères et ses parents à proximité. Petite, la maison lui paraissait un peu inquiétante avec ses coins et ses recoins, ses couloirs tortueux. Caine, qui n'avait que trois ans de plus qu'elle, avait largement profité de la configuration des lieux pour lui infliger quelques frayeurs mémorables. Sa grande manie, lorsqu'ils étaient petits, consistait à se cacher derrière des statues pour la guetter ou à faire de drôles de bruits à la nuit tombée, dans des coins sombres. Pour se venger, elle le pourchassait dans les couloirs et ils finissaient immanquablement par se battre en riant aux éclats.

Alan, son aîné de six ans, était plus protecteur, plus distant. Elle ne s'était jamais mesurée à lui physiquement comme elle le faisait régulièrement avec Caine. Enfant, déjà, Alan était d'une honnêteté scrupuleuse alors que Caine avait de la vérité une conception nettement plus élastique. Sans jamais aller jusqu'à mentir, cependant, réalisa Serena avec l'ombre d'un sourire en grimpant à l'étage suivant. Mais dans l'art d'éluder, Caine avait brillamment fait ses classes dès son plus jeune âge.

Cela dit, la grande droiture d'Alan ne l'avait pas empêché de faire de la politique ni de briller dans sa profession. Il avait toujours eu l'enviable capacité de s'accommoder des circonstances et de les utiliser à son avantage.

Ce qui, à la réflexion, était un trait de caractère typique, commun à tous les MacGregor, songea Serena non sans une pointe de fierté.

Mais il y avait *un* MacGregor, là-haut, qui n'allait pas tarder à regretter d'avoir voulu manipuler le hasard à sa façon.

— Accordez-leur un délai supplémentaire de trente jours, ordonnait Daniel au téléphone lorsqu'elle frappa à la porte massive de son bureau... Oui, j'ai bien dit trente jours. *Oui,* j'ai vu les comptes ! Et alors ?...

Les yeux de son père s'illuminèrent à son entrée.

— Faites ce que je vous dis et basta ! trancha-t-il en reposant le combiné d'autorité... Ah, Rena ! Ma fille !

Avant qu'il puisse se lever pour l'embrasser, elle se planta devant le bureau, les deux paumes à plat sur la surface en séquoia poli.

— Espèce de vieux renégat ! Traître infâme !

Une lueur vaguement coupable passa dans le regard de Daniel. Il renversa sa silhouette massive contre le dossier de son fauteuil et s'éclaircit la voix.

— Merci pour le compliment. Toi aussi tu as très bonne mine, ma chérie.

— Comment as-tu osé ? dit-elle froidement. Toi, mon père, me coller sous le nez de ton ami Blade comme un morceau de viande premier choix ?

— Comme un morceau de *viande* ? se récria Daniel d'un ton choqué. Toi, ma fille ? Allons donc... Tu te mets de drôles d'idées en tête. Ainsi, tu as eu l'occasion de faire la connaissance de Justin Blade, tu dis ? Charmant garçon, n'est-ce pas ?

Serena serra les poings.

— Surtout n'essaye pas de faire l'innocent ou je hurle ! C'est toi qui as fomenté ce coup bas, papa. Tu as trafiqué, intrigué, mis ta petite machination au point ici même, en haut de ta tour, comme un tyran ivre de pouvoir, déterminé à se débarrasser coûte que coûte d'une fille à marier qui lui resterait sur les bras ! Cela aurait été plus simple d'établir directement un contrat avec ton ami Blade, non ? De régler la transaction avec l'intéressé en spécifiant tes conditions ?

Elle prit une profonde inspiration et sa voix monta encore d'une octave.

— Et le pire, c'est que tu en serais capable, espèce de vieux despote ! « Moi, Daniel Duncan MacGregor, sain de corps et d'esprit, je donne ma fille unique en mariage à Justin Blade en échange d'une caisse de Chivas Regal. »

Le poing de Serena atterrit bruyamment sur la surface du bureau.

— Tu aurais pu prévoir une clause résolutoire dans laquelle tu stipulerais le nombre d'enfants à mettre au monde. Avec obligation de résultat à la clé. Ou lui proposer de me doter, pendant que tu y es !

— Hé là, petite fille…

— Il n'y a pas de *petite fille* qui tienne, tu m'entends ! C'est méprisable ce que tu as fait. Je n'avais encore jamais vécu d'expérience aussi humiliante.

— Tu te montes la tête, ma chérie. J'ai juste poussé un ami qui m'est cher à s'offrir une petite croisière pour se détendre. Je ne vois pas ce que ça a de si machiavélique !

A bout de patience, Serena contourna le bureau pour aller se dresser face à son père.

— N'essaye pas de me balader, O.K. ? Ça ne marchera pas. Tu l'as envoyé sur le *Celebration* en sachant pertinemment que nous serions amenés à nous rencontrer.

Ce fut au tour de Daniel de taper du poing sur la table.

— Vous auriez pu tout aussi bien ne jamais vous adresser la parole pendant toute la durée de la croisière. Il est grand comme une ville flottant, ton rafiot.

— Mon *paquebot* ! rectifia-t-elle d'une voix stridente. Et si le navire est grand, le casino, lui, est minuscule. Et tu savais que ton ami le hanterait jour et nuit.

Daniel donna de la voix de plus belle.

— Et alors ? Où elle est, ta grande humiliation ? Tu as lié connaissance avec l'un de mes amis ! Je ne vois pas ce que ça a de si vexant, à la fin. Des amis à moi, tu en as déjà rencontré par douzaines. Et ça n'a jamais fait le moindre drame, que je sache !

Ulcérée par tant de mauvaise foi, Serena émit un son sifflant. Elle se dirigea au pas de charge vers la bibliothèque qui couvrait toute une paroi du cabinet de travail paternel. Elle en sortit un gros volume intitulé *Droit fiscal*, l'ouvrit et extirpa six magnifiques cigares de leur cachette. Les yeux rivés sur son père, elle les brisa. Froidement. Méthodiquement. Sans en épargner un seul.

— *Rena*..., balbutia-t-il, manifestement anéanti par cet acte sacrilège.

— J'aurais préféré t'empoisonner, mais je crois que je m'arrêterai là, annonça-t-elle, d'humeur déjà plus sereine.

La main sur le cœur, Daniel se déplia lourdement de son fauteuil. Son visage large, aux traits habituellement énergiques, trahissait une profonde consternation.

— Sombre est le jour où une fille trahit son propre père.

— C'est toi qui m'accuses de trahison ? protesta-t-elle, les poings sur les hanches, en recommençant à élever le ton. Je ne sais pas ce qu'en pense Justin, mais moi, je considère que j'ai subi une grave insulte.

Une brève lueur passa dans le regard de Daniel.

— « Justin », tu dis ? Vous êtes à tu et à toi, apparemment... Et au lieu de me remercier du soin que je prends de toi en te présentant un ami intéressant, tu entres ici et tu m'insultes. Rien n'est plus acéré que la langue d'une fille ingrate.

— Oh, il y a plus acéré, si : le couteau de boucher que j'avais l'intention de te planter dans le cœur.

— Je croyais que tu envisageais l'empoisonnement ?

Elle sourit.

— Je m'adapte facilement. Et comme la croisière de Justin t'a tout de même coûté de l'argent, je suppose que tu aimerais savoir quels retours tu obtiens sur ton investissement ? s'enquit-elle d'une voix suave.

Daniel se détendit et croisa les mains sur le ventre.

— Bonne question, en effet. Dis-moi ce que tu penses de ce garçon ? Il est intelligent, parfaitement intègre, avec ce qu'il faut de fierté pour aller loin dans l'existence.

— Je suis d'accord avec toi, susurra Serena. Et il est également très attirant.

Un sourire de satisfaction joua sur les lèvres de Daniel.

— Il me semblait bien que tu finirais par te rendre à mes raisons, Rena. Je suis assez intuitif, tu le sais. Et ça fait un moment que je sens que ça devrait coller, entre Justin et toi.

— Parfait. Tu seras donc ravi d'apprendre que j'ai décidé de devenir sa maîtresse.

— Sa… sa *quoi* ? se récria Daniel.

La confusion, la stupéfaction et l'horreur se peignirent successivement sur ses traits.

— Jamais de la vie, tu m'entends ? Je préfère t'enfermer en haut de cette tour que d'accepter de voir ma fille en femme entretenue. Serena MacGregor, continue comme ça, et tu vas tâter du fouet, toute femme adulte que tu es.

Elle croisa les bras sur la poitrine.

— Ah, je suis une femme adulte, maintenant ? Alors retiens bien ceci, O.K. ? Une femme adulte décide elle-même quand, où et avec qui elle veut faire sa vie. Une femme adulte n'a pas besoin de son père pour prendre sa vie sentimentale en main. Et la prochaine fois que tu seras tenté d'intriguer comme tu l'as fait, souviens-toi que ton petit scénario aurait très bien pu mal tourner, si tu vois ce que je veux dire.

Sourcils froncés, Daniel scruta son expression.

— Tu ne projettes pas de devenir sa maîtresse, n'est-ce pas ?

Serena lui jeta un regard hautain.

— Quand je déciderai de prendre un amant, je le ferai, que cela te plaise ou non. Mais je ne serai jamais la maîtresse de qui que ce soit.

Le mot « maîtresse » fit quelque peu sourciller Daniel. Mais il parut, dans l'ensemble, plutôt satisfait de sa réaction.

— Tu as pensé à mon scotch ?

— Quel scotch ?

— Ah, Rena, soupira Daniel d'un air si désolé qu'elle lui passa les bras autour du cou.

— Note que je ne te pardonne pas, déclara-t-elle sans parvenir à réprimer un sourire. Je fais seulement *semblant* de te pardonner. Et inutile de me poser la question : tu ne m'as pas manqué une seconde pendant toute cette année de voyage.

— Tu as toujours été une sale gamine irrespectueuse, marmonna Daniel en la serrant à l'étouffer contre son torse puissant.

Lorsque Serena redescendit un peu plus tard, elle trouva sa mère à l'endroit convenu, dans le petit salon de couture. Installée dans une bergère, Anna tirait l'aiguille avec une application sereine. A côté d'elle, sur une table roulante de bois de rose, on avait disposé un service à thé en porcelaine à motif de violettes.

Serena s'était toujours demandé comment sa mère pouvait être à la fois tellement femme d'intérieur, si tendrement maternelle et si brillante dans sa profession.

— Ah, tu arrives au bon moment, s'exclama Anna en relevant la tête. Je viens juste de commander le thé. Ajoute une bûche sur le feu et viens t'asseoir près de moi, ma chérie. Que je te regarde, un peu…

Serena s'agenouilla devant la cheminée et regarda voler les étincelles tandis qu'elle posait du bois dans l'âtre.

— Quelle merveille, cette odeur, murmura-t-elle rêveusement. Je ne m'étais pas rendu compte de tout ce qui m'avait manqué… Je vais pouvoir me faire couler un bain et y rester deux heures d'affilée ! ajouta-t-elle en se tournant vers sa mère. Le luxe absolu.

— Mais je suis sûre que tu as passé douze mois sans même y penser. Tu as toujours su profiter pleinement de l'instant présent, Rena.

Elle prit place en souriant sur le repose-pieds près du fauteuil d'Anna.

— Tu me connais bien, maman… C'est vrai que je me suis régalée, cette année. J'ai travaillé dur, je me suis amusée, j'ai appris des milliers de choses qu'on ne trouve pas dans les livres. Et maintenant, je suis ravie d'être de retour à la maison.

— Tes lettres étaient toujours si vibrantes d'enthousiasme, ma chérie. Tu sais que j'ai eu le plus grand mal à convaincre ton père de ne pas nous réserver une croisière à bord du *Celebration* ?

Serena secoua la tête.

— Incroyable. Je me demande quand il va enfin renoncer à nous couver

— Jamais. C'est sa façon à lui d'exprimer son affection.

Avec un léger soupir, Serena porta sa tasse de thé à ses lèvres.

— Avoue qu'il pousse quand même le bouchon un peu loin, par moments.

— Il n'est pas toujours des plus adroits même si ça part d'un bon sentiment… Mais si tu me disais plutôt ce que tu penses de Justin ?

Choquée, Serena leva un regard suspicieux vers sa mère. Mais Anna sourit et secoua la tête.

— Non, ma chérie, je n'avais pas la moindre idée de ce que manigançait ton père. Il me connaît. Il sait très bien que je n'aurais pas souscrit à son projet. Mais tu avais laissé la porte du bureau ouverte et vos voix étaient… hum… suffisamment sonores pour porter jusqu'ici…

Serena se leva d'un bond, sa tasse de thé toujours à la main.

— Rien que d'y penser, ça me rend folle ! Tu te rends compte qu'il a intrigué tant et si bien qu'il a fini par pousser Justin sur ce bateau ! Convaincu que je reviendrais avec les yeux brillants d'amour et des rêves de félicité conjugale plein la tête. Comme si c'était aussi simple que cela ! Quand j'ai appris qu'il avait tout comploté, j'étais malade de honte. Je crois que c'est la première fois de ma vie que je me suis sentie ridicule à ce point.

— Et Justin ? Comment il l'a pris, lui ?

Serena haussa les épaules.

— Justin ? Oh, je crois qu'il a trouvé ça plutôt amusant, une fois le choc initial surmonté. Au début, il n'avait absolument pas repéré qui j'étais. Et puis, un jour, alors que nous nous disputions sur la plage, j'ai laissé échapper mon nom de famille dans le feu de la discussion. Et là, évidemment, ça a fait tilt — pour lui, en tout cas.

— Vous vous querelliez sur la plage, Justin et toi ?

Anna plongea le nez dans sa tasse de thé comme pour dissimuler un sourire. Serena lui jeta un regard suspicieux.

— Oui… enfin… Pour des bêtises.

— Je vois. Ton père n'est pas le seul à avoir une haute opinion de Justin, Rena. J'ai moi aussi beaucoup d'affection pour lui. J'imagine que Daniel n'a pas pu résister à la tentation de vous mettre tous les deux en présence, étant donné que vous ne vous étiez encore jamais croisés jusqu'ici.

Mais Serena était trop survoltée pour examiner la situation avec la calme indulgence maternelle.

— Tu ne peux pas savoir comme il m'énerve, maman ! J'ai vraiment envie de l'étrangler.

— Qui ?

— Justin ! Enfin... papa aussi, évidemment, se hâta-t-elle de préciser. Mais Justin s'est également comporté de façon très désinvolte, très cavalière même. Il a attendu qu'on soit à deux jours de la fin de la croisière pour m'avouer que nous avions été vilement manœuvrés l'un et l'autre. Et le pire, c'est que je commençais tout juste à...

— Que tu commençais tout juste à quoi ? l'encouragea tendrement Anna.

Un soupir presque douloureux monta du fin fond de la poitrine de Serena.

— Il faut reconnaître qu'il est plutôt pas mal. Et qu'il a du charme à revendre. Ce n'est pas facile de résister à un homme froid, implacable, sans complaisance aucune et qui, tout à coup, par brèves éclipses, se révèle enjoué, complice ou même carrément désarmant. Même quand il me rend folle de colère et que j'ai envie de le tuer de mes mains, mes sentiments envers lui sont passionnés, excessifs. Tu me connais pourtant, maman. Tu sais que je suis plutôt carrée, rationnelle... Mais avec lui, ça fuse dans tous les sens et je ne comprends plus rien à ce qui m'arrive.

Tournant le dos à sa mère, elle admit dans un murmure :

— Nous avons passé la journée ensemble à Saint Thomas. Et s'il ne m'avait pas parlé du petit complot de papa dans l'après-midi, je serais allée le rejoindre dans sa cabine, cette nuit-là.

— Et maintenant ? Comment te sens-tu, par rapport à lui ? demanda Anna.

Avec un léger soupir, Serena regarda la main agile de sa mère aller et venir sur le canevas. Le mouvement avait quelque chose d'hypnotique, d'apaisant.

— Le désir est toujours là. Mais j'imagine qu'une telle attirance concerne les sens et les sens seulement. Nous nous connaissons à peine.

— Tu as donc si peu confiance en toi, Rena ? Tu ne crois pas à ton intuition ?

Elle tourna un regard surpris vers sa mère. Anna sourit doucement.

— Pourquoi un sentiment comme l'amour ne devrait-il se déclarer qu'à la suite d'une période probatoire plus ou moins prolongée ? Les sentiments, les émotions sont aussi diversifiés que les personnes qui les éprouvent. Il n'y a pas deux amours pareils, ma chérie. Lorsque j'ai rencontré ton père, je me suis dit que ce n'était qu'une grande gueule, un beau parleur affreusement imbu de lui-même.

Devant son air interloqué, Anna rit comme une jeune fille.

— C'est le cas, non ? Et ça ne m'a pas empêchée de tomber amoureuse de lui. Deux mois plus tard, nous vivions ensemble. Et nous nous sommes mariés dans l'année.

— Vous avez vécu en concubinage, papa et toi ? se récria Serena, sidérée.

— L'amour passion et la sexualité avant le mariage ne sont pas l'apanage de ta seule génération, Rena. Daniel voulait que nous nous mariions tout de suite. Moi, je tenais à terminer mes études de médecine d'abord. Mais nous étions d'accord sur un point, lui et moi : il était hors de question de vivre séparés.

Serena s'accroupit devant la cheminée pour se donner le temps de réfléchir aux révélations de sa mère.

— Et qu'est-ce qui t'a permis de comprendre que ce ne serait pas un simple feu de paille entre papa et toi ? Qu'il s'agissait bien d'amour et pas seulement d'une flambée de désir passagère ?

— Tu sais que, de mes trois enfants, c'est toujours toi qui m'as posé les questions auxquelles j'ai eu le plus de mal à répondre ?

Abandonnant son canevas, sa mère se pencha pour prendre ses deux mains dans les siennes.

— Le désir et l'amour vont ensemble, Rena. Au point d'être indissociables. Les feux de paille, comme tu dis, sont de simples échos de l'amour véritable. De pâles imitations sans épaisseur, sans substance. Mais lorsque l'amour est là, on le sait, tout simplement. Ton corps te le dit, tu le sens partout en toi, comme une évidence… Tu penses que tu es tombée amoureuse de Justin ou tu as seulement peur que ce soit le cas ?

Serena ouvrit la bouche, la referma. Puis desserra de nouveau les lèvres pour admettre faiblement :

— Les deux.

Anna lui sourit affectueusement et se renversa de nouveau contre son dossier.

— Surtout, ne le dis pas à ton père. Il serait trop content de lui… Tu as l'intention de le revoir, si je comprends bien ?

— Jusqu'à maintenant, j'avais refusé de réfléchir à cette éventualité, admit-elle en appuyant le menton sur ses genoux relevés. Mais je vais être amenée à reprendre contact de toute façon : il m'a proposé du travail et je me suis engagée à lui donner une réponse.

— Du travail ?

Une idée commençait à émerger dans l'esprit de Serena.

— Comme directeur dans son casino-hôtel d'Atlantic City. Avoue que la coïncidence est étonnante : je me proposais justement de voir avec papa s'il n'y aurait pas moyen pour moi d'ouvrir un établissement de ce genre.

Anna parut agréablement surprise.

— Justin n'est pas quelqu'un d'irréfléchi. S'il est prêt à te confier une pareille responsabilité, c'est qu'il a dû être impressionné par tes compétences.

— Je n'ai pas perdu mon temps sur le *Celebration*. J'ai développé de bonnes capacités relationnelles. Et je crois que j'ai un certain talent pour me faire entendre quand il le faut.

— Oh, ce talent-là, tu l'avais déjà à deux ans, observa sa mère en riant.

— Et puis, je me suis fait une idée de la façon dont tournait une structure hôtelière, poursuivit-elle, profondément absorbée dans ses réflexions. Un paquebot n'est rien de plus, dans le fond, qu'un hôtel flottant. Quant au casino, il était de taille modeste, bien sûr. Mais ça m'a permis d'analyser son fonctionnement dans les détails.

Elle tomba dans un silence pensif que sa mère finit par interrompre.

— J'ai l'impression que tu manigances quelque chose, Rena ? Je me trompe ?

— J'ai l'intention de doubler la mise, murmura-t-elle. Pair, impair, ou passe. Et là, il faudra bien que Justin se détermine…

Justin glissa un pourboire au chasseur et abandonna ses valises dans l'entrée. Il laisserait à la femme de chambre le soin de défaire ses bagages le lendemain matin. Quant au casino, il tournerait bien une soirée de plus sans lui. Pour le moment, il se contenterait de dîner dans sa suite et de passer quelques coups de fil aux responsables de ses quatre autres établissements. En priant pour qu'aucun problème majeur ne se soit présenté pendant son absence. Il n'était pas d'humeur à affronter une crise professionnelle. Celle qu'il traversait dans sa vie privée lui suffisait amplement.

Passant dans la salle de bains, il se déshabilla dans l'espoir de se détendre sous une douche brûlante. Les robinets réglés à leur maximum de puissance, il ferma les yeux, laissant la violence du jet dissiper momentanément les tensions qui ne le quittaient plus depuis trois jours. A cette heure-ci, Serena était sûrement de retour à Hyannis, supputa-t-il. Et Daniel avait déjà dû en prendre plein les oreilles.

Justin sourit. Il aurait donné une petite fortune pour pouvoir assister à la scène. Voir la tête de Daniel face à sa fille en furie l'aurait sans doute consolé des deux journées interminables qu'il avait dû s'infliger sur le *Celebration*. Il s'était ennuyé ferme pendant cette triste fin de croisière.

Tenir ses engagements envers Serena avait été nettement moins facile que prévu. Savoir qu'il n'avait que quelques pas à faire pour la retrouver au casino, ou endormie sur son lit étroit, dans sa cabine minuscule, à peine vêtue d'un délicieux chiffon de soie avait été pure torture.

Mais il avait tenu bon. D'une part parce qu'il avait l'habitude de respecter les accords qu'il passait. D'autre part parce qu'il avait perçu la gêne profonde qui se cachait sous la colère de Serena. Une gêne dont le temps seul finirait par venir à bout.

Négocier avec elle dans quinze jours serait infiniment plus stratégique que de faire du forcing maintenant, alors qu'elle avait le sentiment humiliant d'avoir été manœuvrée par son père

Suffoquant presque sous la puissance du jet, Justin baissa un peu la pression. Même si Serena refusait son offre, le moment venu, il ne s'avouerait pas vaincu. Il trouverait un moyen de la faire venir à Atlantic City. Et une fois qu'il aurait réussi à l'amener sur son territoire, « l'avantage de la maison » serait pour lui.

Profondément absorbé dans ses pensées, Justin sortit de la douche et se sécha avec des gestes lents, presque mécaniques. Il avait besoin de quelqu'un de compétent pour gérer son casino au rez-de-chaussée. Et il avait besoin d'une femme pour partager sa suite au dernier étage. Et Serena présentait un avantage unique : elle satisfaisait aux critères correspondant à l'une et l'autre fonction.

Nouant le drap de bain autour de sa taille, Justin passa dans la chambre à coucher adjacente. C'était une pièce spacieuse, avec de beaux parquets à l'ancienne et un balcon qui donnait directement sur l'océan Atlantique. Il jeta un coup d'œil au grand lit avec sa couette de soie pourpre. Combien de femmes avaient dormi ici avec lui depuis qu'il avait ouvert ce casino ? Avec un léger haussement d'épaules, Justin dut admettre qu'il n'en avait aucune idée. Le but chaque fois était de se donner une nuit de plaisir mutuel… Rien de plus.

Et rien de moins, non plus.

Laissant tomber sa serviette sur le sol, il sortit un peignoir propre d'un de ses placards. Et songea à l'époque où il campait encore dans des meublés minuscules. Mais même pendant les périodes de vaches maigres, il y avait toujours eu des femmes en abondance, dans sa vie. Ce soir, il n'aurait que son téléphone à prendre pour bénéficier d'une compagnie agréable, d'une conversation intelligente et d'une nuit de voluptés raffinées.

Son corps tendu, noué avait faim de plaisir. Mais pour la première fois depuis qu'il était en âge de faire l'amour, il découvrait que le désir qui lui tenaillait les reins ne s'adressait pas au sexe féminin dans son ensemble mais à une femme en particulier.

Frustré par ce constat, Justin renonça à passer un coup de fil et arpenta la chambre. C'était par pure commodité qu'il avait établi ses quartiers à Atlantic City. Il s'installait toujours dans le plus récent de ses casinos parce qu'un établissement neuf requérait plus souvent sa présence. Vivre en permanence à l'hôtel ne lui avait jamais posé le moindre problème. Il y avait même pris goût au contraire. Le cadre était agréable, la propreté irréprochable et il n'avait qu'à appuyer sur un bouton pour satisfaire ses moindres besoins

Mais ce soir, étrangement, sa suite lui parut impersonnelle et même inutile. La pensée qu'il partageait son espace avec des centaines d'autres personnes l'oppressait. Il ouvrit les stores, scruta la nuit noire en imaginant une maison entourée d'arbres. Avec de l'espace autour, de l'herbe tendre et l'odeur de la rosée au petit matin.

Bizarre, songea-t-il en se passant la main dans les cheveux. Cette vague envie de tout fiche en l'air et de changer radicalement les paramètres de son existence ne lui ressemblait pas. Son mode de fonctionnement lui avait paru plutôt satisfaisant, jusqu'à présent. Mais le fait de désirer une femme et une seule contrariait nécessairement ses équilibres de vie.

Avec un soupir exaspéré, Justin se demanda si c'était à cause de Serena qu'il avait ressenti comme une impression d'absence en franchissant les portes de sa suite. Si elle avait été là, à son côté, il n'y aurait pas eu ce vide fait de silences et d'échos. L'air aurait vibré de son rire. De sa voix. De ses baisers.

De ses colères même.

Pourquoi, aussi, fallait-il qu'il lui ait accordé ce stupide délai de deux semaines ? pesta-t-il, furieux de se retrouver condamné à tourner en rond comme un lion en cage. Il aurait pu la revoir, plonger son regard dans le sien, jouer de son charme et la traîner jusque chez lui de gré ou de force plutôt que de se retrouver là, comme un imbécile, à s'exhorter à la patience.

A défaut de la voir, il lui fallait au moins l'entendre. A moins que… Avec un léger sourire, il se dirigea vers le téléphone et composa le numéro privé de Daniel.

— MacGregor, je vous écoute.

— Vieille canaille, répondit Justin aimablement.

Dans son bureau en haut de sa tour, Daniel leva les yeux au ciel. Il était bon pour sa seconde tournée d'insultes de la journée, comprit-il, résigné.

— Alors, Justin ? Ça gaze, mon garçon ? Tu as apprécié ton voyage en mer ?

— Il a été… très instructif. J'imagine que Serena vous a déjà fait le compte rendu de notre rencontre ?

Daniel jeta un bref coup d'œil nostalgique aux bouts de cigares brisés abandonnés en tas sur son bureau.

— Oui, bien sûr. Elle m'a parlé de toi en termes très élogieux.

— J'imagine, oui.

Justin s'affala sur son canapé et posa ses pieds nus sur la table basse.

— Honnêtement, Daniel, vous ne croyez pas qu'il aurait été plus simple de me dire d'entrée de jeu que votre fille était employée sur ce rafiot ?

— Paquebot, corrigea machinalement Daniel… Tu aurais accepté de partir si je t'avais précisé que tu rencontrerais Rena à bord ?

— Non.

— Tu vois bien…, conclut Daniel, débonnaire. Et je suis sûr que le repos t'a fait le plus grand bien. On ne peut pas travailler douze heures par jour indéfiniment. Ça sert à quoi de gagner de l'argent si on ne se donne pas du bon temps, dans la vie ? Et ne t'inquiète pas pour elle, va. Je m'arrangerai pour la calmer. Tu n'as pas de soucis à te faire. Je me charge de tout.

Justin tressaillit.

— Négatif. Dorénavant, vous ne vous mêlez plus de *rien*, Daniel. Et je garde votre caisse de scotch en otage pour le cas où vous seriez tenté d'organiser encore quelque chose.

Daniel réprima un soupir. Il voulait bien être pendu si ces deux-là n'étaient pas faits pour s'entendre. L'une s'attaquait sauvagement à ses cigares ; l'autre le privait injustement de son whisky. Comme si une simple rencontre provoquée méritait d'aussi âpres représailles.

— Voyons, Justin… Inutile de prendre des mesures aussi extrêmes. Tiens, pourquoi ne prolongerais-tu pas tes vacances de quelques jours pour venir m'apporter mon Chivas à domicile ? Cela te permettrait de revoir…

— Pas question. La donne a changé, Daniel. C'est Serena qui viendra à moi. Et pas l'inverse.

Soudain péniblement conscient que le contrôle de la situation lui échappait, Daniel fronça les sourcils.

— Comment ça, elle viendra à toi ? Qu'est-ce que tu cherches à me dire par là ?

— Rien de plus que ce que je viens d'exprimer.

Daniel tambourina des doigts sur son bureau.

— Très bien, mon garçon. Et si tu me parlais un peu de tes intentions vis-à-vis de *ma* fille ?

— Non.

Justin nota qu'une partie de la tension s'était dénouée dans sa poitrine. Il commençait même à s'amuser franchement.

— Comment ça « non » ? rugit Daniel à l'autre bout du fil. Je suis tout de même son père, bon sang !

— Le sien, oui. Mais pas le mien. C'est vous qui avez créé cette situation, Daniel. Et à présent je n'ai plus qu'à composer avec... à ma manière.

— Ecoute-moi bien, Justin. Tu vas m'expliquer tout de suite...

— Non, répéta-t-il, toujours aussi calmement.

— Je te préviens, Justin : si tu oses te moquer d'elle, je t'écorche vif.

Justin se mit à rire.

— Croyez-moi, Daniel, s'il y a une personne au monde qui est capable de se défendre seule, c'est bien Serena MacGregor.

— Pour ça, oui. Celui qui lui marchera sur les pieds n'est pas encore né.

— Naturellement, si vous craignez qu'elle ne se couvre de ridicule...

— Se couvrir de ridicule ? Rena ? Jamais de la vie.

— Parfait. Elle est donc capable de faire ses expériences par elle-même. Et vous pouvez vous tenir désormais en dehors d'une relation qui ne concerne plus qu'elle et moi.

Daniel grinça des dents et se résigna à allumer un demi-cigare rescapé du massacre.

— Je veux votre parole, Daniel.

— Bon, d'accord, d'accord. Je ne me mêle plus de rien. Mais si j'apprends que...

— Bonsoir, Daniel.

Justin raccrocha avec un large sourire. Il s'était certes fait avoir comme un bleu par son vieil ami. Mais cette fois, aucun doute n'était plus permis : il avait rétabli le score à son avantage.

7.

Le bureau de Justin était au rez-de-chaussée du Comanche, relié à ses appartements par un ascenseur privé. Ce qui lui permettait d'aller et de venir à sa guise sans avoir à passer par des espaces ouverts au public. Ces arrangements étaient purement fonctionnels, tout comme les écrans de surveillance qu'il gardait allumés en permanence pendant les heures d'ouverture du casino. Un miroir sans tain dissimulé derrière le lambris en acajou lui permettait de voir sans être vu lorsque la tension montait autour des tables de jeu.

Pour des raisons de sécurité liées à la nature de sa profession, Justin avait dû se résoudre à s'installer dans un espace de travail sans fenêtres. Ce qui, pour un homme qui avait passé quelques mois de sa vie en cellule, constituait une contrainte majeure. Pour se consoler de l'enfermement, il avait accordé un soin tout particulier au décor. Dans le choix des tableaux surtout, il s'était offert un espace de liberté en optant pour des toiles immenses, avec de vastes paysages sauvages où le regard pouvait se perdre.

Ledit regard, en l'occurrence, aurait dû rester vissé à un rapport destiné aux actionnaires de Blade Enterprises. Mais par deux fois, déjà, Justin s'était surpris à parcourir les colonnes de chiffres d'un œil absent, sans rien enregistrer de ce qu'il lisait.

C'était aujourd'hui que tombait l'échéance : quinze jours s'étaient écoulés depuis sa dernière conversation avec Serena. Et il avait épuisé son stock de patience. Si elle ne se manifestait pas avant la fin de la journée, il se rendrait lui-même à Hyannis pour lui rappeler qu'elle avait un engagement à tenir.

Excédé, il referma son rapport et le jeta sur sa table de travail. L'idée qu'il risquait d'en arriver là le mettait hors de lui. Par principe, il ne courait jamais après une femme. Avec Serena pourtant, il était en permanence tenté de revenir à la charge, de rechercher sa compagnie, de briser ses résistances.

Alors qu'il était bien plus efficace lorsqu'il fonctionnait en position de défense, laissant l'offensive à la partie adverse.

La partie adverse ? Oui, pourquoi pas ? Il préférait penser à Serena en ces termes. C'était beaucoup moins dangereux de considérer leur relation sous cet angle. Cela dit, que ce soit sous les traits de l'adversaire ou de l'amante, il pensait à elle sans relâche. A tout moment, *elle* était là, présente, prête à se glisser dans ses pensées à la faveur de la moindre baisse de concentration.

Et pas moyen de lâcher la pression en se consolant dans d'autres bras. Il savait sans même avoir pris la peine d'essayer que ce serait peine perdue. Depuis deux semaines, donc, il attendait, les nerfs tendus à craquer, d'humeur résolument exécrable.

Mais il n'avait pas l'intention de continuer à tourner en rond indéfiniment avec une libido en berne. Dès l'instant où il l'avait embrassée pour la première fois en pleine nuit, sur un des ponts du *Celebration*, il avait su qu'il lui faudrait posséder cette femme coûte que coûte. Et aujourd'hui serait le jour.

Si Serena ne venait pas à lui, il irait à Serena. Avant le lever du jour, il la voulait dans son lit.

Justin allait appeler sa secrétaire pour lui demander de lui réserver un vol pour le soir même, lorsque cette dernière frappa un coup discret à sa porte.

— Oui ? aboya-t-il avec toute l'amabilité d'un molosse dérangé avec un os entre les crocs.

— Un télégramme pour vous, Justin.

Il leva les yeux et fit un effort pour sourire. Kate, une jolie fille brune, mince comme un roseau, ne méritait pas de subir ses accès d'humeur noire.

— Merci, Kate... Il y a autre chose ?

— M. Streeve voudrait qu'on continue à le laisser jouer. Alors qu'il a déjà largement dépassé le montant autorisé.

Justin prit le télégramme avec un grognement contrarié.

— Il en est à combien ?

— Cinq mille.

Tout en décachetant l'enveloppe, il jura entre ses dents.

— Cet imbécile n'a jamais su renoncer. Alors que tout l'art du jeu consiste à s'arrêter à temps... Qui est responsable des jeux, aujourd'hui ?

— Nero.

— Bon. Dites-lui que Streeve peut tenter sa chance une dernière fois. En espérant qu'il récupérera au moins une partie de ses pertes. Ça le calmera pour le reste de la soirée.

— Acharné, comme il l'est, Streeve est capable d'échanger ses actions en Bourse contre de nouveaux jetons. Il n'y a rien de pire que les fils à papa momentanément privés de liquidités. Ils ne sont pas habitués à ce que la vie leur résiste.

— Nous ne sommes pas là pour porter des jugements, Kate, lui rappela Justin d'un ton conciliant. Mais j'aimerais quand même que Nero garde un œil sur lui. On ne sait jamais.

Kate acquiesça d'un signe de tête et partit transmettre ses consignes. Justin appuya distraitement sur un bouton et les panneaux de bois d'une cloison coulissèrent, dévoilant le miroir sans tain. Puisque Streeve faisait des siennes, ce serait aussi bien qu'il puisse voir ce qui se passait dans le casino.

Alors qu'il actionnait le mécanisme, son regard tomba sur le télégramme.

Ai réfléchi à ta proposition. Viendrai jeudi dans l'après-midi pour redéfinir éventuellement les termes du contrat.

S. MacGregor.

Justin relut deux fois le bref message avant qu'un sourire se dessine lentement sur ses traits. Comme cela lui ressemblait... Le texte était bref, concis et allait droit à l'essentiel. Sans pour autant révéler quoi que ce soit de ses intentions.

L'étau qui lui comprimait la poitrine se desserra de quelques crans. Ainsi elle venait négocier. Parfait. Glissant un fin cigare entre ses lèvres, Justin l'alluma pensivement.

Redéfinir les termes du contrat... Pourquoi pas ? Ses intentions avaient toujours été claires sur le plan professionnel : Serena avait les compétences nécessaires pour prendre son casino en charge. Il avait besoin de quelqu'un de fiable pour assurer la relève et le décharger de ses responsabilités. Avec quatre autres établissements à diriger, c'était intenable pour lui, à terme, de passer tant de temps à Atlantic City. Soufflant un fin nuage de fumée, Justin décida de lui faire une proposition suffisamment intéressante pour la motiver à accepter.

Et lorsque ce problème-là serait réglé...

Oui, une fois leur collaboration assurée, il leur resterait à se positionner sur le plan personnel. Justin suivit des yeux la fine volute de fumée qui s'élevait vers le plafond. Cette fois il n'y aurait pas de Daniel MacGregor pour tirer les ficelles. Entre Serena et lui, il s'agirait désormais d'un jeu en tête à tête. Eminemment privé.

Brusquement, Justin se mit à rire. Pourquoi s'inquiéter du dénouement de cette rencontre ? Gagner au jeu avait toujours été sa spécialité, non ?

Toujours souriant, il appela la réception.

— Steve ? C'est Blade. Une certaine Serena MacGregor devrait se présenter dans l'après-midi. Vous ferez monter ses bagages dans la suite réservée à mes invités, juste en face de la mienne. Conduisez-la à mon bureau dès son arrivée.

— Entendu, monsieur Blade. J'y veillerai personnellement.

— Ah oui. Je voudrais aussi qu'on place un bouquet de violettes dans sa chambre.

— Ce sera fait. Avec une carte de l'établissement ?

— Inutile. Je m'en chargerai moi-même.

Justin raccrocha et consulta sa montre. Midi passé. Dans quelques heures, elle serait là, face à lui, dans son fief. Sa longue attente touchait à sa fin. Reprenant le rapport, il s'y plongea avec une concentration et une énergie redoublées.

Serena remit ses clés de voiture au chasseur et examina le Comanche. De par sa couleur et son architecture, le bâtiment rappelait les grands espaces de l'Ouest. Pratiquement toutes les chambres donnaient sur l'océan, constata-t-elle avec satisfaction. Parfait. Et la piscine sur deux niveaux séparés par une cascade s'inscrivait harmonieusement dans le cadre. Des pièces étincelaient au fond de l'eau, nota-t-elle avec un léger sourire. Apparemment, de nombreux clients étaient prêts à sacrifier leur menue monnaie pour tenter de mettre la chance de leur côté.

A côté de la porte d'entrée se dressait la statue en marbre d'un chef comanche. Ressentant une attirance immédiate, Serena s'en approcha. De toute évidence, Justin avait fait appel aux services d'un sculpteur de talent pour réaliser cette œuvre. Se dressant sur la pointe des pieds, elle ne put résister à la tentation d'effleurer du bout des doigts le visage en marbre. Et nota avec un sourire une certaine ressemblance. Si l'Indien de la statue avait eu les yeux verts…

En attendant qu'on lui amène ses bagages, Serena s'intéressa à l'environnement immédiat de l'hôtel. Sur le front de mer, on retrouvait le décor habituel des villes consacrées aux jeux d'argent : des casinos aux noms célèbres, de grandes enseignes au néon, des fontaines et une circulation automobile assez dense. Mais l'ambiance était néanmoins très différente de celle qui régnait dans un endroit comme Las Vegas. Atlantic City avait longtemps été une retraite estivale à la mode, pour New-Yorkais fortunés. Le large trottoir en planche et la digue en palissade rappelaient qu'on se trouvait dans une station balnéaire. Même si les élégantes demeures victoriennes et les petites maisons de plage subsistaient surtout dans les faubourgs sud, on sentait que la plage n'était pas loin. L'odeur du jeu était présente, mais salée par les embruns. Avec, en arrière-plan, la silhouette des châteaux de sable et des rires clairs d'enfants.

Emboîtant le pas au chasseur qui portait ses bagages, Serena pénétra dans le hall d'entrée du Comanche. Les habituels tapis rouges et les immenses lustres à pendeloques brillaient par leur absence. Les sols en mosaïques claires ainsi que l'éclairage indirect la surprirent agréablement. Elle apprécia également la jungle de plantes en pot et les reproductions au mur qui retraçaient l'univers des Indiens d'Amérique.

Les origines de Justin jouaient un plus grand rôle dans sa vie qu'il ne semblait le penser lui-même, songea-t-elle en se dirigeant vers la réception.

— Bonjour. Je suis Serena MacGregor. On vous aura sans doute prévenu de mon arrivée ?

L'employé lui adressa un sourire de bienvenue.

— Mais certainement, mademoiselle. M. Blade vous attend. Si vous voulez bien me suivre…

La bouche sèche, le ventre noué, Serena hocha la tête. Quoique malade d'appréhension, elle était fermement décidée à n'en rien laisser paraître. En quinze jours, elle avait eu le temps de structurer son projet. Et elle avait eu tout le trajet en voiture entre le Massachusetts et le New Jersey pour finir de préparer son entretien.

A deux reprises, pourtant, ses nerfs avaient pris le dessus. Elle avait dû s'accrocher pour ne pas faire demi-tour et repartir vers le nord. Accepter de faire un bout de chemin avec un homme tel que Justin Blade représentait un risque énorme. Sur le plan professionnel autant que sur le plan sentimental. Elle serait amenée à souffrir, selon toute probabilité. Et de ces souffrances, il ne serait pas facile de se relever.

Mais malgré la peur et l'incertitude, elle avait tenu son cap. Car l'objet de son désir se trouvait à Atlantic City.

Et il avait pour nom Justin.

Le réceptionniste la précéda dans le bureau de la direction et une jeune femme brune assise à une table de travail en ébène leva les yeux à leur entrée.

— Voici Mlle MacGregor, Kate. M. Blade souhaitait la recevoir sans attendre.

La secrétaire se leva.

— Tout à fait… Je vous remercie, Steve… Mademoiselle MacGregor, si vous voulez bien patienter quelques secondes, je vais prévenir M. Blade de votre arrivée.

La dénommée Kate décrocha son téléphone tout en l'observant du coin de l'œil avec une curiosité manifeste. Serena soutint le regard de la jolie brune sans broncher.

— Mlle MacGregor est ici avec moi, Justin… Oui, parfait. Tout de suite… Par ici, mademoiselle, s'il vous plaît.

Lorsque Kate eut ouvert la porte du bureau adjacent, Serena se plaça à côté d'elle et lui sourit.

— Je vous remercie. Je vais me débrouiller maintenant.

Ayant congédié la secrétaire visiblement très intriguée, Serena rassembla son courage et affronta Justin.

— Bonjour, Serena.

Il paraissait dans son élément. Et plus que jamais maître de lui, dans cet univers sur lequel il régnait.

— Bonjour, Justin.

Ils se regardèrent. Se sourirent poliment.

— Assieds-toi, je t'en prie… Je peux t'offrir quelque chose à boire ? Un café ?

— Ça ira, merci.

Justin était sous le choc et luttait vaillamment pour n'en rien laisser paraître. Même si elle n'avait pas quitté ses pensées un seul instant, le temps et l'absence avaient accompli insidieusement leur travail d'effacement. Et il était sidéré de découvrir qu'il avait sous-estimé sa beauté. Oublié la sensualité vibrante qui transparaissait sous la froideur de surface.

— Je te remercie d'avoir fait l'effort de me recevoir aussi vite.

Justin se contenta de hausser les sourcils sans faire de commentaires. Il nota, amusé, qu'ils se tournaient autour, se mesuraient du regard et rassemblaient leurs forces comme deux boxers sur le point de monter sur le ring.

— Tu as fait bon voyage, Serena ?

— Oui, je te remercie. Je suis venue en voiture, en fait. Conduire m'a manqué pendant toute cette année.

— Et comment va ta famille ? s'enquit-il, toujours aussi poliment.

L'espace d'une seconde, Serena laissa tomber le masque et ses yeux violets étincelèrent.

— Bien. Mon père t'envoie ses amitiés.

— Il appartient donc toujours au monde des vivants ?

— J'ai trouvé des méthodes de vengeance plus subtiles que le poignard ou l'arsenic.

Incapable de résister à la tentation plus longtemps, Justin laissa glisser son regard sur sa bouche. Vierges de tout maquillage, ses lèvres légèrement humides s'entrouvrirent comme pour mieux se prêter à l'intrusion visuelle qu'il leur faisait subir.

— Tu t'habitues au plancher des vaches, alors ?

Elle hocha la tête.

— A la terre ferme sous mes pieds, oui. Mais à l'inactivité, non.

— Si tu as envie de diriger un casino, la place est toujours à prendre.

Sous le regard magnétique de Justin, Serena sentit une onde de chaleur glisser de ses lèvres jusqu'au creux de son ventre. Que faisaient-ils ainsi, assis à distance l'un de l'autre, à se parler comme deux étrangers ? Elle aurait voulu se lever, s'accrocher à lui comme une liane, glisser les doigts dans ses cheveux lisses d'Indien, accepter tout ce qu'il lui viendrait à l'esprit de lui proposer sans se soucier des conséquences. Que convoitait-elle d'autre au fond que ses bras autour de sa taille, ses mains courant sur son corps, sa bouche fouillant la sienne ?

Luttant contre le vertige, elle décroisa les jambes, posa calmement les mains sur ses genoux.

— C'est ce dont je suis venue te parler, Justin.

— L'horaire de travail est un peu lourd mais tu auras plus de temps libre que sur le *Celebration*. Tes journées, dans l'ensemble, ne démarreront guère avant 17 heures. Il y aura une part de tâches administratives, bien sûr. Mais l'essentiel de tes fonctions consistera à diriger les employés et à t'occuper des clients. En sachant que tu pourras surveiller les lieux de ton bureau, situé de l'autre côté de la réception.

Justin actionna le mécanisme et elle put voir la foule des joueurs dans la salle voisine, allant et venant entre les tables, parlant sans que le moindre son ne leur parvienne. Elle eut l'impression déconcertante d'assister à une scène tirée d'un film muet.

— Tu auras un assistant pour te seconder. Nero connaît son métier sur le bout des doigts mais il aura besoin de ton aval pour prendre certaines décisions. Chaque fois que je m'absenterai, tu auras l'entière responsabilité du casino. Etant entendu que tu respecteras le règlement fixé pour tous les Comanches.

Serena hocha la tête. Se forçant à déplier ses doigts crispés, elle réussit à lui adresser un sourire amical.

— Je suis prête à prendre cet établissement en main, Justin. Mais pas en tant qu'employée. C'est une association que je te propose.

Pendant une fraction de seconde, elle vit une lueur de surprise dans ses yeux verts. Mais, très vite, il domina sa réaction et se renversa contre son dossier.

— Une association ?

— Seulement pour le complexe d'Atlantic City, précisa-t-elle sans ciller.

— C'est un directeur que je recherche pour mon casino, Serena. Pas un associé.

— Dommage. Car je ne suis pas intéressée, de mon côté, par un emploi salarié. Mon indépendance financière est entièrement assurée. Si j'ai travaillé une année sur le *Celebration*, c'était juste pour le plaisir de l'expérience. A présent, j'ai envie d'une vie active, bien sûr. Mais en m'investissant autrement.

— Tu m'as dit que tu avais l'intention de faire ta carrière dans un casino, pourtant, lui rappela Justin.

Elle secoua la tête en souriant.

— Ça, c'est *ton* interprétation, Justin. En fait, je pensais me mettre à mon compte et ouvrir mon propre établissement de loisir.

Justin laissa échapper un petit rire et se détendit pour la première fois depuis le début de la conversation.

— Avec seulement une année d'expérience pratique ? Tu ne crois pas que tu rêves un peu ?

Bien décidée à ne pas se laisser déstabiliser, elle releva orgueilleusement la tête.

— J'ai eu le temps d'observer lorsque j'étais croupière à bord, Justin. Comme je me trouvais dans un espace fermé, j'ai pu repérer très précisément la façon dont il était organisé — j'ai vu comment ils s'y prenaient, en cuisine, pour prévoir mille cinq cents couverts par jour, comment s'activaient les bataillons de femmes de chambre, et comment on gère une cave à vin. Je sais quand un croupier se sent dépassé et a besoin d'être remplacé ; et je suis capable de convaincre un client de changer de jeu lorsque la tension monte un peu trop. Tant que j'étais sur ce paquebot, je n'avais pas grand-chose d'autre à faire qu'apprendre. Et il se trouve que j'apprends vite — très vite.

Justin nota la froide intensité de son regard, l'expression déterminée sur ses traits. Et il comprit qu'elle avait tout ce qu'il fallait pour y arriver : la motivation, l'intelligence et le compte en banque.

— Et quels avantages aurais-je à te prendre comme associée, selon toi ?

Serena se leva et déambula jusqu'à la vitre.

— Tu vois la croupière à la table 5 ? demanda-t-elle.

— Oui, pourquoi ?

— Regarde ses mains : elles ont une souplesse, une rapidité extraordinaires. Elle a pris un excellent rythme tout en respectant celui des clients. Ce n'est pas un après-midi de semaine qu'il faut programmer sa présence. Des donneurs aussi compétents sont précieux aux heures pleines, lorsque ça se bouscule autour des tables. Le croupier qui s'occupe du jeu de dés, lui, a l'air de s'ennuyer ferme. Je te conseille soit de le virer, soit de l'augmenter.

— Tu peux me préciser ta pensée ?

Sensible à la pointe d'humour dans sa voix, Serena se détendit légèrement.

— L'augmenter si cela le motive suffisamment pour faire un effort et se montrer plus affable. Le mettre à la porte s'il continue à afficher cet air de dédaigneuse lassitude. L'accueil dans le casino devrait être du même niveau que partout ailleurs dans l'hôtel.

— C'est vrai, admit Justin. Tu viens de me donner deux excellents arguments pour t'embaucher comme directeur. Mais cela ne me dit toujours pas ce que je gagnerais en te prenant comme associée.

Serena tourna le dos à la vitre et soutint son regard sans broncher.

— Tes gains seraient plus importants que tu ne le penses, Justin. Lorsque ta présence sera requise en Europe ou dans l'Ouest, tu ne laisseras pas derrière toi un simple employé qui se contentera de régler mollement les affaires courantes dans l'attente de ton retour. En tant qu'associée, j'aurais intérêt à optimiser les profits, donc à me donner à fond. Durant ces quinze derniers jours, j'ai fait quelques investigations, poursuivit-elle. Et si Blade Enterprises continue à s'étendre, il faudra tôt ou tard que tu te résignes à te délester d'une partie de tes responsabilités. Tu ne peux pas être partout à la fois, Justin. Et la part que j'apporterais en tant qu'associée te permettrait de faire une offre intéressante sur le casino que tu brigues à Malte.

Justin siffla doucement entre ses dents.

— Je vois que tu t'es renseignée de près.

— Nous autres Ecossais, nous ne faisons jamais affaire sans savoir où nous allons, rétorqua-t-elle orgueilleusement.

Or je n'ai pas l'intention de travailler *pour* toi mais *avec* toi. Pour la moitié des parts, j'accepte de faire tourner le casino d'ici et de prendre la relève dans d'autres secteurs, en cas de difficulté.

— Parce que tu veux carrément la *moitié* ? s'exclama Justin, de nouveau sur la défensive.

Elle planta froidement son regard dans le sien.

— Si nous devons nous associer, ce sera à parts égales, Justin. Tu n'auras rien de moi sinon.

Un lourd silence tomba. Consciente qu'elle était allée loin — très loin — dans ses exigences, Serena se força à adopter une respirations lente et régulière. Son cœur battait à se rompre et elle tremblait d'avoir poussé le défi aussi loin. Alors qu'elle n'aspirait qu'à balancer sa maudite fierté aux orties et à se jeter dans ses bras.

Car les symptômes qui avaient fait une apparition timide sur la plage, à Saint Thomas, avaient fini par se déclarer franchement pendant leur séparation. Au bout de quelques jours passés à tourner en rond dans la forteresse parentale, Serena avait fini par s'incliner devant l'évidence et posé le diagnostic « amour » sur les sentiments compliqués, tortueux, passionnés que lui inspirait Justin. Mais si elle était bel et bien tombée amoureuse de lui en son absence, elle ne se sentait pas encore prête à le lui faire savoir pour autant.

Voilà pourquoi elle avait choisi de revendiquer une position équivalente à la sienne, au moins sur le plan professionnel. Aimer était une chose. Se soumettre en était une autre. Et elle avait toujours préféré jouer à égalité de chances…

Les nerfs tendus à craquer, Serena réussit néanmoins à lui décocher un sourire confiant.

— Mais je ne veux surtout pas te bousculer, Justin, déclara-t-elle calmement en récupérant son sac à main pour se diriger vers la porte. Prends tout le temps qu'il te faut pour réfléchir à ma contre-proposition. Je compte rester à Atlantic City plusieurs jours, de toute façon. J'ai prévu de visiter quelques établissements à vendre dans le secteur

Lorsque la main de Justin se referma sur son bras, elle se retourna avec une lenteur délibérée pour se donner une contenance. Une peur panique lui comprimait la poitrine. « Qu'est-ce que je fais s'il me prend au mot et qu'il me laisse partir sans chercher à me retenir ? se demanda-t-elle, effarée. Je craque et je me jette dans ses bras ou je me drape dans ma dignité et je renonce à lui pour de bon ? »

Justin plongea le regard indéchiffrable de ses yeux verts dans le sien.

— O.K. Tu me donnes une année entière pendant laquelle je resterai libre de racheter tes parts à tout moment si j'estime que la collaboration ne se passe pas comme elle le devrait, murmura-t-il entre ses dents.

Le soulagement de Serena fut si brutal, si intense qu'elle faillit partir d'un immense éclat de rire.

— J'accepte cette condition, répondit-elle, impassible.

— Je ferai rédiger le contrat par mon avocat. En attendant, tu peux te donner un temps d'essai en prenant tout de suite la responsabilité du casino. Ce qui te laissera environ une semaine pour changer d'avis.

— Je ne changerai pas d'avis, Justin. Lorsque je prends une décision, je m'y tiens.

Ils se regardèrent quelques instants dans un silence électrique. Puis Serena lui tendit la main.

— Tope là, alors ?

Justin prit sa main dans la sienne, mais au lieu de la serrer, il la porta à ses lèvres.

— Tope là, acquiesça-t-il à voix basse. Mais nous pourrions être amenés à le regretter amèrement l'un et l'autre, Serena.

— Je sais. Mais nous sommes censés avoir le goût du risque, non ? Et maintenant, si tu veux bien m'excuser… J'ai l'intention de démarrer au casino dès ce soir et j'aimerais me changer avant de commencer.

— Rien ne t'oblige à prendre tes fonctions à la seconde. Demain sera bien assez tôt.

Elle le regarda droit dans les yeux.

— Je préfère me jeter à l'eau tout de suite. Si tu veux bien me présenter à mon assistant ainsi qu'aux chefs de table et aux croupiers présents, je devrais pouvoir me débrouiller.

— Comme tu voudras, Serena.

— Accorde-moi juste une heure pour défaire mes valises et je me mets au travail.

Mais lorsqu'elle voulut tourner la poignée, Justin l'arrêta en posant la main sur la sienne.

— Est-il utile de te préciser que nous n'avons pas fini de régler ce que nous avons à régler, toi et moi, Serena ?

Ses mots glissèrent sur sa peau, fluides, tactiles, caressants. La simple pression de sa main sur la sienne réveilla un désir toujours prêt à affleurer. Elle se força à respirer lentement, calmement.

— J'en suis tout à fait consciente. Mais je préférerais évacuer l'aspect professionnel d'abord, afin d'éviter les interférences.

Sans que son regard quitte le sien, il attrapa le col de sa veste de tailleur entre l'index et le majeur.

— Il se pourrait que l'affectif et le professionnel soient étroitement imbriqués, en l'occurrence. Et qu'en nous obstinant à vouloir le nier, nous allions droit au désastre, toi et moi.

Le cœur de Serena battit plus vite mais elle réussit à répondre d'un ton parfaitement détaché.

— C'est possible, oui. Mais si cela doit être le cas, nous nous en apercevrons bien assez tôt, n'est-ce pas ?

Une pointe d'admiration transparut dans le sourire de Justin. Il lui ouvrit la porte et s'inclina légèrement.

— Je vois que tu es prête à te mouiller.

— Les risques sont réciproques, non ?

— Exactement. Alors on se retrouve ici dans une heure, chère partenaire *et* associée.

Très vite, ce soir-là, Serena découvrit qu'elle ne s'était pas attelée à une tâche facile. Pour commencer, il s'agissait de se faire accepter dans son rôle d'associée tombée du ciel. Ce qui n'avait rien d'évident a priori. Si l'accueil de ses collègues sur le *Celebration* avait été franc et spontané, elle se retrouvait ici dans une position nettement plus solitaire. A plusieurs reprises, elle avait senti des regards curieux ou sceptiques glisser sur elle. Croupiers et personnel d'encadrement se demandaient clairement à qui ils avaient affaire.

Pour cette raison — parmi d'autres —, il lui avait paru urgent de faire ses preuves avant qu'il ne se passe quoi que ce soit entre Justin et elle. Elle tenait à ce que ses compétences soient appréciées pour elles-mêmes. Et non pas à l'aune de la tendresse que le « patron » montrerait pour elle.

« Principe numéro un : la confiance en soi. Principe numéro deux : la ténacité », se récita-t-elle en relevant le menton.

Serena croyait dur comme fer à l'efficacité de cette formule choc. Mais si elle ne doutait pas de parvenir à se faire respecter à terme, les débuts promettaient d'être laborieux. A Nero, son assistant, elle n'avait pas encore réussi à arracher l'ombre d'un sourire, par exemple. C'était un grand Noir blasé et taciturne qui avait accueilli sa présence d'un simple haussement d'épaules. Nero était une valeur sûre, chez Blade Enterprises. Il faisait partie des rares fidèles à avoir participé à l'aventure des Comanches depuis le début. Dans le premier casino de

Justin, à Las Vegas, Nero avait d'abord officié comme simple videur. Puis il s'était élevé peu à peu dans la hiérarchie en suivant Justin à chaque nouvelle acquisition.

Sans utiliser un mot de plus que nécessaire, Nero lui fit faire le tour du propriétaire en lui précisant les règles de fonctionnement particulières au casino. Puis il la planta là pour aller vaquer à ses occupations.

Consciente que ledit Nero ne serait pas facile à amadouer, Serena se dirigea vers un des croupiers qui venait d'émettre un discret signal de détresse. A quelque distance de la table, déjà, elle entendit qu'un des clients avait notablement haussé le ton.

Serena adressa un sourire aux autres joueurs en présence et alla se placer près du donneur.

— Excusez-moi, y a-t-il un problème ?

— Un gros problème, oui, ma jolie, s'emporta le client mécontent en lui saisissant le poignet. Mais vous êtes qui, *vous,* d'abord ?

Elle commença par baisser ostensiblement les yeux sur la main qu'il tenait prisonnière. Puis elle le toisa froidement.

— La propriétaire, monsieur.

L'homme émit un rire amusé et descendit d'un trait le contenu de son verre.

— Désolé, ma belle, mais le patron, je l'ai déjà vu, je sais à quoi il ressemble. Alors il ne faut pas essayer de me la faire.

— Vous voulez parler de mon associé, sans doute, l'informa Serena avec un sourire glacial.

Du coin de l'œil, elle nota que Nero s'apprêtait à intervenir. D'un signe à peine perceptible de la tête, elle lui indiqua de rester à distance.

— S'il y a un problème, je peux peut-être vous aider à le résoudre, monsieur ?

— J'ai lâché un paquet de fric à cette table, ce soir. Tous mes amis ici vous le certifieront.

Les autres joueurs ainsi pris à partie gardèrent un silence indifférent ou exaspéré.

— Désirez-vous échanger les jetons qui vous restent, monsieur ?

— Ce que je veux, c'est me refaire, ouais ! Mais ce crétin de croupier refuse que j'augmente la mise.

Serena tourna les yeux vers le donneur qui paraissait à bout de patience.

— Notre personnel n'est pas autorisé à dépasser les mises maximales fixées par le règlement et affichées à chaque table, monsieur… ?

— Carson. Mick Carson. Et j'aimerais qu'on m'explique pourquoi un homme libre dans un pays libre ne pourrait pas parier la somme qu'il veut, quand il le veut et comme il le veut.

— Comme je viens de vous l'expliquer, monsieur Carson, chaque casino a ses règles, et le croupier est tenu de les respecter. Mais je n'ai pas dit que j'étais astreinte aux mêmes obligations… Quel montant pensiez-vous parier ?

— Ha ! Voilà des paroles comme j'aime en entendre ! s'écria Carson en faisant signe qu'il souhaitait renouveler sa consommation.

D'un mouvement rapide de la tête, Serena indiqua au serveur de passer son chemin. Mick Carson avait manifestement déjà bu plus que de raison.

— Cinq mille pour une partie, donc, reprit Carson en souriant à Serena. Voilà qui devrait me remettre à flot.

— Très bien. Nero que voici va vous faire signer votre reconnaissance de dette. Vous avez droit à une main pour cinq mille dollars, monsieur Carson. Mais si vous perdez, vous n'insistez pas ?

— Ça marche, acquiesça-t-il en laissant courir sur elle un long regard appréciateur. C'est joli comme tout sur vous, cette petite robe rouge. Si je gagne, je vous invite à boire un verre, rien que vous et moi ?

— Je viens déjà de vous accorder une belle faveur, non ? rétorqua Serena avec un sourire distant. N'en demandez pas trop quand même...

Carson rit doucement.

— Je ne perdais rien à essayer, de toute façon... Ah, non, ne partez pas comme ça. Je veux que ce soit vous qui représentiez la banque.

Sans un mot, Serena fit signe au croupier de s'écarter et prit sa place. Ce fut le moment précis où son regard tomba sur Justin. Debout à quelques mètres de distance, il observait attentivement la scène. Elle avala difficilement sa salive. Avait-elle commis une erreur de jugement en acceptant de négocier avec Carson ? Mais même si le casino perdait cinq mille dollars, ils sortiraient gagnants, en terme d'image, s'ils parvenaient à se débarrasser d'un client pénible en douceur, sans avoir à faire appel au personnel de sécurité.

— Mesdames, messieurs, vos mises ? demanda-t-elle en interrogeant du regard les autres joueurs en présence.

L'abstention fut générale.

— Une petite partie en tête à tête, alors, déclara Carson avec satisfaction en faisant glisser sur le tapis la pile de jetons qu'elle venait de lui remettre.

Serena battit les cartes du sabot et lui servit un sept et un deux. Pour elle, ce fut un trois en carte invisible. Un neuf pour l'apparente.

Carson tendit distraitement la main vers son verre resté vide et indiqua qu'il souhaitait tirer une carte supplémentaire. Serena découvrit une reine.

— Une bûche ? Parfait. Je reste, annonça-t-il, triomphant.

Serena tira successivement un trois puis un cinq puis retourna sa carte invisible. Carson jura à voix basse lorsqu'elle annonça le point.

— A une prochaine fois, alors, monsieur Carson, le salua-t-elle, polie mais inflexible, en attendant qu'il quitte sa chaise.

Il la regarda un instant pendant qu'elle ramassait ses jetons puis, la mine un peu blême, quitta la salle sans un mot. Un soupir de soulagement collectif se fit entendre autour de la table.

— Je suis désolée pour le dérangement, déclara Serena avec son plus beau sourire tout en faisant signe au croupier de reprendre sa place.

— Jolie stratégie, mademoiselle MacGregor, commenta Nero à voix basse lorsqu'elle passa à côté de lui.

— Merci, Nero. Et vous pouvez m'appeler Rena.

Elle eut le plaisir de voir son assistant sourire. Justin, lui, tenait rivé sur elle un regard plus que jamais impassible.

— Alors ? dit-elle, le cœur battant. Tu étais déjà prêt à appeler les urgences psychiatriques pour me faire interner ?

Justin plongea son regard dans le sien.

— Ce n'est pas pour rien que je tenais à te confier la responsabilité de ce casino.

Elle rit doucement.

— Et si j'avais perdu ?

Justin haussa les épaules.

— Cela n'aurait rien changé. Tu as trouvé une solution élégante pour régler un incident qui aurait pu dégénérer rapidement. J'aime bien ton style, Serena MacGregor.

Lorsqu'il glissa un bras autour de ses épaules, un changement instantané se produisit en elle. Les tensions accumulées pendant la soirée retombèrent. Elle se sentait plus douce, plus fluide, plus perméable. Comme si chaque pore de sa peau s'ouvrait au contact de Justin.

— C'est étrange. Mais j'ai tendance à beaucoup admirer le tien, de style, mon cher Blade, admit-elle à mi-voix.

— Tu es fatiguée.

— Un peu, oui. Quelle heure est-il ?

— Pas loin de 4 heures.

— Déjà ! Le problème, dans ces fichus casinos, c'est que les repères de temps y sont si soigneusement effacés, qu'on finit par ne même plus savoir si on est le soir ou le matin.

Justin l'entraîna en direction de son bureau.

— Ce qu'il te faut, c'est un bon petit déjeuner bien reconstituant, déclara-t-il.

— Mmm... Maintenant que tu le dis, je meurs effectivement de faim. Mais le restaurant est de l'autre côté, non ?

— En effet. Mais je t'invite à prendre ce petit déjeuner dans ma suite.

Serena s'immobilisa en riant.

— Le restaurant me paraît beaucoup plus sûr.

Justin sortit une pièce de monnaie de sa poche.

— Face, ma suite. Pile, le restaurant.

Avec une moue sceptique, Serena tendit la main.

— Montre-moi d'abord cette pièce.

Elle examina soigneusement les deux faces et finit par la lui remettre avec un léger haussement d'épaules.

— Bon, d'accord, j'ai trop faim pour débattre de tes méthodes. Lance.

Justin s'exécuta d'un mouvement rapide du pouce et la pièce décrivit dans l'air une courbe impeccable. Serena attendit qu'il la repose sur le dos de sa main puis laissa échapper un soupir résigné.

— Et comme par hasard, c'est pile...

— On va plutôt prendre l'ascenseur, déclara Justin, impassible, en se dirigeant vers le fond du bureau.

8.

— Un jour, je te battrai à ton propre jeu, Justin, pronostiqua Serena en lui jetant un regard sombre. Et je te garantis que je te ferai perdre la mise.

Comme il souriait sans répondre, elle choisit de lui pardonner son insolente victoire et passa à des considérations plus pratiques.

— C'est commode, cet ascenseur qui te relie directement à ta suite.

— Cela me permet d'échapper à la pression de la foule de temps en temps.

Elle songea au miroir sans tain, au bureau sans fenêtre.

— Ils t'étouffent, parfois, Justin, tous ces gens qui grouillent en permanence autour de toi ?

— Jusqu'à présent, ils ne me posaient pas de problème particulier. Mais depuis quelque temps, je commence à sentir quelques discrets symptômes de saturation, admit-il en lui prenant la main pour sortir de l'ascenseur. Et toi ? Ça ne te fait pas peur ?

Elle haussa les épaules.

— J'ai plus ou moins vécu en collectivité toute ma vie.

Serena s'interrompit pour pousser une exclamation de plaisir lorsqu'elle découvrit sa suite.

— Mais c'est un véritable appartement ! On n'a pas du tout l'impression d'être à l'hôtel, commenta-t-elle en allant admirer un aigle de bois sculpté trônant sur une étagère.

Etrangement, ce fut en la voyant aller et venir dans ces pièces que Justin, pour la première fois, eut le sentiment de les habiter vraiment.

Serena s'immobilisa net devant la table de verre placée devant la fenêtre.

— Justin Blade… Je rêve ou c'est notre petit déjeuner qui nous attend déjà ?

Soulevant un couvercle après l'autre, elle découvrit une omelette mexicaine, une chiffonnade de jambon cru et des muffins à la farine de maïs. Rien ne manquait. Pas même une bouteille de champagne dans son seau à glaçons.

— Incroyable, murmura-t-elle.

Elle sortit une rose rouge d'un vase en cristal et la porta à ses lèvres.

— Il y a deux minutes à peine, nous tirions à pile ou face pour déterminer si nous prendrions le petit déjeuner dans ta suite ou au restaurant. Et étrangement, tout était déjà prêt avant même que le hasard ne tranche dans un sens ou dans un autre.

— Miraculeux, non ?

Elle lui jeta un regard accusateur.

— Ce qui est miraculeux, en l'occurrence, Justin Blade, c'est que je ne te verse pas le contenu de cette cafetière sur le crâne !

— Je préfère absorber ma dose de caféine par voie orale, rétorqua-t-il avec l'ombre d'un sourire en allant la rejoindre près de la table.

— Nous ne nous connaissons que depuis très peu de temps, Justin. Et c'est déjà la *seconde* fois que tu organises un repas sans te soucier d'obtenir mon consentement au préalable.

— Tu étais affamée la dernière fois également, si mes souvenirs sont bons.

Serena inspira les arômes alléchants de nourriture et comprit qu'elle était perdue. Avec un soupir résigné, elle se mit à table.

— Croyez-vous que ce soit noble de votre part de profiter ainsi de mon grand appétit, monsieur Blade ? Et du champagne pour le petit déjeuner, en plus…

— C'est le meilleur moment de la journée pour en boire, décréta Justin en débouchant la bouteille pour remplir deux flûtes.

Serena goûta l'omelette et poussa un soupir de pur plaisir.

— Mmm… C'est une merveille. Abstraction faite de ton incorrigible manie de décider pour moi sans me consulter, c'est plutôt charmant de ta part, d'avoir organisé ce petit repas de fin de nuit, avec vue sur l'océan.

— Tout le plaisir est pour moi, murmura Justin en levant son verre.

Le cœur de Serena battit plus vite.

— Tu sais que tu corresponds exactement à l'impression que j'ai eue de toi la première fois que je t'ai vu ? Et que, paradoxalement, tu n'es pas du tout l'homme que j'ai cru déceler en toi ?

— Et quel genre de personne, au juste, croyais-tu reconnaître en moi ?

— Un joueur de black-jack professionnel, pour commencer. Ce qui, dans un sens, est exact…

Serena s'interrompit pour boire une gorgée. Et dut admettre que Justin avait raison : jamais champagne ne lui avait paru meilleur qu'à cette heure avancée de la nuit.

— Je ne pensais pas que tu avais la stabilité nécessaire pour monter une chaîne d'hôtels et en assumer la responsabilité.

Il haussa ses sourcils noirs.

— Ah non ?

— Je te voyais plutôt comme un nomade — un être sans possessions ni attaches. Et on sent qu'il y a effectivement quelque chose de l'homme libre en toi. Du fait de ton hérédité, sans doute. Tu es un mélange intéressant, Justin. Implacable, solitaire et en même temps responsable. Dur mais aussi... adorable, admit-elle en reprenant la rose pour en caresser un pétale du bout du doigt.

— C'est bien la première fois qu'on m'accuse de cela, dit-il avec un léger pétillement dans ses yeux verts.

— De quoi ?

— D'être « adorable ».

— Il faut reconnaître que ce n'est pas ta qualité dominante non plus, marmonna-t-elle, le nez plongé dans son champagne. C'est pour ça que tu me déstabilises chaque fois que tu montres cet aspect déroutant de ta personnalité.

— Te déstabiliser est un immense plaisir pour moi, murmura Justin en lui caressant doucement la main. Je me suis découvert un faible pour la vulnérabilité... sous certaines de ses formes.

Le cœur battant, Serena se raccrocha à son verre.

— Je ne suis pas vulnérable *du tout* en temps normal.

— C'est exact, acquiesça-t-il. Tu es très forte, même. C'est pourquoi je suis d'autant plus charmé lorsque je parviens à exhumer le fond de fragilité qui sommeille en toi.

Les doigts de Justin glissèrent sur la peau sensible au creux de son poignet. Ne sachant trop si elle tanguait à cause de lui ou du champagne, Serena reposa son verre.

— Il serait temps que j'aille me coucher. Sinon je n'aurai même plus la force de traverser le couloir.

Mais Justin, ses doigts toujours entrelacés aux siens, se leva en même temps qu'elle. Dans son regard, elle lut une certitude tranquille qui lui fit battre le cœur.

— Je me suis fait une promesse aujourd'hui, Serena : que nous passerions cette nuit ensemble. Et il nous reste à peine une heure avant le lever du jour.

Il nous reste à peine une heure… Une heure pour laisser leurs corps se fondre l'un dans l'autre ? Une heure pour rouler follement sur son lit, ivres d'amour, mouillés de sueur et de baisers ? C'est ce qu'elle désirait, convoitait, appelait de ses vœux. Mais elle avait la bouche si sèche, les jambes tellement faibles, que si Justin ne lui avait pas tenu la main, elle aurait pris la fuite sans demander son reste.

Serena prit une profonde inspiration.

— J'ai envie de toi, Justin, admit-elle crânement en soutenant son regard. Mais tu ne crois pas qu'il serait plus raisonnable, compte tenu de notre relation professionnelle, d'attendre que… ?

— Ce serait beaucoup plus raisonnable d'attendre, oui, acquiesça-t-il en l'attirant dans ses bras. Mais le nomade sauvage et implacable en moi refuse de patienter ne serait-ce qu'une milliseconde de plus… Viens là, squaw.

Si le regard de Justin était rieur, sa voix, elle, était sombre, impérieuse. Elle voulut protester mais sa bouche était déjà sur la sienne. Une bouche avide qui exprimait une faim insatiable. Déjà, il prenait, dévorait, avant même qu'elle ait pu faire un geste pour s'en défendre. Mais de reculer, il ne serait désormais plus question. Il était déjà trop tard pour lutter contre ce qui les consumait l'un et l'autre. Elle le sentait à la pression des bras de Justin, à l'ardeur de ses baisers, aux vibrations de son corps ferme, dur et plein de désir contre le sien.

Sa langue impérieuse plongeait au fond de sa bouche, s'enroulait à la sienne, comme pour la capturer et la retenir à jamais. Ses mains, ses caresses, son regard ne transmettaient plus qu'un seul et même message : « Maintenant. »

A l'appel muet qu'elle avait lu dès le premier jour dans ses yeux verts, Serena répondit de tout son être. Au-delà de la fièvre de leurs premiers élans de passion, elle ressentait une joie calme, presque aérienne. *Elle aimait.* Et aimer, comprit-elle, était de toutes les aventures la plus extrême et la plus forte. La plus terrifiante, aussi. C'était le seul voyage au monde qui pouvait l'arracher à elle-même, lui faire toucher du doigt à la fois l'infini du ciel et son animalité la plus profonde.

Plaçant les mains en corolle autour du visage de Justin, Serena ralentit leur baiser. Elle voulait un moment — quelques secondes à peine — pour se clarifier les idées et reprendre pied sur terre. Du bout des doigts, elle lui caressa le visage, puis elle détacha lentement ses lèvres des siennes.

— Faire l'amour avec toi, Justin, est mon désir et mon choix.

Il ne dit rien. Mais il la regardait et son cœur battait presque douloureusement dans sa poitrine. Ces quelques mots si simples avaient fait tomber une barrière en lui. Il se sentait soudain à la fois immensément riche et infiniment démuni.

C'était désormais plus qu'une envie de prendre, de jouir et de posséder qui faisait rage en lui. Portant la main de Serena à ses lèvres, il déposa un baiser au creux de sa paume.

— Je n'ai pensé qu'à toi pendant ces deux semaines. Je n'ai désiré personne d'autre que toi... S'il te plaît, viens maintenant, Serena. J'ai besoin de te tenir, de te sentir contre moi.

Ils se dirigèrent main dans la main vers sa chambre. Aucune lampe n'était allumée mais on devinait l'aube déjà proche. Le silence était si profond que Serena perçut, comme décuplé, le son rapide de sa propre respiration.

Lorsque Justin lui lâcha la main pour s'effacer dans les ténèbres, elle demeura debout, sans bouger, incapable de faire un geste. De Justin, elle ne devait attendre aucune douceur dans l'amour. Elle songea à sa bouche exigeante et dure, à l'intensité de ses baisers. Serait-elle à la hauteur d'une telle passion ?

Il y eut un craquement sec et la flamme d'une allumette s'éleva tout près d'elle. Lorsque la bougie s'éclaira, le visage de Justin apparut, mystérieux, et étrangement beau. En cet instant, elle vit qu'il appartenait à un monde sauvage, inconnu et magnifique. Un monde auquel lui seul pouvait lui donner accès.

Son cœur fit un bond presque douloureux dans sa poitrine. Et elle comprit pourquoi la femme capturée par son ancêtre avait commencé par lutter à mort contre son ravisseur pour le suivre ensuite de son plein gré. Jamais peur et passion n'avaient été aussi étroitement mêlées.

— Je veux te voir lorsque nous ferons l'amour, murmura Justin en soulevant la bougie.

Il eut la surprise de la sentir frissonner contre lui. Elle lui avait pourtant paru si déterminée, si calme.

— Tu trembles, chuchota-t-il.

— Je sais. C'est stupide.

— Pas stupide, non.

La conscience du pouvoir qu'il exerçait sur elle laissait Justin presque muet. Serena MacGregor n'était pas femme à trembler devant un homme. Mais pour lui, son corps était secoué de frissons et son visage avait la pâleur de la craie.

— Non, répéta-t-il encore en se penchant sur ses lèvres. Nous avons toutes les raisons de trembler, en effet.

Dès l'instant où leurs bouches se mêlèrent, il la sentit fondre et ployer contre lui. Pour le moment, sa soumission lui convenait. Plus tard, il la voudrait plus active, plus conquérante. Mais il lui plaisait aussi de la voir dans l'abandon, à demi défaillante, comme évanouie entre ses bras. Il la déshabilla sans cesser de l'embrasser, la droguant de baisers, jusqu'à ce que ses jambes se dérobent.

Elle ne tremblait plus mais ses bras, ses épaules, son ventre étaient agités de secousses. Sous le lin couleur rubis de sa robe, il ne fut pas surpris de trouver une lingerie raffinée. Il fit glisser les brides de son caraco sur ses épaules mais ne le retira pas tout de suite. Il voulait entre eux la sensation affriolante d'une soie qui crisse et se froisse. Pendant que Serena s'efforçait de le dévêtir à son tour, il lui léchait doucement les tempes, les paupières, le creux derrière les oreilles, lui arrachant de petits murmures de délice.

Comme il la renversait en arrière sur le lit, Justin sentit un vent de sauvage folie passer en lui. Un besoin de conquérir et de prendre, de plonger dans les profondeurs de son ventre en cédant à une pulsion puissante, aveugle, animale.

Mais il la sentit si fragile entre ses bras qu'il réprima l'élan presque brutal, pour caresser, pétrir doucement ses seins ronds et fermes. De ses lèvres, de ses mains, il l'amena à un premier sommet. Puis, cueillant son cri dans sa bouche, il pressa son corps contre le sien, pour laisser les ondulations de son plaisir se propager en lui.

Serena était prise en étau entre le feu et la soie, dans un monde ondulant — univers de sensorialité pure où la nuit chuchotait ses promesses. A chacun de ses mouvements, elle sentait la douceur satinée de l'édredon épouser son dos, ses cuisses, ses hanches. Les mains de Justin, elles, épousaient le côté face, laissant derrière elles des traînées incandescentes, comme si c'était la flamme de la bougie qu'il promenait sous ses doigts.

Sa chair à vif se consumait de plaisir. Plus aucun code social, plus aucune règle de conduite ne s'appliquait entre Justin et elle. Seule subsistait entre eux cette frénésie sans nom et sans limites, les livrant à un abandon physique dont elle n'avait eu jusqu'alors que l'intuition.

C'était bel et bien un monde inconnu que lui ouvrait Justin. Même si elle avait déjà eu des amants, l'expérience qu'elle vivait était neuve, initiale, unique. Il restait tant de sensations jamais encore éprouvées, tant de gestes qui n'avaient pas été accomplis. Elle avait déjà désiré, certes. Mais sa tête était restée froide, son plaisir focalisé. Jamais il n'y avait eu ce mouvement conjugué du corps et de l'esprit, comme si chaque cellule, chaque molécule de son être était impliquée dans une danse d'amour totale.

— Prends-moi, supplia-t-elle dans un souffle. Oh, Justin… s'il te plaît.

Mais il n'en fit rien et continua à mordre, à caresser, à chuchoter des mots brûlants contre ses lèvres, dans le creux entre ses seins, en effleurant la peau de soie entre ses cuisses. Et elle criait, se soulevait, se tordait, emportée par le torrent irrépressible qui précipitait ses eaux vers le gouffre. Justin était l'amant sans merci qu'elle avait pressenti en lui. Aussi terrifiant qu'exaltant. Déterminé à la submerger si profondément qu'elle ne remonterait peut-être plus jamais à la surface…

Justin exultait. Elle était sienne — entièrement sienne — maintenant. Comme ajustée à lui, sculptée par ses caresses, livrée au plaisir sans retenue.

Il sentit sous lui la danse furieuse de ses hanches, vit son visage marqué par la passion et sut qu'aucun homme, jamais, n'avait eu accès à ce qu'elle lui livrait librement aujourd'hui.

Dehors, le jour se levait et, dans la pâle clarté de l'aube, le visage de Serena paraissait de porcelaine exquise. Les yeux clos, les lèvres entrouvertes sur un gémissement continu, elle était bouleversante et offerte, rayonnante d'une douloureuse beauté qui ne pouvait naître que du feu d'une passion éperdue.

Et cette Serena-là n'appartenait qu'à lui.

— Regarde-moi, ordonna-t-il d'une voix voilée par le désir… Ouvre les yeux, Serena.

Elle obtempéra. Son regard était vague, ses pupilles immenses, comme si elle le découvrait du fin fond d'un ailleurs insoupçonné.

— Tu ne pourras plus revenir en arrière, maintenant, murmura-t-il en joignant son corps au sien.

Elle le contempla gravement.

— Toi non plus, Justin. N'oublie pas : les risques sont réciproques…

Avec un rire rauque, il bougea en elle et le regard des yeux violets rivés sur lui s'absenta de nouveau. Ils ne voyaient plus, n'entendaient plus ; leurs sensations n'étaient plus que tactiles. Quelque chose lâcha en lui, une lumière vive passa devant ses yeux. Il cria et ce fut comme s'ils se détachaient ensemble, larguaient les amarres du monde, emportés par la grande coulée blanche d'une jouissance qui n'en finissait plus.

Au même moment, le soleil se leva, les inondant d'une clarté rose. Avec le visage de Justin enfoui dans son cou, Serena suivit des yeux le rayon qui glissait sur son dos nu. Elle se sentait à l'image du jour naissant : rayonnante, forte et neuve.

Aucune fatigue ne pesait plus sur ses paupières. Au contraire. Elle aurait pu rester réveillée ainsi des heures durant, avec le corps de son amant pesant sur le sien et la caresse de son souffle à son oreille. Souriant toute seule, elle laissa ses mains courir dans son dos, esquissant un léger mouvement de massage.

Justin releva la tête et prit le temps de la regarder longuement, comme pour se nourrir de son image. Puis il posa sur son visage des baisers si délicats, si tendres qu'elle sentit des larmes lui monter aux yeux.

— Je ne pensais pas que l'acte d'amour pouvait encore me réserver des surprises. Mais j'aurais dû me douter qu'avec toi, rien ne se passe jamais comme avec les autres, chuchota-t-il contre sa bouche.

Il lui caressa tendrement le front.

— Il faut que tu dormes maintenant, Serena.

— Je crois que je n'aurai plus jamais besoin de dormir. Je sais en tout cas que je ne veux plus manquer un seul lever du jour, aussi longtemps que je vivrai.

Il rit doucement et roula sur le côté en l'attirant dans ses bras.

— Je te veux ici, avec moi.

Avec un soupir de contentement, elle se blottit contre lui.

— Je suis là, Justin.

— Oui. Et j'ai envie que tu y restes. Que tu viennes habiter avec moi, dans cette suite. L'autre côté du couloir, c'est encore trop loin pour moi.

Avant qu'elle puisse répondre, il lui caressa les lèves du pouce.

— Naturellement, tu t'exposerais à des manifestations de curiosité sans fin. Ça jaserait sec, en bas.

Serena laissa retomber la tête contre son épaule.

— C'est plus que probable, oui. Mais tu ne crois pas qu'ils parleront de toute façon ?

Elle sentit une tension à peine perceptible dans les muscles de Justin. Sa voix s'assombrit.

— La presse à scandale fera ses choux gras de notre histoire, Serena. Tu as pensé à ça ? Toi, une MacGregor, bardée des plus prestigieux diplômes, avec une réputation impeccable… partageant le lit d'un Indien jadis accusé de meurtre qui a commencé sa carrière en jouant aux cartes dans des tripots crasseux.

Du bout du doigt, elle suivit la ligne médiane de son torse magnifique.

— Dis-moi, Justin… Tu cherches à me convaincre de venir vivre avec toi ou tu essayes de m'en dissuader ?

Toujours avare de ses mots, il médita sa question en silence.

— Les deux, finit-il par répondre.

Avec un léger sourire, Serena tourna la tête de façon à pouvoir lui mordiller le cou. Sa main glissa plus bas, sur son ventre.

— J'imagine que je devrais peser le pour et le contre avant de prendre ma décision, murmura-t-elle en changeant de position pour se placer sur lui, son visage juste au-dessus du sien. Tu pourrais m'aider peut-être ?

Possessives, caressantes, les mains de Justin se refermèrent sur ses hanches.

— Afin que tu puisses prendre une décision sensée et rationnelle en ce qui nous concerne ?

Il voulut l'embrasser mais elle détourna la tête. Bien décidée à garder la direction des opérations, elle chercha — et trouva — un point sensible derrière son oreille.

— Tu savais que j'avais eu le premier prix de rhétorique, à la fac, lorsque j'étudiais les lettres classiques ?

— Non, répondit Justin en fermant les yeux.

— Donne-moi n'importe quel sujet, chuchota-t-elle en lui caressant les flancs, et je te soutiens aussi bien la thèse que l'antithèse, le pour que le contre… Commençons par les désavantages, O.K. ? Vivre avec toi présenterait à l'évidence d'innombrables inconvénients.

— Mmm… Si tu le dis…

Il voulut glisser une main entre ses jambes mais elle le devança en se laissant glisser plus bas, pour continuer à explorer tout ce qui se présentait sous ses lèvres.

— Serena…

— Non, mon ami, toi, tu es censé réfléchir, lui rappela-t-elle, implacable en lapant, mordillant la peau élastique et brune. Où en étions-nous déjà ? Ah oui… Si je vivais avec toi, je sacrifierais une bonne partie de ma liberté ainsi que de nombreuses heures de sommeil. Je m'exposerais d'autre part à la curiosité de mes nouveaux employés et aux insinuations désagréables des journalistes.

A mesure que le corps superbe de Justin s'animait sous sa langue et sous ses doigts, Serena sentait sa concentration s'amoindrir. Ses pensées se dispersaient de façon si alarmante qu'elle dut faire un effort considérable pour reprendre le fil de son raisonnement.

— La cohabitation avec toi, d'autre part, risque de ne pas être facile. Tu n'es pas, a priori, quelqu'un d'accommodant. Et comme tu exerces sur moi une attirance permanente, admit-elle dans un murmure, je n'aurais pas l'esprit en paix un seul instant.

Elle se laissa remonter le long de son corps, en prenant largement le temps de se frotter, d'onduler, de mordre et d'embrasser sur son passage.

— Voilà où j'en suis, de mes arguments contre, résuma-t-elle d'une voix rauque. Ils sont nombreux, n'est-ce pas ? Tu peux me donner une raison, une seule, pour me convaincre de vivre avec toi quand même ?

Justin avait conscience de respirer vite — trop vite. Mais il n'était plus en mesure de contrôler son halètement. Il agrippa Serena par ses longs cheveux, et cela sans douceur excessive. Mais là non plus, il ne maîtrisait plus rien.

— Parce que je te veux, lâcha-t-il d'une voix rauque.

Les yeux violets étincelèrent de provocation sensuelle.

— Montre-le-moi, chuchota-t-elle.

Mais avant que la séductrice puisse cueillir ses lèvres sous les siennes, il la renversa sous lui et la prit d'un seul mouvement de reins, lui arrachant un cri qui se mua aussitôt en un gémissement prolongé, qui ne cessa d'enfler en un long, long crescendo.

Prisonnier aveugle de sa quête insatiable, il entendit le nom de Serena exploser sur ses lèvres, puis sa conscience se disloqua, s'égailla en une myriade de fragments dispersés.

Il s'endormit d'un coup, comme assommé, bras et jambes mêlés aux siens, le corps et les émotions à nu.

A peine quatre heures s'étaient écoulées lorsque le téléphone sonna sur la table de chevet. Serena ouvrit un œil, soupira, puis se tourna sur le côté. Maintenant un bras passé autour d'elle, Justin tendit la main et réussit à attraper le combiné.

— Oui ?

Soulevant des paupières lourdes comme du plomb, Serena vit le visage de Justin se crisper au-dessus d'elle. Il se pencha pour poser un baiser sur ses paupières puis reprit d'une voix tendue :

— Quand ?... Ils ont procédé à l'évacuation ?... Non, non, je m'en occupe. Je descends dans mon bureau. Je vous rappelle dans une minute.

— Que se passe-t-il, Justin ?

Il était déjà levé et courait vers le dressing.

— Une alerte à la bombe, dans le Comanche de Las Vegas.

Il attrapa un jean et un pull en cachemire.

— Oh, mon Dieu !

Bondissant hors du lit à son tour, Serena se mit à la recherche de ce qui restait de ses sous-vêtements.

— Il y a eu un coup de fil anonyme annonçant que la bombe exploserait à 15 h 35, heure de Las Vegas, si je ne verse pas d'ici là vingt-cinq mille dollars en petites coupures. Ce qui me laisse peu de temps pour agir. Ils ont déjà commencé à évacuer la clientèle.

— Tu n'as pas l'intention de payer, je suppose ?

Justin la regarda un instant. Puis un sourire coupant comme une lame illumina ses traits d'un éclat glacé.

— C'est hors de question, en effet.

Comme il se hâtait vers la porte, Serena courut à sa suite.

— Je te rejoins dès que je me serai changée.

— Il n'y a rien que tu puisses faire, en l'occurrence.

Les portes de l'ascenseur s'écartaient déjà lorsqu'elle le retint par le bras.

— Mais je peux être avec toi.

Le regard de Justin se radoucit.

— Dépêche-toi alors, murmura-t-il en lui déposant un rapide baiser sur les lèvres.

Dix minutes plus tard, Serena le retrouvait dans son bureau. Il leva les yeux à son entrée mais se contenta de lui adresser un rapide signe de tête tandis qu'il poursuivait sa conversation au téléphone.

Kate allait et venait dans la pièce, le visage livide.

— Il y a du nouveau ? lui demanda Serena à mi-voix.

— C'est une espèce de fou qui prétend avoir posé une bombe quelque part dans notre complexe de Las Vegas. Il affirme pouvoir la déclencher à distance dans un peu plus d'une heure. L'évacuation est en cours et les équipes de police spécialisées sont sur place, mais…

— Mais quoi ?

— Vous vous rendez compte de la surface à fouiller ? s'exclama Kate d'une voix tremblante. Et une bombe, ça peut être placé n'importe où...

Avec un hochement de tête, Serena se dirigea vers le petit bar encastré à l'autre extrémité du bureau et versa un doigt de cognac dans un verre.

— Tenez, buvez, ordonna-t-elle à Kate.

Agitée par un violent tremblement, elle prit le verre et avala le contenu d'un trait.

— Merci... Je suis désolée.

Serena entoura les épaules de la jeune femme et l'entraîna jusqu'au canapé.

— Asseyez-vous, Kate. Il n'y a rien d'autre à faire qu'attendre, de toute façon.

— Justin n'a pas l'intention de payer, observa Kate faiblement.

Serena lui jeta un regard surpris.

— Vous pensez qu'il devrait céder au chantage ?

Kate se passa nerveusement la main dans les cheveux.

— Je sais que ma façon de raisonner n'est sans doute pas très rationnelle... Mais si Justin perd son hôtel de Las Vegas...

— S'il acceptait de payer, il perdrait plus que de l'argent, murmura Serena doucement avant d'aller rejoindre Justin pour lui poser la main sur l'épaule.

En dépit de la présence de sa secrétaire, Justin prit ses doigts entre les siens et les caressa tendrement.

— Il y a eu une explosion au sous-sol, annonça-t-il en couvrant le combiné un instant. Dans une des réserves qui servait à stocker le linge.

— Oh, mon Dieu... Il n'y a pas eu de blessés ?

Justin secoua la tête.

— Non. Des dégâts matériels seulement. Et sans gravité. Ils viennent de recevoir un nouveau coup de fil anonyme :

le type dit qu'il s'agit d'un avertissement. Pour montrer qu'il ne plaisante pas.

Serena lui jeta un regard interrogateur.

— Tu as l'air perplexe, Justin ?

— Cela me paraît étrange que cet individu ait tramé un scénario aussi complexe pour un quart de million de dollars. Je me demande si c'est vraiment l'argent qui l'intéresse. Lorsqu'il a téléphoné pour laisser son message, il a d'abord exigé de me parler personnellement. Et il connaissait mon nom.

Envahie par un léger malaise, Serena fronça les sourcils.

— La chaîne des casinos-hôtels Comanche est célèbre. Et ce n'est pas difficile de découvrir le nom du propriétaire. A moins qu'il ne s'agisse d'un de tes anciens employés, déterminé à se venger d'une injustice quelconque dont il estimerait être victime ?

Avec un haussement d'épaules, Justin reprit le combiné.

— C'est possible, en effet. Nous le saurons si la police parvient à mettre la main sur ce taré. Sinon... Combien de personnes reste-t-il à évacuer ? demanda-t-il à son interlocuteur à Las Vegas. Une centaine ? Bon, continuez à me tenir au courant... Oui, je reste en ligne jusqu'à ce que tout le monde soit sorti.

Kate, qui semblait avoir repris ses esprits, se leva et annonça qu'elle allait faire du café. Le regard rivé sur la pendulette posée devant lui, Justin attendait, impuissant, tout en écoutant les informations que son gérant, à Las Vegas, lui distillait au téléphone.

Les poings serrés, il se demanda pourquoi il réagissait de façon aussi violente, comme si on l'attaquait lui, en personne, et non pas une masse insensible de béton, de verre et d'acier. Cet hôtel à Las Vegas avait une haute signification symbolique pour lui, bien sûr. C'était sa première vraie possession, le premier endroit où il avait habité vraiment après le décès de ses parents. Le Comanche de Las Vegas représentait beaucoup de choses pour lui : sa réussite, la conquête de son indépendance, son appartenance revendiquée à la tribu dont il était issu.

Mais était-ce seulement pour ces raisons sentimentales qu'il se sentait visé ? Justin ne parvenait pas à se débarrasser de la certitude intuitive que le poseur de bombes n'en avait pas qu'après son argent.

— Il se peut qu'il bluffe. Rien ne nous prouve que cette bombe existe réellement, dit la voix posée, confiante de Serena dans son dos.

Rasséréné par sa présence, il lui tendit la main pour qu'elle vienne se placer devant lui.

— Je crains que ce ne soit pas qu'une menace en l'air, malheureusement.

Serena pressa sa main entre les deux siennes.

— Tu as raison de ne pas payer, en tout cas.

— Il n'y a pas d'autre attitude possible, de toute façon.

Il se concentra de nouveau sur la voix à l'autre bout du fil.

— C'est fait ? Tout le monde est sorti ? Très bien… Oui, oui, je reste à l'appareil.

Ses doigts entrelacés à ceux de Justin, Serena se percha sur l'accoudoir du fauteuil. Elle sentait des vagues de tension silencieuse émaner de lui pour se communiquer à elle, comme s'ils ne formaient qu'une seule entité soudée. L'attente immobile semblait ne jamais devoir prendre fin. Percevraient-ils le son de l'explosion par le combiné du téléphone ? se demanda-t-elle avec un léger frisson. Pour Justin, ce n'était pas la première fois que son avenir se jouait sur un coup de dés. Mais si le sort devait s'acharner contre lui, ils seraient deux à faire face désormais.

Brusquement, elle sentit les muscles de Justin se contracter.

— C'est fait ? demanda-t-il d'une voix sourde. Elle a été désamorcée ?... Oui, il s'en est fallu de peu, en effet. J'arrive dès que possible.

Il laissa retomber le combiné.

— Ça y est. La bombe a été trouvée. Elle aurait eu la puissance nécessaire pour souffler le casino... Kate, prends-moi une réservation sur le premier vol pour Las Vegas, s'il te plaît.

Serena se laissa glisser de l'accoudoir et se sentit vaciller sur ses jambes.

— A-t-on une idée de l'identité de l'agresseur, Justin ?

— Aucune... Je vais devoir m'absenter quelques jours, le temps de tout régler sur place, annonça-t-il en lui prenant les épaules. Il semble que ma nouvelle associée va passer par l'épreuve du feu plus tôt que prévu.

Serena se dressa sur la pointe des pieds pour l'embrasser.

— Ne t'inquiète pas pour ça, Justin. Je m'occuperai de notre hôtel.

— Je sais. Je te fais entièrement confiance, murmura-t-il en l'attirant contre lui. Mais j'aurais préféré ne pas avoir à te laisser maintenant.

Elle prit son visage entre ses mains.

— Je serai là à ton retour, Justin.

Il se pencha sur ses lèvres mi-closes. Sentir sa bouche si tendrement consentante sous la sienne le bouleversa

— Retourne te coucher, chuchota-t-il, la gorge ridiculement nouée. Tu n'as dormi que quelques heures cette nuit.

Le cœur serré, elle se força à sourire.

— Me coucher ? Comme si je n'avais que ça à faire. Je n'ai même pas encore visité les cuisines, ni la salle de spectacle.

Et puis je veux jeter un coup d'œil sur les dossiers dans mon bureau. Faire transférer mes affaires dans notre suite.

Ce « notre suite », si désinvolte, lui fit l'effet d'une seconde bombe. Vaguement sonné, il hocha la tête.

— Occupe-toi de cela en priorité, Serena. Je veux te savoir dans mon lit, je…

— Mission accomplie. Ton avion décolle dans trois quarts d'heures, Justin, annonça Kate en passant la tête par l'entrebâillement de la porte. Ça te laisse juste le temps de faire le trajet jusqu'à l'aéroport.

— O.K. Merci. Il faut m'appeler une voiture. Tu t'en occupes ?

— Justin ? murmura Serena en riant lorsque Kate se fut retirée. Tu sais que tu es en train de me broyer les doigts ? Que se passe-t-il ? Que voulais-tu me dire ?

Oscillant entre sidération et panique, il secoua la tête. Avait-il été sur le point de lui déclarer qu'il l'aimait ? Les mots lui auraient-ils échappé, s'ils n'avaient pas été dérangés ? Alors que, dans son esprit, la pensée consciente ne s'était même pas encore formée ?

— Oh, rien d'urgent. Ça attendra mon retour, répondit-il, encore sous le choc.

Serena lui caressa le front pour en effacer les plis de tension. Puis elle lui jeta les bras autour du cou.

— Sois malheureux sans moi, s'il te plaît, chuchota-t-elle d'une voix étranglée.

— Je ferai de mon mieux. Si tu as besoin de moi, Kate sait où me joindre.

— Justin ? Ta voiture est avancée ! cria la voix de la secrétaire dans le bureau voisin.

— O.K.

Il la serra si fort contre lui que Serena crut sentir ses os craquer. Leur dernier baiser fut bref, intense. Et particulièrement étourdissant.

— Pense à moi, dit-il avant de quitter la pièce.

9.

Pendant la semaine qui suivit, Serena mit l'absence de Justin à profit pour travailler d'arrache-pied. Le Comanche d'Atlantic City constituait son premier vrai placement — un investissement à la fois affectif et financier. Et elle était décidée à étudier son fonctionnement jusque dans ses plus infimes rouages. Sans se soucier des regards curieux et des commentaires chuchotés sur son passage, elle explora les lieux sans rien omettre, investissant les cuisines, s'attachant au pas de la moindre femme de chambre, notant même les allées et venues des chasseurs.

Elle découvrit deux choses : destiné à une clientèle fortunée, le Comanche offrait des prestations de haut luxe. Quant à l'éloignement momentané de Justin, il constituait pour elle une chance inespérée.

Il lui manquait, bien sûr. Plus que de raison, même. Mais promue seule maîtresse à bord, elle pouvait affirmer ses compétences et creuser tranquillement son trou sans avoir à se demander en permanence si elle empiétait ou non sur le territoire de Justin.

Serena constata que ses origines sociales lui étaient particulièrement utiles, en l'occurrence. Habituée depuis son plus jeune âge à fréquenter les palaces, elle connaissait bien les exigences d'une clientèle pour qui le luxe était une évidence. Le fait d'avoir été employée tout en bas de l'échelle, d'autre part, l'avait sensibilisée aux difficultés que pouvait rencontrer le personnel — comme l'épuisement, l'ennui ou les inconvénients liés à une mauvaise organisation du travail, par exemple.

Le premier jour, elle avait conquis Nero et Kate. Le lendemain, elle était dans les petits papiers du chef. La gouvernante et le veilleur de nuit avaient craqué deux jours plus tard.

Installée derrière son bureau de bois de pécan, Serena était en train d'étudier la grille d'emploi du temps de ses croupiers. Elle avait fait coulisser le panneau en face d'elle et suivait du coin de l'œil ce qui se passait dans la salle de jeu, tout en griffonnant des notes sur une feuille de papier.

Encore deux heures de travail administratif, décida-t-elle. Puis elle passerait côté casino. Un programme qui la tiendrait occupée jusqu'à 4 heures du matin, sans lui laisser une seconde pour souffler.

Mais il lui fallait cela pour éviter de céder à la tentation de passer un coup de fil à Justin.

Depuis une semaine qu'il était parti pour Las Vegas, il n'avait toujours pas donné de nouvelles. Et son silence prolongé suscitait de petits passages d'angoisse, où son cœur se serrait et son esprit se prenait à douter. Mais elle ne voulait surtout pas le harceler.

Si elle respectait son besoin de liberté sans chercher à lui mettre d'entraves, se laisserait-il, peu à peu, apprivoiser jusqu'à l'aimer ?

Souriant de ses propres conjectures, Serena secoua la tête. Etre amoureuse d'un homme comme Justin n'avait rien de confortable. Mais se plaindre aurait été malvenu. Elle avait toujours su que le jour où elle aimerait, son amour ne serait ni douillet, ni rassurant, ni tranquille…

Serena se frotta la nuque et se pencha de nouveau sur sa grille. Mmm… La meilleure solution serait d'embaucher un croupier supplémentaire. Un croupier volant qui assurerait les remplacements et viendrait en renfort aux heures de pointe. Cela permettrait d'avoir un emploi du temps un peu plus flexible et de…

— Oui, entrez ! lança-t-elle, sourcils froncés, lorsqu'on frappa à la porte de son bureau.

Absorbée dans ses calculs, elle ne leva pas immédiatement la tête. Un petit bouquet de violettes atterrit sur le document qu'elle avait sous le nez.

— Ce n'est pas facile de vous distraire de votre travail, chère associée.

Son cœur battit la chamade au son de la voix familière.

— Justin !

Jaillissant de son fauteuil, elle courut se jeter à son cou.

Comme il se penchait pour l'embrasser, Justin songea que c'était la première fois qu'il voyait une joie aussi vibrante s'inscrire sur les traits de Serena. Touché par la spontanéité de son accueil, il sentit fondre les tensions accumulées au cours de la semaine écoulée.

— Qu'avez-vous donc de si particulier, vous les femmes, pour qu'on ait envie de vous tenir en permanence dans nos bras ? chuchota-t-il tout contre ses lèvres.

Serena rejeta la tête en arrière pour l'examiner amoureusement.

— Tu as l'air fatigué, murmura-t-elle en lissant du bout du doigt les deux plis qui s'étaient creusés de chaque côté de sa bouche. C'est la première fois que je te vois les traits aussi marqués. Ça a été dur, Justin ?

— Juste pénible, murmura-t-il en l'attirant de nouveau contre lui pour faire le plein de sensations heureuses.

Les mauvaises nouvelles pouvaient attendre encore un peu, décida-t-il. Plus tard, il lui parlerait de la lettre anonyme que le poseur de bombe lui avait adressée, quelques jours plus tôt, à Las Vegas. Rien de concret. Juste des menaces vagues pour indiquer qu'il n'avait pas dit son dernier mot et que, tôt ou tard, il frapperait de nouveau.

— J'ai fait comme tu m'avais demandé, Serena.

— Mmm... c'est-à-dire ?

— J'ai été malheureux sans toi.

Il pensait que son aveu la ferait sourire. Mais les bras autour de son cou se resserrèrent presque convulsivement.

— Tu n'as pas appelé, chuchota-t-elle. J'aurais eu besoin de t'avoir au téléphone, d'entendre le son de ta voix.

Horrifiée de s'entendre confesser ses faiblesses secrètes, Serena se dégagea de son étreinte en ravalant ses larmes.

— Mais qu'est-ce que je raconte ? Ce n'était pas un reproche. Je sais que tu as été très occupé.

Elle déplaça nerveusement un dossier sur son bureau.

— Je n'ai pas eu une minute à moi non plus, d'ailleurs. Ne crois surtout pas que je me suis ennuyée. Au contraire, cela m'a arrangée que tu ne sois pas là. Nous avons une nature très indépendante l'un et l'autre. La dernière des choses à faire serait de nous imposer des obligations mutuelles. Tu es libre comme l'air, Justin.

— Tu sais que tu te mets à parler à tort et à travers lorsque tu es embarrassée ?

Vexée, elle pivota sur ses talons pour le foudroyer du regard.

— Je t'interdis de te moquer de moi !

— Tu ne le croiras jamais, mais même tes regards assassins m'ont manqué, commenta Justin en lui prenant le visage entre les mains.

Son expression était si tendre que la colère de Serena retomba, laissant dans son sillage des émotions d'un tout autre registre.

— Serena, chuchota-t-il en la serrant avec force contre lui.

Ils s'embrassèrent, paupières closes, aussitôt submergés par un désir éperdu après une semaine d'absence et de privation. Leurs bouches se cherchaient, affamées, leurs caresses se faisaient pressantes.

Avec un soupir, Justin releva la tête et pressa Serena contre lui.

— J'ai envie de toi.

Elle jeta un coup d'œil à la salle de casino où clients et membres du personnel allaient et venaient sans les voir.

— Moi aussi, chuchota-t-elle. Fais-moi l'amour. Ici. Maintenant.

Le coup discret frappé à la porte lui arracha un grognement de protestation. Justin lui posa les mains sur les épaules.

— Bon sang, j'oubliais.

— Va voir qui c'est et dis-leur de revenir plus tard, lui chuchota-t-elle à l'oreille.

Mais une voix d'homme familière s'éleva de l'autre côté de la porte.

— Allez, Justin, ouvre-nous. Tu les as eues, tes dix minutes en tête à tête.

— Caine ? s'exclama Serena en ouvrant de grands yeux.

Il lui embrassa le bout du nez.

— Et Alan avec. Il vaudrait mieux convier tes frères à entrer, avant qu'ils ne décident de casser la porte, tu ne crois pas ?

Serena ne fit ni une ni deux. Elle ouvrit le battant à la volée et se jeta à leur cou avec une exclamation de joie.

— Qu'est-ce que vous faites là, tous les deux ? La justice et l'Etat peuvent-ils se passer de vous ?

Elle examina son plus jeune frère avec tendresse. Caine avait très peu changé en un an. Si Alan et lui avaient hérité l'un et l'autre de la haute silhouette de leur père, Caine, à la différence de Daniel, était élancé. Presque trop mince, même, songea Serena en secouant la tête.

Caine avait toujours eu un physique fascinant avec un beau visage anguleux et un sourire dévastateur qu'il savait utiliser à son avantage. Il avait une masse de cheveux blonds coiffés à la diable qui achevait de le rendre irrésistible. On le disait aussi habile à se faire aimer des femmes qu'à convaincre un jury.

— Mmm... Notre petite sœur a bien résisté à son année passée à frotter les ponts ! commenta Caine en se tournant vers Alan. Il semble que papa se soit inquiété une fois de plus pour rien.

Alan hocha gravement la tête.

— Elle n'a pas l'air trop éprouvée, en effet. Même si elle me paraît toujours un peu maigrichonne.

Très brun, avec un charme résolument ténébreux, Alan faisait plutôt penser au personnage tourmenté d'un roman des sœurs Brontë qu'à un sénateur américain.

— Maigrichonne ? Merci bien ! maugréa-t-elle.

Assis sur un coin du bureau, Justin observait la scène. Serena paraissait petite, presque fragile, à côté de ses deux frères. Mais pour la première fois, il voyait une nette ressemblance entre Caine et elle. Alan tenait beaucoup d'Anna, mais tous trois portaient indiscutablement la marque de fabrique de Daniel. Les liens de parenté sautaient aux yeux, à présent. Avec le recul, Justin avait de la peine à croire qu'il n'ait pas identifié immédiatement la « MacGregor » en Serena

Enfonçant les mains dans ses poches, il songea à sa propre sœur Diana — sa seule famille. Ce qu'il ressentait n'était pas seulement de la nostalgie mais plutôt la conscience d'un vide, comme une part de néant qui s'était creusée dans sa poitrine.

Mais il avait renoncé à essayer de renouer le contact. Sa tante avait exercé une telle pression qu'il avait dû se résigner à laisser Diana vivre « honorablement », loin de son infâme joueur de frère.

— Combien de temps avez-vous l'intention de rester, tous les deux ? demanda Serena, les yeux brillants, en entraînant ses deux frères dans le bureau.

— Juste pour la durée du week-end, répondit Alan.

Justin vit Caine s'avancer résolument vers lui.

— Alors, Justin ? J'apprends que tu as accepté de prendre une associée, finalement ? La nouvelle a provoqué un tollé, dans la famille. Papa te l'a proposé à plusieurs reprises. Et tu ne t'es jamais laissé convaincre.

Justin sentit la main de Serena se glisser au creux de sa paume.

— Mes arguments étaient plus convaincants, coupa-t-elle en lui adressant un sourire en coin.

Le regard de Caine se posa sur lui avec insistance. Pas menaçant, à proprement parler. Mais porteur d'un avertissement indéniable.

— Vous ne m'avez toujours pas dit ce qui nous valait l'honneur de votre visite, insista Serena.

Alors qu'elle était en grande conversation avec ses frères, c'était à son côté qu'elle avait choisi de se tenir, nota Justin. Une sensation de chaleur vint se loger dans sa poitrine — comblant en partie le vide qui s'y était creusé.

Alan effleura la joue de sa sœur.

— Nous avons entendu parler de l'alerte à la bombe. Et Caine et moi avons pensé que si nous venions en délégation, tous les deux, cela éviterait que papa débarque ici ventre à terre.

— La dernière fois que je l'ai eu au téléphone, il m'a dit qu'il n'avait qu'une envie, renchérit Caine : aller passer quelques semaines à la plage et se distraire le soir au casino. Tu le vois venir ?

Serena gémit tout haut :

— J'imagine que vous êtes au courant, pour son dernier complot ?

— La manœuvre était particulièrement retorse, en effet ! Cela dit, il n'était pas trop à côté de la plaque, apparemment, commenta Alan, le regard rivé sur leurs mains jointes.

— Mmm… Tout ce que je sais, c'est que je lui aurais bien brisé sa provision de cigares pour l'année.

Serena tourna la tête lorsqu'un voyant clignota sur le tableau lumineux fixé au mur.

— Le croupier à la table 6 appelle à l'aide, on dirait.

Comme Justin se préparait à intervenir, elle le retint par le bras.

— Non, reste là, je m'en occupe. Je vous rejoins dès que j'aurai terminé et nous irons boire un verre là-haut.

— Ce serait contraire à l'éthique que je tente ma chance dans ce casino, à présent que tu en es propriétaire pour moitié ? s'interrogea Caine à voix haute.

— Si tu es toujours aussi piètre joueur, il n'y a aucun risque, lança Serena par-dessus l'épaule juste avant de quitter la pièce.

Caine fit la grimace.

— Quelle langue de vipère ! Tout ça parce que je la laissais gentiment gagner au poker quand nous étions jeunes.

— La laisser gagner ? riposta Alan. Elle te massacrait, oui… Mais tu ne nous as pas raconté grand-chose au sujet de ce poseur de bombe, Justin. Que s'est-il passé exactement, à Las Vegas ?

Ramené à ses préoccupations du moment, Justin sortit un cigare de la poche de sa chemise.

— On a retrouvé une bombe artisanale fixée sous une des tables de jeu. Le FBI est chargé de l'enquête. Pour l'instant, ils se concentrent sur les listes des anciens employés, des habitués qui ont perdu des sommes importantes dans mes casinos, des clients occasionnels que nous avons été obligés de mettre à la porte pour une raison ou pour une autre. Ils font également le tour de leurs suspects fichés qui auraient déjà des antécédents du même ordre. Mais je n'ai pas l'impression que ça va les mener très loin. Les appels anonymes ont été enregistrés mais je n'ai pas pu identifier la voix. Ils n'ont pas beaucoup de pistes, malheureusement.

Le regard de Justin alla se perdre dans la salle de casino. Juste de l'autre côté de la vitre, hors de portée de voix mais si proche qu'il aurait pu la toucher, Serena, souriante, s'entretenait avec un client.

— Il est matériellement impossible de recenser toutes les personnes qui ont laissé des sommes importantes dans un Comanche. A supposer que l'argent soit effectivement le motif de l'attentat.

Caine se leva pour s'avancer jusqu'au miroir sans tain.

— Tu penses que ce n'est pas seulement pour t'extorquer un quart de million de dollars que ce type a essayé de faire exploser la moitié du bâtiment ?

Justin tira nerveusement sur son cigare.

— Je ne sais pas… quelque chose me chiffonne, dans cette histoire. Il y a quelques jours, j'ai reçu un nouvel avertissement. Apparemment, notre ami le poseur de bombe n'a pas l'intention de s'arrêter en si bon chemin. Il a d'autres projets pour moi.

— Quand ? Où ? Comment ? demanda Caine, sourcils froncés.

— Ce n'est pas précisé. Et je ne vois pas ce que je peux faire pour l'arrêter, à part fermer tous mes hôtels et déclarer forfait. C'est peut-être ce qu'il recherche, au fond. Foutre définitivement mon existence en l'air.

Les poings serrés, Justin luttait contre la rage impuissante qui l'habitait depuis une semaine. Quelqu'un cherchait à lui nuire. Personnellement. Il le savait aussi sûrement que s'il avait vu l'ombre de son ennemi se profiler derrière lui.

— Je veux que Serena rentre à Hyannis jusqu'à ce que ce type ait été épinglé, déclara-t-il en se tournant vers Caine et Alan. A vous deux, vous devriez pouvoir la convaincre.

Les deux frères aux visages si différents lui opposèrent la même expression sceptique.

— Tu ne la connais pas, protesta Caine.

— Elle acceptera si tu pars avec elle, ajouta Alan.

Justin secoua la tête.

— Partir avec elle ? Mais comment ? Je peux difficilement disparaître maintenant alors que j'ai ma peau à défendre.

— Le même raisonnement vaut pour Serena, répliqua Alan calmement. Elle est concernée, elle aussi.

Irrité, Justin secoua la tête.

— C'est absurde. Elle est propriétaire pour moitié d'un des cinq casinos-hôtels. S'il arrive quoi que ce soit ici, à Atlantic City, l'assurance couvrira ses pertes. Elle n'a strictement rien à craindre.

— Pour son argent, peut-être pas. Mais d'autres considérations pourraient entrer en jeu, répliqua diplomatiquement Alan.

Justin perdit patience.

— Mais puisque je vous dis que je crains pour sa vie, merde ! Quelqu'un, quelque part, a décidé qu'il voulait me faire payer. Et il ne va pas en rester là. Tant qu'il y aura le moindre danger, je *veux* que Serena soit en sécurité. Vous devriez pouvoir le comprendre, non ? C'est quand même votre sœur, nom d'un chien !

— Et pour toi ? Que représente-t-elle ? s'enquit Caine calmement en plongeant son regard dans le sien.

Furieux, Justin s'avança d'un pas et l'attrapa par le col de son veston. Mais au lieu des insultes qu'il croyait avoir sur le bout de la langue, il lâcha dans un souffle :

— Tout ! Elle représente *tout* pour moi ! Tu m'entends ?

— Parfait, voilà qui est réglé, s'écria la voix joyeuse de Serena à l'entrée de la pièce. Figurez-vous que…

Elle s'interrompit, stoppée net par le mur de tension presque palpable qui s'était érigé entre les trois hommes. Son regard se posa alternativement sur ses frères et sur son amant. Puis elle se dirigea droit sur Justin.

— Que se passe-t-il, ici ?

— Rien.

Justin éteignit son cigare et lui caressa la joue.

— Tu as déjà dîné, Serena ?

— Non, mais…

— Je propose que nous fassions monter un repas. A moins que vous ne préfériez le restaurant ? s'enquit-il en se tournant vers Caine et Alan.

— Je crois que, ce soir, je vais plutôt aller tenter ma chance aux tables de jeu, annonça Caine en se levant. Alan, tu m'accompagnes ? Ça m'évitera de dépenser l'équivalent d'un mois de salaire en l'espace d'une soirée. Tu as de bons tuyaux pour moi, Rena ?

— Je n'ai qu'un conseil à te donner : cantonne-toi aux machines à sous qui ne prennent que les petites pièces, s'esclaffa-t-elle.

— Oiseau de mauvais augure, va. Je suis sûr que je vais faire fortune. A demain matin.

— En fin de matinée, plutôt, précisa Alan en emboîtant le pas à son jeune frère. Cela m'étonnerait que je parvienne à l'arracher au jeu, à l'alcool et aux femmes avant 3 heures du matin.

Serena attendit que la porte se soit refermée derrière eux pour tourner vers Justin un regard préoccupé.

— Vous vous êtes disputés ou quoi ?

— Pas du tout, non. Tu viens ? Je suis fatigué.

— Justin, arrête de me prendre pour une idiote, protesta-t-elle alors qu'il l'entraînait vers l'ascenseur. Quand je suis rentrée dans ce bureau, vous aviez l'air prêts à vous écharper, tous les trois. De quoi parliez-vous, avec Caine et Alan ?

— De rien. Enfin, rien qui te concerne, en tout cas.

Serena se raidit. La froideur de sa réponse lui avait fait l'effet d'une gifle.

— Justin, je ne cherche pas à me mêler de tes affaires ! Mais étant donné que le problème concerne mes frères, ma curiosité paraît légitime, non ?

A l'imperceptible tremblement dans sa voix, Justin comprit qu'il l'avait blessée. Il était sur le point de l'attirer dans ses bras pour la rassurer lorsqu'une idée lui traversa l'esprit. Tout bien réfléchi, il existait un moyen d'éloigner Serena. Il suffisait de déployer la stratégie adéquate. Même si elle était affectivement risquée.

— Tes frères et moi avons des vues divergentes sur un petit problème qui ne te regarde pas, trancha-t-il avec indifférence en poussant la porte de la suite. Tiens, commande-nous à dîner, O.K. ? Je vais prendre une douche.

Sans attendre sa réponse, il poursuivit son chemin jusqu'à la salle de bains.

Sidérée par sa désinvolture, Serena le suivit des yeux, les bras ballants, incapable de faire un geste pour le retenir. Pourquoi la traitait-il soudain comme une étrangère ? Non, pas comme une étrangère. C'était bien pire que cela : comme une maîtresse commode qu'on pouvait siffler ou rejeter à son gré. Plantée au milieu du salon, Serena sentit un étau d'acier se resserrer sur sa poitrine

En venant revendiquer une place dans la vie de Justin, elle avait eu conscience de prendre un risque énorme. Se pouvait-il que la partie soit déjà perdue ?

Non.

Serrant les poings, elle secoua la tête. Elle ne se laisserait pas balayer ainsi, d'un revers négligent de la main. Une fois qu'il serait sorti de la douche et qu'il aurait pris son repas, elle lui expliquerait *calmement* ce qu'elle attendait de leur relation.

Elle appela le service d'étage pour commander un steak et une salade pour Justin. Puis elle se dirigea vers le bar et se servit une double dose de whisky.

En sortant de la salle de bains, Justin trouva Serena installée sur le canapé. Coiffée et remaquillée avec soin, elle tenait un verre à la main et buvait à petites gorgées nerveuses. Elle avait l'air tendue, fragile, et prête à se battre pied à pied. Glissant les mains dans les poches de son peignoir, il lui jeta un regard délibérément indifférent.

— Tu ne manges pas, Serena ? La table est mise pour une seule personne.

— Je n'ai pas faim.

Il haussa les épaules et s'attaqua à sa salade, conscient qu'avaler du carton lui aurait apporté la même satisfaction.

— Il n'y a pas eu de problèmes majeurs pendant mon absence, apparemment ? commenta-t-il d'un ton détaché.

— Non. Rien d'insurmontable. Même si j'ai quelques petites suggestions à apporter, je dois dire que l'hôtel tourne à la perfection.

— En effet, oui. Tu as fait un bon investissement, observa-t-il en coupant sa viande.

Serena posa un bras nu sur le dos du canapé. Justin n'avait qu'une envie : lui retirer sa robe et se perdre en elle, enfouir son visage dans l'or de sa chevelure, lui faire l'amour toute la nuit et continuer le jour suivant. Luttant contre la frustration, il planta sa fourchette dans sa viande avec une violence qui frisait l'assaut sadique.

— En fait, ce casino tourne plus ou moins tout seul. C'est absurde que nous restions à deux pour le diriger, d'ailleurs, observa-t-il sur le ton de la conversation lorsqu'il eut fini de mastiquer son steak. Avoue qu'il serait parfaitement superflu que nous y consacrions tout notre temps l'un et l'autre… Si tu as envie de faire un petit coucou à tes parents, rien ne t'empêche d'aller te poser à Hyannis une semaine ou deux.

Serena se figea, le verre levé à mi-chemin des lèvres.

— Tu veux que je rentre à Hyannis ? *Déjà ?*

Justin se versa un fond de café.

— Pour l'instant, ta présence n'a rien d'indispensable. J'ai pensé que ce serait beaucoup plus stratégique qu'on se relaye, toi et moi, plutôt que de nous marcher mutuellement sur les pieds. Tu viendras prendre la relève la prochaine fois que je m'absenterai.

— Je vois.

Posant son verre sur la table basse, Serena se leva. Deux cônes rosés se dessinèrent sur ses joues livides.

— Loin de moi l'idée de t'encombrer une seconde de plus que nécessaire, Justin. Je vais récupérer mes affaires et réintégrer ma chambre. Nous n'avons passé qu'une seule nuit ensemble, après tout. Puisque tu la regrettes, de toute évidence, oublions-la et redevenons de simples associés.

— Je veux que tu rentres *chez toi* ! Ce n'est quand même pas compliqué, merde !

La voyant lutter contre les larmes, Justin sentit une lame d'acier lui fouailler la poitrine. Aveuglé par la douleur, il la secoua par les épaules.

— Je ne veux pas de toi ici, c'est clair ?

Elle tressaillit comme s'il l'avait frappée. Puis se drapa tant bien que mal dans une fragile dignité.

— Inutile de tomber dans la cruauté gratuite, Justin. J'ai compris que tu ne voulais plus de moi. Ce n'est pas la peine d'en rajouter. Je quitte ta suite mais je suis propriétaire de la moitié de cet hôtel et je reste pour le diriger.

— Je n'ai pas encore signé le contrat, lui rappela-t-il.

Elle lui jeta un long regard incrédule. Puis elle ferma les yeux et il la vit vaciller.

— Je te suis donc devenue insupportable à ce point ? balbutia-t-elle d'une voix étranglée. Si j'avais été moins stupide, j'aurais attendu que tout soit réglé avant de coucher avec toi.

C'en était trop.

Incapable de mener cette opération de boucherie plus loin, Justin saisit le verre vide sur la table et le jeta de toutes ses forces contre une cloison. Puis il prit Serena de force dans ses bras et enfouit le visage dans ses cheveux.

— Non, je ne peux pas te laisser croire une chose pareille. C'est monstrueux. Je n'y arrive pas.

— Lâche-moi, s'il te plaît. Je... je... veux m'en aller d'ici.

— Serena !

Il lui agrippa les épaules pour l'obliger à l'écouter.

— Deux jours avant de quitter Las Vegas, j'ai reçu une lettre. Elle m'était adressée personnellement. Le poseur de bombe anonyme m'annonce qu'il n'en a pas encore fini avec moi. Il a l'intention de frapper une seconde fois. Quand et où, il ne le précise pas. Tout ce que je sais, Serena, c'est qu'il ne le fait pas seulement pour l'argent. Il a des comptes à régler avec moi. Et il a l'air terriblement déterminé. Tu n'es pas en sécurité ici.

Longtemps, Serena le fixa en silence, sourde à tout sauf à la souffrance térébrante que le rejet de Justin avait provoquée en elle. Puis le sens de ses paroles s'imposa peu à peu à sa conscience tétanisée.

— Tu… tu m'as dit tous ces trucs odieux seulement pour m'éloigner ? Parce que tu crains que je ne sois en danger avec toi ? chuchota-t-elle, horrifiée, incrédule et soulagée à la fois.

— Je voudrais que tu ailles te réfugier à Hyannis, Serena. Sinon, je ne connaîtrai pas un instant de paix.

Reprenant ses esprits, elle se dégagea avec violence.

— Je vais te tuer, Justin, tu m'entends ? Te *tuer* ! Tu es encore pire que mon père à vouloir me manipuler « pour mon bien », comme si je n'étais qu'une petite fille. Tu as la moindre idée de ce que ça a pu me faire de t'entendre dire froidement que tu ne voulais plus de moi, ni dans ton lit, ni dans ton hôtel, ni dans ta vie ? Alors qu'il aurait été si simple de me faire part de tes inquiétudes.

Assailli par la culpabilité, Justin jura tout bas.

— Bon, c'est fait. Tu sais tout, maintenant. Tu acceptes de partir ?

— Non.

— Serena !

Furieuse et attendrie à la fois, elle le repoussa avec force.

— Mais quelle idée te fais-tu de moi, bon sang ? Tu crois vraiment que je vais plier bagage et m'enfuir en courant ? Tout cela parce que quelqu'un *pourrait* éventuellement un jour poser une bombe quelque part ? Tu n'as qu'à m'enfermer dans une bulle de verre et m'envoyer en orbite dans l'espace, pendant que tu y es ! Enfin, Justin, nous ne sommes pas poursuivis par une bande de tueurs à gages. Et je me sens aussi concernée que toi par ce qui se passe ici.

— L'assurance jouera en cas d'attentat. Tu n'as rien à craindre pour ton investissement.

Elle ferma les yeux et soupira profondément.

— Je me contrefiche de cet argent, Justin.

— S'il te plaît, essaye d'être raisonnable... Je veux te savoir en sécurité, je veux être *sûr* que rien ne peut t'atteindre.

— Et qu'est-ce qui te dit qu'il ne m'arrivera rien à Hyannis ? Je peux avoir un accident de voiture, tomber du haut d'un escalier, me noyer dans la baie... Je vais te dire une chose, Justin : dans la vie, on ne peut jamais être sûr de rien, et tu le sais aussi bien, voire mieux que moi.

Envahi par la même rage impuissante qu'avec Alan et Caine un peu plus tôt, il la secoua par les épaules.

— Ah vraiment ? Et pourtant je suis *sûr* que je t'aime, *sûr* que tu comptes plus que tout au monde pour moi, *sûr* que je refuse de prendre le moindre risque en ce qui te concerne.

— Si tu m'aimes, comment peux-tu exiger de moi que je m'éloigne ? hurla-t-elle, révoltée. Les gens qui s'aiment devraient être solidaires, au contraire ! Et faire front ensemble, contre vents et marées ! J'ai toujours pensé que...

Sa phrase se perdit dans un murmure. Prenant la mesure de ce qui venait de se dire, ils se regardèrent en silence. Les doigts de Justin desserrèrent leur emprise et ses bras retombèrent contre ses flancs.

— S'il te plaît, Serena, supplia-t-il à voix basse. Fais-le pour moi.

— Demande-moi tout ce que tu voudras et je le ferai. Mais ça non... Je ne peux pas te quitter maintenant.

Se détournant lentement, Justin se dirigea vers la fenêtre. Le soleil se couchait sur l'océan. Même le ciel qui déployait ses couleurs de feu et d'or lui rappelait la femme qui se tenait derrière lui.

— Je n'avais encore jamais aimé avant toi, admit-il d'une voix tendue. Mes parents et ma sœur, oui, sans aucun doute. Mais il y a déjà si longtemps que je les ai perdus... Même privé d'eux, j'ai pu me reconstruire, faire mon chemin, m'en sortir. Mais je ne crois pas que je survivrais s'il devait t'arriver quelque chose, Serena.

Se plaçant dans son dos, elle l'entoura tendrement de ses bras.

— Personne n'est jamais à l'abri nulle part, Justin. On ne peut pas se prémunir de tout.

— Je me suis amusé à défier le hasard toute ma vie. Mais avec toi, je ne veux pas prendre de risques.

— Seuls les morts ne courent pas de risques, Justin. Et je me sens merveilleusement en vie... Dis-le-moi encore, tu veux ? Et sans crier, cette fois. Je n'en ai peut-être pas l'air, mais j'ai la fibre sentimentale, moi aussi.

Il se tourna vers elle pour tracer du bout du doigt le contour de ses lèvres.

— J'ai toujours pensé que les mots « je t'aime » étaient les plus éculés de notre vocabulaire. Et je me demandais comment on pouvait encore les prononcer sans avoir l'impression d'ânonner un texte appris par cœur. Mais je m'aperçois que j'avais tort. Je t'aime, Serena.

Elle ferma les yeux lorsqu'il la souleva dans ses bras.

— Justin ?

— Mmm...

— On ne le dira pas à mon père, d'accord ? Je déteste quand il est trop content de lui.

Riant tout bas, il la déposa sur son lit. Il était résolu à lui faire l'amour doucement, tendrement, avec mille égards. Un frisson de remords le parcourut lorsqu'il songea à la cruelle comédie qu'il lui avait jouée. Elle était précieuse pour lui comme la vie même. Et il ne voulait la toucher qu'avec la plus extrême délicatesse.

Le seul ennui c'est que, *déjà,* elle lui faisait perdre la tête.

Ses jolies mains impatientes s'escrimaient sur son peignoir. Elle attira son visage contre le sien, le fit chavirer sous l'assaut de mille baisers éperdus. Justin jura tout bas et lui arracha plus qu'il ne lui ôta sa robe. Et lorsqu'il la tint nue contre lui, ce fut comme si un barrage se brisait, libérant quelque chose en lui qu'il avait toujours contenu. Jamais ses gestes n'avaient échappé aussi entièrement à son contrôle. Sa bouche, ses mains se montraient si avides, si pressantes qu'il gémit, horrifié à l'idée qu'il la brutalisait peut-être. Mais Serena ne semblait pas prendre ombrage de ses manières de primitif. Elle s'arc-boutait sous lui, au contraire, l'encourageait de la voix. Si bien qu'il finit par ne plus savoir si c'était son sang ou le sien qui rugissait aussi furieusement à ses oreilles.

Il lui chuchota quelque chose dans la langue de ses ancêtres. Incohérents, passionnés, les mots se bousculaient sur ses lèvres. Il ne savait plus s'il lui parlait de guerre ou d'amour. Mais dans la frénésie d'un désir éperdu, les deux se confondaient.

Serena succomba sans résistance au pouvoir érotique des syllabes rauques, passionnées murmurées à ses oreilles. C'était comme si les phrases de Justin se glissaient jusque sous sa peau, l'enveloppaient tout entière dans leurs filins d'acier et de soie. Il ne restait plus trace en lui du joueur élégant aux manières policées. L'homme qui revendiquait furieusement son amour était sauvage, fier et indompté. Même son odeur était excitante, subtile… différente. Pressant le nez contre son épaule brune, elle s'en remplit les narines avec délectation.

Mais le désir exacerbé de Justin ne lui laissait aucun répit. Sa bouche vint de nouveau assaillir la sienne, exigeant non pas qu'elle se rende, mais qu'elle le combatte pied à pied.

« Déchaîne-toi », semblait-il dire. « Montre que tu as envie de moi. » Elle réagit à sa demande avec un débordement de passion qui les stupéfia l'un et l'autre. L'énergie de Justin semblait sans limites, comme s'il puisait à une source infinie.

Et comme s'il la mettait au défi de l'égaler.

Lorsque leurs corps se joignirent, ce fut comme si une centaine d'explosions miniatures se déclenchaient en elle. Secouée de violents soubresauts, Serena comprit que l'amour n'était pas nécessairement délicat et tendre. Toutes les images d'Epinal dont elle s'était abreuvée jeune fille lui parurent soudain insignifiantes et fades.

Le bruit et la fureur lui ressemblaient plus.

Les yeux clos, Serena s'étira avec délices.

— Mmm… Tu sais que je me sens en pleine forme ?

— Et moi je sens tes formes pleines, murmura Justin en lui caressant tendrement les hanches.

Elle se dressa en riant sur son séant pour tirer les bras vers le ciel. Dans la pénombre, il vit ses longs cheveux tomber jusqu'à la cambrure de son dos.

— Je meurs de faim, soupira-t-elle.

— Tiens, tiens… Tu disais que tu n'avais envie de rien, tout à l'heure.

— Tout à l'heure, c'était tout à l'heure. Maintenant, je suis affamée, trancha-t-elle en se laissant rouler sur lui pour lui mordiller la lèvre. D'ailleurs je crois que je vais te dévorer tout cru.

— Je préférerais que tu finisses les restes de mon dîner. Je peux même pousser le dévouement jusqu'à appeler le service d'étage si tu insistes vraiment.

Avec un soupir de contentement, elle enfouit son visage dans son cou.

— Dans un moment, je veux bien... Je t'aime, Justin.

Les yeux clos, il la serra plus fort contre lui.

— Je me demandais si tu te résoudrais à l'admettre.

Serena se dressa sur ses coudes.

— Parce que tu en doutais encore ? Je t'aime, je t'adore, je te désire, je te veux.

— C'est pas mal pour un début... Serena ?

Elle secoua la tête.

— Non, inutile de revenir sur le sujet. Je n'ai pas l'intention d'aller me cacher à Hyannis. Et encore moins celle de me disputer avec toi. Pas ce soir, en tout cas.

Elle pressa sa joue contre la sienne.

— C'est un tel bonheur d'être dans tes bras, Justin. Comme si tout ce que j'avais vécu avant de te connaître n'avait été qu'un prélude. En fait, dès que j'ai vu ton regard posé sur moi, j'ai compris que ma vie allait basculer... Et moi qui pensais être beaucoup trop intelligente pour croire au coup de foudre.

Il lui mordilla le menton.

— Ta brillante intelligence, ma chérie, n'a servi qu'à freiner le processus entre nous.

— Faux. Elle l'a accéléré, au contraire. C'est grâce à mes savants calculs que nous en sommes là maintenant. Je suis venue à Atlantic City avec un projet très rationnel, très pensé : m'associer avec toi pour que nous puissions traiter d'égale à égal, puis te convaincre peu à peu que tu ne pouvais plus te passer de moi. Et ça a marché, non ?

— C'est toi qui serais l'instigatrice de notre union, autrement dit ? Je te trouve sacrément gonflée, Serena MacGregor.

Justin l'écarta en riant et descendit du lit.

— Hé là, où vas-tu comme ça ? s'enquit-elle en s'étirant paresseusement.

— J'ai quelque chose à te montrer qui devrait calmer un peu tes prétentions.

Il ouvrit un tiroir et en sortit une boîte.

— Un cadeau ? s'écria-t-elle en se mettant à genoux. Génial. J'adore !

Il posa l'écrin dans sa paume tendue.

— J'ai acheté ça pour toi à Saint Thomas.

Serena cessa de sourire lorsqu'elle découvrit la paire de boucles d'oreilles en améthystes et diamants, posée sur un lit de velours noir.

— Oh, mon Dieu, Justin, chuchota-t-elle. Je me souviens de les avoir admirées dans la vitrine d'un bijoutier... Mais pourquoi un cadeau aussi magnifique ?

— Pourquoi ? Parce qu'elles sont faites pour toi, parce que tu refusais de te les offrir... et parce que j'avais déjà compris, ce jour-là, que je ne voulais pas te perdre. Si tu n'étais pas venue spontanément, je serais allé te chercher.

— Et tu m'aurais ramenée ici pieds et poings liés, c'est ça ?

— Je t'avais prévenue que c'était une vieille tradition familiale.

Serena sortit les pendants d'oreilles de l'écrin et releva ses cheveux pour les fixer à ses lobes. Nue, avec sa longue chevelure défaite et l'éclat des joyaux à ses oreilles, elle lui apparut comme une vision sortie d'un rêve.

— Ma femme aux cheveux d'or, chuchota-t-il en cueillant ses lèvres entrouvertes. Je savais bien que je ne te laisserais plus jamais repartir.

10.

Serena étira son corps plaisamment endolori et s'assit en bâillant sur le bord du lit. Si Justin n'était pas descendu travailler, elle aurait volontiers passé la matinée entière couchée. Elle sourit en contemplant les draps froissés. Ils avaient dormi étroitement enlacés, incapables de se séparer, même dans les profondeurs du sommeil.

Mais Justin restait inquiet, préoccupé. Tant qu'il aurait la conviction que le poseur de bombe lui en voulait personnellement, il continuerait à se ronger les sangs.

Et à se faire du souci pour elle, en particulier.

Serena secoua la tête en souriant. Elle était capable de se défendre, pour commencer. Et il était hors de question qu'elle quitte Justin alors qu'ils venaient juste de se retrouver. Si encore il s'était agi d'une séparation de quelques jours... Mais des semaines, voire des mois pouvaient s'écouler avant que ce fou décide de frapper un second coup.

Elle se leva, enfila un peignoir, et nota que ses bras étaient hérissés de chair de poule. Irritée de se sentir gagnée par la peur à son tour, elle se raisonna énergiquement. Le pessimisme de Justin finissait par déteindre sur elle. Mais rien ne prouvait que ce type ferait une seconde tentative, pour commencer. S'il avait envoyé cette lettre de menace, c'était vraisemblablement sous le coup de la colère, par dépit d'avoir échoué si près du but.

Mais le poseur de bombe devait bien se douter que Justin renforcerait les mesures de sécurité dans ses hôtels. Et que la police le traquait de près. Quant à cette histoire de vengeance personnelle… elle n'y croyait pas vraiment non plus. Justin n'était pas très objectif. Il ne se rendait pas compte qu'aux yeux d'une personne démunie, un casino pouvait apparaître comme le symbole agressif d'une société vouée au gaspillage. Le poseur de bombe avait tout simplement dû vouloir s'attaquer à un lieu réservé à de riches oisifs qui s'amusaient à jeter l'argent par les fenêtres.

Un coup bref frappé à la porte de la suite la fit tressaillir. Les paroles de Justin vinrent jouer dans son esprit : « Tu n'es pas en sécurité avec moi. Il est déterminé à me nuire… » Le ventre noué par une panique irraisonnée, elle jeta un coup d'œil par le judas. Reconnaissant son frère, Serena sourit de ses frayeurs stupides, ouvrit la porte en grand et se jeta à son cou.

— Déjà debout, Caine ? Tu as dû perdre très vite hier soir pour être levé si tôt ce matin.

— Il n'est pas si tôt que ça, rétorqua son frère en lui jetant un regard étrange. En fait, c'est Justin que je venais voir. Je ne pensais pas te trouver ici.

Caine semblait choqué… Serena s'étira et repoussa ses cheveux dans son dos.

— Tu as manqué Justin d'un quart d'heure. Et Alan ? Que fait-il ?

Caine contempla d'un œil sombre le court peignoir en satin de soie qui lui arrivait à mi-cuisses.

— Il dort encore, je crois.

— Alors que toi, tu es un lève-tôt pour autant que je me souvienne. J'ai toujours trouvé cette habitude vaguement rebutante. Mais bon… je crains qu'il ne soit trop tard pour espérer te changer. Je te fais un café ?

— Volontiers.

Caine la suivit dans la cuisine et la regarda aller et venir avec une sorte de fascination vaguement horrifiée.

— Tu as l'air de connaître la cuisine de Justin comme ta poche.

Amusée, Serena lui jeta un regard en coin.

— C'est ici que je vis, Caine.

Sourcils froncés, son frère se hissa sur un tabouret.

— Eh bien… Justin n'a pas perdu de temps.

— Etrange remarque pour un homme de loi connu pour son ouverture d'esprit et ses idées généreuses. Qu'est-ce qui te dit que ce n'est pas moi qui ai œuvré pour m'insinuer dans son lit ?

— Vous vous connaissez depuis un mois à peine.

Serena mit la cafetière en route et alla s'asseoir en face de son frère.

— Dis-moi, Caine, tu te souviens de Luke Dennison ?

— Qui ça ?

— C'était le grand tombeur du coin lorsque j'avais quinze ans. Tu l'as attrapé un jour par les oreilles et tu l'as menacé de le briser en deux s'il osait poser la main sur moi.

Un large sourire illumina le visage de son frère.

— Ah oui, je me souviens. Il t'a fichu la paix après ça, non ?

— Tout à fait. Mais Justin n'est pas un ado libidineux. Et je ne suis plus une gamine naïve, prête à se laisser impressionner par la première paire de biceps venue.

Caine soupira.

— O.K. Message reçu cinq sur cinq. Même les petites sœurs finissent par grandir. Tu sais que je t'adore, espèce de petite peste ?

— Alors réjouis-toi pour moi. Justin est tout ce à quoi j'aspire au monde.

Caine secoua la tête.

— Les amoureux sont touchants. Il a dit la même chose à ton sujet.

— Quand ? s'enquit Serena, le cœur battant.

— Hier. Alors qu'il essayait de nous persuader, Alan et moi, de te réexpédier à la maison séance tenante... Non, non, inutile de sortir les griffes, Rena ! Nous avons refusé l'un et l'autre.

— Mmm... Ça va, tu me rassures. Mais pour Justin, ça a l'air de tourner à l'idée fixe de vouloir m'éloigner de lui.

— Il est fou amoureux de toi. Ça l'excuse un peu, non ?

— C'est vrai, admit Serena, radoucie, en versant du café dans les tasses. Comment réagirais-tu à ma place, Caine ?

— Si j'étais Justin, je ferais tout ce qui est en mon pouvoir pour te faire dégager d'ici. Si j'étais toi, je camperais sur mes positions et je refuserais de bouger d'un millimètre.

Elle leva les yeux au ciel.

— C'est bien un conseil de juriste, ça ! Bon, de toute façon, mon opinion était déjà faite... Parlons de toi, plutôt. Tu as des projets intéressants ?

— Ouvrir un cabinet et m'installer comme avocat dans le privé, pour commencer. J'en ai assez du travail administratif.

Serena hocha la tête.

— Tu sais que j'adore te voir plaider ? Ça me fait toujours penser à du grand théâtre. Tu es là, comme un loup tournant autour d'un feu de camp, en cercles de plus en plus rapprochés, montrant peu à peu les dents...

Caine secoua la tête en riant.

— Ah, l'imagination fertile des MacGregor... On a toujours eu l'art de transformer n'importe quel événement banal en épopée héroïque, dans la famille.

— Qui répand un flot de médisances sur notre auguste patronyme ? s'éleva la voix d'Alan, à l'entrée de la pièce.

Serena tourna la tête, sourit à son frère aîné, puis contempla amoureusement l'homme qui se tenait à côté de lui.

— Alan vous cherchait, expliqua Justin. Il reste du café ?

— Servez-vous, tous les deux. Je viens d'en faire.

Serena lui tendit la main et Justin lui déposa un baiser au creux du poignet avant de sortir deux tasses.

— Tiens, au fait... Caine ne m'a toujours pas avoué combien il avait perdu au jeu hier soir, observa-t-elle lorsque Alan vint s'accouder près d'elle.

Alan jeta un regard appuyé à son jeune frère.

— Oh, il n'a pas eu *que* de la malchance.

Serena fronça les sourcils.

— Ne me dis pas qu'il s'est attaqué à l'une de mes croupières !

— La jolie petite blonde aux grands yeux noirs.

— Caine ! se récria Serena, sidérée. Elle a à peine vingt et un ans !

— Alan ne sait pas de quoi il parle, rétorqua l'intéressé sans ciller. Il était bien trop occupé à subjuguer une brune pulpeuse vêtue d'une moitié de robe en lui exposant ses vues éclairées sur la politique étrangère.

Serena tourna un regard amusé vers Justin.

— Avec ces deux-là, ni notre clientèle ni notre personnel ne sont en sécurité. Je suis tentée de les inscrire sur une liste noire.

— Tu pourras surveiller tes frères ce soir pendant le dîner spectacle, dit Justin en sortant une bouteille de lait du réfrigérateur.

Comme il mentionnait le nom de la jeune chanteuse en vogue qui devait se produire au casino ce soir-là, Caine et Alan se montrèrent plus qu'empressés à assister à la soirée.

Serena finit son café et se leva en riant.

— Vous êtes vraiment incorrigibles, tous les deux. Pire que les chiens de Pavlov, à saliver comme ça sur commande devant chaque jupon qui passe. Bon, je vous laisse entre hommes. Je ne suis pas encore lavée et il n'est pas loin de 10 heures.

Elle se pencha pour effleurer les lèvres de Justin au passage.

— Je te rejoins en bas dans une demi-heure.

Tout en rêvassant sous les jets d'eau brûlante, Serena se remémora avec amusement la réaction stupéfaite de Caine lorsqu'il l'avait trouvée dans la suite de Justin. Alan, aussi, avait paru légèrement perturbé de découvrir que sa petite sœur partageait la vie d'un homme. Dès que ses deux frères se retrouveraient en tête à tête, ils aborderaient le sujet en long, en large et en travers, se disputeraient un peu, et finiraient par lui donner leur bénédiction. Ils avaient toujours fonctionné ainsi, tous les trois.

Alors que Justin, lui, avait traversé la vie en solitaire. Il n'avait connu ni les rires, ni les disputes, ni le sentiment d'appartenance qui avaient marqué sa propre existence.

Peut-être, avec le temps, pourrait-elle l'aider à remplir le vide, à réparer le manque… S'ils décidaient d'avoir des enfants, ils constitueraient une vraie famille. Vivante et chaleureuse. Un lieu d'échange et de partage.

Serena se passa la tête sous l'eau en se traitant mentalement d'idiote. Justin et elle avaient à peine vécu quarante-huit heures sous le même toit et, déjà, elle fantasmait sur une longue lignée de petits Blade. Cela ne lui ressemblait pas de tomber dans ces rêveries romantiques.

Sans compter que si elle restait à traîner indéfiniment dans cette salle de bains, il serait temps de se changer pour le spectacle avant même qu'elle ait commencé à travailler !

Elle s'enveloppa dans un grand peignoir en éponge, passa dans la chambre attenante et sursauta lorsque la porte de communication s'ouvrit.

— Justin ? Tu m'as fait peur ! Je croyais que tu étais descendu depuis longtemps.

Il glissa les mains dans ses poches et l'enveloppa d'un long regard scrutateur. Instantanément troublée, elle se détourna pour examiner le contenu de son placard.

— Qu'est-ce que tu fais ?

— A ton avis ? Je m'habille. Où sont passés Alan et Caine ?

— En balade… Inutile d'enfiler quoi que ce soit, entre parenthèses. Ce serait une perte de temps.

Elle se retourna pour lui jeter un regard surpris.

— Ah oui ? Et pourquoi ?

— Parce que j'ai l'intention de retirer tout ce que tu pourrais te mettre sur le dos.

— Tu aimerais que je descende travailler dans mon plus simple appareil, peut-être ?

Justin eut son sourire de prédateur.

— Je ne te laisserai pas sortir de cette chambre.

Avec un haussement d'épaules, Serena recommença à inventorier le contenu de sa penderie.

— J'ai un boulot monstre à abattre avant le dîner, figure-toi. Je dois…

Le reste de sa phrase resta coincé dans sa gorge lorsqu'il la saisit soudain à bras-le-corps pour la jeter sur le lit. Debout au-dessus d'elle, Justin la contempla avec une satisfaction manifeste.

— J'aime te voir allongée nue sur fond de draps froissés. C'est très excitant.

Serena se redressa à genoux.

— Justin Blade, tu crois que c'est le moment de laisser se déchaîner ta riche imagination érotique ? J'ai du travail sur la planche et je n'autorise personne à...

— Je sais. Personne ne s'attaque impunément à une MacGregor.

Il glissa une main dans l'ouverture de son peignoir.

— Exactement ! confirma-t-elle en le repoussant. Et je te conseille de ne pas l'oublier la prochaine fois que tu seras tenté de te comporter comme le dernier des néandertaliens !

— Promis. Je m'en souviendrai.

Elle accepta la main tendue de Justin pour descendre du lit. Mais, à peine levée, elle se retrouva allongée à plat dos, avec son amant pesant sur elle de tout son poids.

Luttant contre le fou rire, elle tenta de se dégager.

— Justin ! Arrête de faire l'idiot, O.K. ? Il faut que je m'habille.

— Il faut que tu te *dé*shabilles, au contraire. Laisse-moi t'aider.

Il écarta les pans de son peignoir.

— Stop !

Amusée, irritée et excitée à la fois, elle se tortilla en vain pour le repousser.

— Justin, tu as perdu la tête ? La femme de chambre peut arriver d'un instant à l'autre.

— Elle ne viendra faire le ménage que ce soir. Je me suis arrangé avec la gouvernante.

— *Quoi ?*

Avec une énergie renouvelée, elle recommença à lutter.

— Ça ne t'a pas traversé l'esprit que je pouvais avoir prévu d'autres occupations ? Ou que je n'aurais tout simplement pas *envie* de passer la matinée bouclée dans cette suite à faire l'amour avec toi ?

— J'ai envisagé cette possibilité. Mais je connais quelques techniques imparables pour te faire changer d'avis.

— Quel monstre de prétention, tu fais ! protesta-t-elle en essayant de se libérer à coups de pied.

— Bon, luttons d'abord. Celui qui marque cinq points a gagné.

— Ce n'est vraiment pas drôle, Justin, marmonna-t-elle en réprimant un sourire. Je suis sérieuse, tu sais.

— Moi aussi.

Il la fit rouler sur lui, compta un point. Puis, avant qu'elle ait pu reprendre son souffle, la fit basculer de nouveau sur le dos.

— Et de deux pour moi, murmura-t-il, triomphant, en se jetant de nouveau sur elle.

Serena repoussa les cheveux mouillés qui lui tombaient sur les yeux.

— Tu parles d'un match. Moi je suis à moitié nue, entravée par mon peignoir, et toi tout habillé.

— Tu as raison, acquiesça-t-il en lui couvrant le visage de baisers. Je te laisse le soin de me déshabiller. Je ne peux pas faire grand-chose, j'ai les deux mains prises.

Elle poussa un gémissement involontaire lorsqu'il se mit à la caresser.

— Justin, tu triches… S'il te plaît…

— S'il te plaît, quoi ? Tu veux vraiment que je m'arrête ? demanda-t-il, le regard rivé au sien, tandis que ses doigts savants opéraient leur magie diabolique.

— Non.

Glissant les mains derrière sa nuque, elle attira son visage contre le sien. Comme elle s'alanguissait sous lui, Justin sentit une immense faiblesse l'envahir. Ses mains s'immobilisèrent ; il ne ressentait plus le besoin de conquérir ni de posséder.

— Je t'aime, murmura-t-il contre sa bouche. Et je n'imaginais même pas à quel point.

Ils s'embrassèrent alors, lentement, avec une sorte de gravité intense, qui le bouleversa tout en exacerbant son désir jusqu'à l'ivresse.

Soudain saisie d'impatience, Serena le débarrassa de ses vêtements, roula sur lui pour goûter la saveur légèrement saline de sa peau, embrasser la longue cicatrice sur sa poitrine, tout ce corps dur, tendu qu'elle aimait à la folie.

Avec un grognement sourd, Justin la ramena à lui et leurs bouches se joignirent, mêlant le secret de leurs arômes. A cheval sur ses hanches, elle se laissa glisser sur lui et ils s'aimèrent ainsi, emportés par un rythme éperdu, leurs lèvres toujours jointes, jusqu'à retomber, épuisés, sur le lit.

— Je n'arrive pas à me rassasier de toi, murmura Justin, hors d'haleine. Plus nous faisons l'amour, plus je te désire. Comme si cela ne suffisait jamais.

Elle abandonna la tête contre son épaule.

— Ne te rassasie jamais de moi, surtout.

Peu à peu, leurs souffles redevinrent réguliers, leurs tremblements cessèrent. Justin releva la tête pour lui déposer un baiser dans l'oreille.

— Il n'y a que toi dans ma vie. Personne d'autre. Tu es le centre et la périphérie... Ma folie secrète.

— L'amour *est* folie, acquiesça-t-elle. Sinon, ce n'est pas de l'amour. Je l'ai découvert grâce à toi. Et je ne veux plus jamais redevenir saine d'esprit.

Il lui prit la main pour lui embrasser les doigts un à un.

— Ainsi la brillante, la rationnelle, la très scientifique Mlle MacGregor choisit délibérément de perdre la tête ?

Elle prit appui des deux coudes sur la poitrine de Justin ;

— Tu veux bien laisser mon intelligence en dehors de cette histoire, s'il te plaît ?

— Pourquoi ? Elle fait partie de toi. Et tout ce qui est toi m'intéresse. Tu ne m'as encore jamais parlé de tes diplômes.

— Tu veux que je te fasse une liste ?

— Parle-moi de ce qui te fascine. Tu n'as jamais eu envie de te lancer dans le droit ou dans la politique, comme tes frères ?

— Non. Ma seule envie était d'apprendre. Ensuite, j'ai eu le brûlant désir d'agir. Et maintenant, ma passion la plus brûlante, c'est toi.

— Mmm…

Justin savoura la douceur de ses lèvres.

— Et tu n'as pas l'impression de gâcher tes talents en te retrouvant à la tête d'un casino-hôtel ?

— Pas du tout, non. Ce que je sais reste acquis. Si j'ai beaucoup appris, c'est pour satisfaire ma curiosité, pas mon ambition. Pourquoi as-tu choisi de monter une chaîne hôtelière ?

— Parce que c'est ce que je sais faire de mieux.

Serena sourit.

— C'est un peu pour cette raison que j'ai failli devenir une étudiante professionnelle. Mais j'ai eu l'impression, peu à peu, de m'éloigner du monde, de le regarder tourner de loin, sans moi. Ici, je suis dans la vie… Et je ne me débrouille pas si mal, non ?

— Nero affirme que tu as de la classe. Et les compliments de Nero sont rares.

Serena jubilait.

— Il est très observateur, cet homme. Pourquoi ne l'as-tu pas nommé au poste de directeur ?

— Parce que ça ne l'intéresse pas. Il aime rester dans l'ombre et garder discrètement l'œil sur ce qui se passe. L'année prochaine, je l'enverrai à Malte.

— Tu as acheté le casino, alors ?

— Pas encore. Mais ce sera l'affaire de quelques semaines. Un mois tout au plus... Je t'avais dit que j'envisageais de prendre un associé ?

Serena rit doucement.

— Il faudra que je pense à te faire une proposition alors ?

— Le plus tôt sera le mieux, chuchota-t-il en reprenant ses lèvres.

Il jura avec force lorsque la sonnerie du téléphone interrompit un baiser des plus prometteurs. Serena se blottit contre lui en riant et enfouit les lèvres au creux de son cou.

Lorsqu'il entendit la voix tremblante de Kate à l'autre bout du fil, Justin veilla soigneusement à garder un ton neutre, à ne laisser aucune tension révélatrice raidir ses muscles.

— Je serai en bas dans cinq minutes, Kate.

Il raccrocha et déposa un baiser dans les cheveux de Serena.

— Pas de chance. Ils ont besoin de moi au bureau.

— Mmm... dommage, murmura-t-elle en roulant sur le côté pour s'étirer. Mais il était grand temps de nous sortir de ce lit, tu ne crois pas ? J'ai des tonnes de boulot qui m'attendent, moi aussi.

Justin hésita un instant. Puis décida qu'elle serait sans doute plus en sécurité ici, dans leur suite, qu'en bas avec lui.

— Et si tu prenais une journée de repos, pour changer ? Je te rejoins dès que j'ai fini. On pourrait déjeuner ici.

Serena songea à la paperasse qui l'attendait. Mais la perspective d'avoir Justin pour elle seule tout un après-midi était trop tentante.

— Je commande le repas pour dans une heure ? Ça te va ?

Il lui embrassa le bout du nez.

— Parfait. Tu peux compter sur moi.

Kate attendait Justin à la sortie de l'ascenseur. Livide, elle lui remit une enveloppe blanche.

— Steve l'a trouvée sur le comptoir de la réception. Elle est identique à celle que tu as reçue à Las Vegas, n'est-ce pas ?

Justin hocha la tête et regarda les lettres tracées en script. Les mâchoires crispées, il prit un coupe-papier et sortit avec précaution une feuille pliée en quatre.

TES ENNUIS NE FONT QUE COMMENCER, BLADE. L'HEURE EST VENUE DE RÉGLER LA NOTE.

— Préviens le service de sécurité, ordonna-t-il à Kate. J'appelle immédiatement la police.

11.

Serena enfila un jean et un grand pull noir confortable. Plus elle y pensait, plus la perspective de passer une journée entière à ne rien faire l'enchantait. Depuis Saint Thomas, Justin et elle n'avaient pas encore eu une seule fois l'occasion de se donner du temps libre ensemble. Elle sortit les boucles d'oreilles en améthyste du tiroir de la table de chevet et les contempla rêveusement. Ce bijou était d'autant plus précieux à ses yeux que Justin l'avait choisi avant même qu'ils ne deviennent amants.

Sous sa froideur apparente, il avait de petites attentions, des gestes d'une tendresse désarmante. Comme le bouquet de violettes dans sa chambre. Le champagne du premier jour au petit déjeuner. En sachant que, derrière cette personnalité contrastée, se cachait un fond de violence contenue qui la fascinait tout autant que le reste.

Songeant qu'elle avait eu une chance folle de croiser le chemin de cet homme, elle eut *presque* une pensée reconnaissante pour son incorrigible entremetteur de père. Dans le fond du tiroir, Serena trouva une pièce de monnaie truquée, avec deux côtés face qu'elle avait achetée pendant que Justin était à Las Vegas. Avec un léger sourire, elle la glissa dans la poche de son jean. Puisque le hasard et Justin semblaient être de mèche, il fallait bien qu'elle triche un peu pour mettre les chances de son côté…

Captant son reflet dans la glace, Serena fit la grimace. Ses cheveux avaient séché de façon anarchique et formaient une drôle de tignasse. Elle prit sa brosse et entreprit de les démêler, en jurant et pestant chaque fois qu'elle tombait sur un nœud.

— Aïe ! Une seconde, j'arrive ! lança-t-elle en entendant frapper à la porte.

Ainsi ses frères étaient déjà rentrés de promenade ? Sa brosse toujours à la main, elle alla leur ouvrir.

— Alors ? Quels exploits avez-vous encore accomplis, tous les…

Elle s'interrompit net en voyant un jeune homme d'une vingtaine d'années au sourire timide.

— Je suis venu faire votre chambre, madame.

Ainsi Justin avait décidé d'envoyer quelqu'un avant le déjeuner, tout compte fait. C'était bien son genre de prendre ce genre de décision sans l'en avertir.

— Mais je peux revenir plus tard si…

— Non, non, vous ne me dérangez pas. Entrez.

Elle ouvrit en grand pour le laisser passer avec son chariot.

— Vous êtes nouveau, n'est-ce pas ?

— Oui, c'est mon premier jour.

Le voyant déglutir nerveusement, elle le rassura d'un sourire.

— Prenez votre temps et ne vous inquiétez pas pour moi.

Elle se détourna pour indiquer la cuisine avec la brosse.

— Tenez, si vous commencez par là, je…

Il y eut comme un appel d'air derrière elle et la main du jeune homme vint se plaquer sur sa bouche. Il tenait un chiffon humide qui dégageait une odeur douceâtre, écœurante. Une brume se forma aussitôt devant ses yeux, brouillant ses pensées. Rassemblant ses forces, elle lutta pour se dégager. En vain.

Déjà ses bras retombaient contre ses flancs.

« Oh, mon Dieu, non, songea-t-elle lorsque la brosse s'échappa de ses doigts gourds. Justin… »

— Le réceptionniste l'a trouvée sur le comptoir, expliqua Justin au lieutenant Renicki. J'ai interrogé le personnel mais personne n'a vu qui l'a déposée. Ça s'est passé à une heure où il y avait beaucoup d'allées et venues. C'était facile pour lui de se mêler à la foule.

L'officier prit la lettre anonyme à l'aide d'une pince et la glissa dans un sac en plastique qu'il scella avec soin.

— Je transmettrai cette pièce à conviction au FBI puisqu'ils sont chargés de l'enquête. En attendant, je vais vous envoyer quelques-uns de mes hommes habillés en civil. Leur présence restera discrète et ne devrait pas alarmer votre clientèle.

— J'ai déjà mobilisé mon propre personnel de sécurité, expliqua Justin, apparemment impassible, en allumant un de ses cigares.

— Vous avez des ennemis, monsieur Blade ?

Depuis son séjour en cellule, dix-sept ans plus tôt, Justin avait toujours eu des rapports plus que distants avec la police. Il contempla froidement le lieutenant.

— Tout porte à croire que j'en ai au moins un, non ?

— Vous pensez à quelqu'un en particulier dont vous aimeriez me parler ?

— Non.

— C'est la première menace que vous recevez depuis que vous êtes revenu du Nevada ?

— Oui.

Le lieutenant Renicki soupira.

— Vous avez embauché ou débauché quelqu'un récemment ?

En guise de réponse, Justin appela sa secrétaire sur l'Interphone.

— Kate ? Tu peux voir avec le service du personnel s'il y a eu des changements dans les effectifs, ces derniers temps ?

— Bon, je vais commencer par renforcer votre dispositif de sécurité, annonça Renicki. Si cet individu veut entrer pour poser une bombe, il faut qu'il commence par s'introduire dans les lieux.

— *N'importe qui* peut s'introduire dans les lieux, lieutenant, repartit sèchement Justin. Il suffit de se présenter à la réception et de demander une chambre.

— Vous pourriez décider de fermer.

Justin aspira longuement la fumée de son cigare.

— Non.

— C'est bien ce qu'il me semblait, marmonna Renicki en se levant. Je reviendrai faire le point avec vous dès que j'aurai fini d'interroger les employés à la réception.

— Merci, lieutenant.

Resté seul, Justin écrasa son cigare dans le cendrier avec une rage telle qu'il se brisa en deux. Cette fois, le danger était carrément à sa porte. L'ennemi qui avait juré sa perte était là, peut-être mêlé à la clientèle, anonyme dans la foule. Et prêt à frapper à tout moment.

Justin se déplia lentement de son fauteuil. Une chose était certaine : Serena allait retourner à Hyannis. Quitte à la déposer dans l'avion bâillonnée et ficelée, s'il le fallait.

Il passa dans le bureau voisin.

— Kate ? Je serai en haut si tu as besoin de moi. Tu me transmets bien tous les appels qui me sont destinés ?

Les mâchoires crispées, Justin pénétra dans la cabine d'ascenseur. Restait maintenant à trouver la stratégie adaptée pour annoncer à la famille MacGregor qu'il les jetait à la porte…

Lorsqu'il pénétra dans la suite, le séjour était vide. *Etrange…* Il pensait trouver Serena attablée à l'attendre, pourtant. Le délai d'une heure qu'ils s'étaient fixé était écoulé. Il avait dix bonnes minutes de retard…

Il passa dans la chambre où la vue des draps défaits lui inspira comme un sourd début de malaise.

— Serena ?

Mais elle n'était pas non plus dans la salle de bains. Seules quelques traces subtiles de son parfum flottaient encore dans l'air. « Ne sois pas stupide. Rien ne l'oblige à rester enfermée dans cette suite. Elle a très bien pu aller faire un tour dehors sur la plage. »

Mais serait-elle partie sans le prévenir alors qu'elle était censée déjeuner avec lui à l'instant même ? Sourcils froncés, Justin repéra la brosse à cheveux abandonnée près de la porte, sur le parquet du séjour. Il se pencha pour la ramasser et un frisson glacé lui courut entre les omoplates.

Non. C'était idiot de paniquer pour si peu. Serena n'était pas particulièrement maniaque. Il lui arrivait de laisser traîner des choses ici et là. Et néanmoins… Les vêtements qu'il lui avait arrachés la veille pour les jeter au sol, elle les avait rassemblés dès son lever pour les draper sur une chaise. Il avait de la peine à imaginer qu'elle ait pu laisser cette brosse en plan comme ça.

Justin prit son téléphone.

— Ici Blade. Trouvez-moi Mlle MacGregor, s'il vous plaît.

Il attendit quelques instants, le combiné serré entre ses mains crispées. Puis la réponse tomba.

— Mlle MacGregor ne répond pas, monsieur.

— Faites un appel pour Alan ou Caine MacGregor alors. Dites-leur de se mettre en contact avec moi de toute urgence.

Quelques secondes plus tard, il eut la voix enjouée de Caine au bout du fil.

— Justin ? Il y a un problème ?

— Serena est avec vous ?

— Non. Alan et moi, nous…

— Vous l'avez vue depuis ce matin ?

Une nuance d'inquiétude assombrit le ton de Caine.

— Non, pourquoi ?

Justin sentit comme une barre de fer lui transpercer la poitrine.

— Elle a disparu.

Un silence de mort tomba à l'autre bout du fil.

— Où es-tu ? Dans votre suite ? Ne bouge pas surtout. On arrive tout de suite.

Quelques minutes plus tard, les deux hommes, la mine grave, faisaient irruption dans le séjour.

— Elle est peut-être partie faire une course, suggéra Alan. Tu as vérifié si sa voiture était au parking ?

Justin jura tout bas et décrocha son téléphone. Mais le véhicule de Serena était à sa place. Et elle ne l'avait pas utilisé de la journée, lui confirma le gardien.

— Tu es sûr qu'elle n'est pas partie se promener à pied ?

— On devait déjeuner ensemble ici il y a une demi-heure. Elle avait promis de passer commande du repas. Mais j'ai vérifié. Elle n'a pas appelé le service d'étage… Et j'ai trouvé ça par terre, près de la porte d'entrée.

Alan pâlit en prenant la brosse des mains de Justin.

— Elle fait partie d'un ensemble que je lui avais offert pour son seizième anniversaire. Je l'avais dégoté dans un magasin d'antiquités. Elle l'adorait et elle en prenait toujours grand soin.

Caine se tourna vers Justin.

— Vous vous étiez disputés ?

Les nerfs à vif, il serra les poings.

— Ça veut dire quoi cette question ?

Le plus jeune frère de Serena lui posa la main sur le bras.

— Rena a un caractère de cochon. Je la connais. Lorsqu'elle est en colère, il faut que ça sorte. Elle est tout à fait capable d'être sortie d'ici pour aller passer ses nerfs sur la plage.

Justin glissa les mains dans ses poches et prit une profonde inspiration.

— Non, nous ne nous sommes pas disputés. Nous avons fait l'amour. Je l'ai laissée seule un moment parce qu'il a fallu que je descende au bureau en catastrophe. Une nouvelle lettre de menaces est arrivée ce matin.

Sourcils froncés, Alan posa la brosse sur la table.

— Une nouvelle lettre de menaces, tu dis ? Appelle la police, Justin. Il n'y a plus une seconde à perdre.

Le téléphone sonna comme pour ponctuer cette dernière affirmation. Justin se rua pour décrocher.

— Serena ?

La voix qui lui répondit était voilée et si lointaine qu'il n'aurait su dire si elle appartenait à un homme ou à une femme

— Tu es déjà à sa recherche ? Pas de chance, c'est moi qui l'ai, maintenant. Je t'ai pris ta squaw, Blade.

Un léger « clic » indiqua que la communication était coupée. Justin demeura sans bouger pendant une bonne douzaine de secondes. Puis il se pencha, arracha le téléphone du mur et le jeta de toutes ses forces contre la cloison.

— Il l'a enlevée. Cet enfant de salaud a enlevé Serena.

*
* *

Lorsque le lieutenant Renicki pénétra dans la suite, son premier regard fut pour le téléphone gisant à terre. Sans faire de commentaires, il se tourna vers Justin.

— Bon, vous dites que vous avez quitté Mlle MacGregor pour descendre dans votre bureau peu après midi. Vous êtes remonté vers 13 h 15 et elle n'était plus là ?

Se retenant de casser quelque chose, Justin hocha la tête et confirma calmement.

— C'est cela. Et j'ai reçu un appel il y a un quart d'heure.

— De la part de son ravisseur présumé, donc. Répétez-moi ses paroles exactes, s'il vous plaît ?

— Il m'a dit qu'il m'avait pris ma squaw, déclara Justin entre ses dents serrées.

Ce fut Caine qui explosa le premier.

— Mais, bon sang, ça sert à quoi de ressasser tout ça ! Mettez-vous à sa recherche, merde ! Trouvez-la !

Le lieutenant Renicki tourna vers lui son regard las, infiniment patient, de flic qui en avait vu d'autres.

— C'est précisément ce que nous essayons de faire, monsieur MacGregor.

— Il rappellera, dit Alan en pianotant des doigts sur la table. Il sait pertinemment qu'entre Justin et notre famille, nous pouvons rassembler n'importe quelle somme d'argent pour récupérer Rena.

— Si c'est effectivement l'argent qui l'intéresse... En attendant, nous allons mettre votre téléphone sur écoute, si vous nous y autorisez, monsieur Blade.

— Faites ce que vous avez à faire, marmonna Justin.

Caine le dévisagea un instant en silence, puis le secoua légèrement par les épaules.

— Tu vas boire un peu de cognac, Justin. Où est ta réserve d'alcools ?

Comme il refusait d'un signe de tête, Caine jura tout bas.

— Si tu n'en veux pas, offre-moi au moins un verre. Il me faudra bien ça avant d'appeler mes parents pour leur apprendre la nouvelle.

Justin sentit le nœud de son estomac se serrer un peu plus.

— Là, dit-il en désignant du menton le petit bar encastré près de la fenêtre.

La sonnerie du téléphone les pétrifia un instant sur place. Sans attendre les instructions de Renicki, Justin se précipita pour décrocher sur le poste de la cuisine.

Il ferma les yeux, les nerfs tendus à se rompre. Mais ce n'était qu'un des policiers du service qui demandait à parler au lieutenant.

— Pour vous, lança-t-il en tendant le combiné à Renicki.

Lorsqu'il retourna dans le séjour, Caine lui posa la main sur l'épaule.

— Alan se charge de prévenir nos parents. Ils vont vouloir venir ici.

Justin hocha mécaniquement la tête.

— Daniel et Anna, oui... Je leur ferai préparer une chambre.

Renicki les rejoignit en passant la main dans ses épais cheveux grisonnants.

— Un des chariots d'étage dont se servent les femmes de chambre a été découvert, abandonné dans le parking souterrain. Avec un chiffon imprégné de chloroforme au milieu du linge sale. Apparemment, c'est comme ça qu'il a réussi à la sortir de l'hôtel sans se faire remarquer.

Caine et Alan pâlirent. Justin, glacé d'horreur, réussit à rester de marbre.

— Nous allons mettre votre téléphone sur écoute tout de suite, enchaîna Renicki. Plus longtemps vous réussirez à le garder en ligne, plus nous aurons de chances de retracer l'origine de l'appel. Surtout exigez de parler à Mlle MacGregor avant de passer quelque arrangement que ce soit avec son ravisseur. Il nous faut la certitude qu'elle est effectivement entre ses mains.

Et en vie, se retint de hurler Justin.

— Et s'il refuse de me la passer ?

— Dans ce cas, vous rejetez toutes ses exigences en bloc.

Justin se força à s'asseoir. S'il restait debout, il allait faire les cent pas. Et s'il faisait les cent pas, il perdrait le contrôle de ses nerfs tôt ou tard.

— Non, dit-il.

— Le lieutenant a raison, intervint Alan. Nous devons absolument nous assurer qu'il ne bluffe pas. Et que Rena n'a pas été maltraitée.

« L'heure est venue de régler la note. » Avec l'acuité d'une lame, les mots terribles vinrent traverser l'esprit de Justin. Il était prêt à payer n'importe quoi mais pas à risquer la vie de Serena. *Tout sauf Serena*.

— D'accord. J'exigerai de lui parler, concéda-t-il, les mâchoires crispées. Mais une fois que je l'aurai eue au bout du fil, je ferai ce qu'il me demandera. Quelles que soient ses conditions, je m'y plierai.

Renicki soupira.

— C'est votre argent, monsieur Blade. Je vous demanderai d'écouter avec une attention soutenue lorsqu'il rappellera. Il est possible que vous reconnaissiez une tournure de phrase, une inflexion, même s'il déguise sa voix.

Lorsque le lieutenant sortit faire le point avec son équipe, Caine lui posa la main sur l'épaule.

— Ils vont la retrouver, Justin.

Il leva lentement les yeux mais lorsqu'il voulut répondre, aucun son ne sortit de sa bouche. De sa vie, il ne s'était senti aussi inutile, aussi impuissant.

Serena se réveilla avec un mal de tête lancinant, les membres ankylosés, les muscles douloureux. « Oh, mon Dieu, je n'ai pas dû entendre mon réveil ! » songea-t-elle confusément. Si elle ne se dépêchait pas, elle manquerait son cours de littérature comparée et… Non, elle devait prendre son service au casino et Dale… *Justin !* C'était Justin qui risquait d'arriver d'un instant à l'autre. Et elle n'avait même pas encore commandé leur repas.

Elle aurait voulu se lever, s'activer, mais elle se sentait si faible qu'elle n'avait même pas la force de soulever les paupières. Etrange. Elle n'était pourtant jamais malade…

La porte… Il y avait quelqu'un à la porte. Puis la main sur sa bouche… l'odeur de chloroforme… le trou noir.

Une vague de nausée lui souleva l'estomac. Dans un sursaut d'angoisse, elle ouvrit les yeux. La chambre où elle se trouvait allongée était de dimensions modestes, avec une seule fenêtre, dissimulée par un store. Il y avait une petite commode bon marché dans un coin surmontée d'un miroir poussiéreux. Une ampoule nue pendait du plafond.

La faible lumière qui filtrait à travers le store lui indiqua qu'il faisait jour. Mais elle aurait été incapable de dire si elle était restée sans connaissance pendant dix minutes ou quarante-huit heures. Peints en jaune citron à l'origine, les murs avaient pris la couleur usée du vieux papier. Elle reposait sur le couvre-lit fané d'un lit pour deux personnes. Lorsqu'elle voulut se tourner sur le côté, elle s'aperçut que son poignet droit était attaché aux barreaux en cuivre par une paire de menottes.

Instantanément, la peur l'emporta sur la nausée. Toute la scène du rapt lui revint à la mémoire : le jeune homme venu nettoyer la chambre, son sourire hésitant, son évidente nervosité. Comment, mais *comment,* avait-elle pu se montrer aussi crédule ? Justin l'avait pourtant prévenue qu'elle était en danger.

Justin... Il devait être fou d'inquiétude, mort de peur. Mais peut-être se figurait-il qu'elle était simplement sortie faire une course ? Serena se mordit la lèvre. Coûte que coûte, il lui fallait sortir d'ici. Retrouver Justin et le rassurer sur son sort. Mais comment ? Le jeune homme devait avoir partie liée avec le poseur de bombe. Il avait paru si innocent, si fragile pourtant. Ce qui ne l'avait pas empêché de la chloroformer, de la kidnapper et de la traîner ici, dans cette chambre sinistre.

A moins qu'il n'ait été relayé par des complices ?

Elle tira violemment sur ses menottes. Le bruit du métal entrechoqué dut donner l'alerte car elle entendit un bruit de pas. Les nerfs tendus à se rompre, Serena se prépara au pire...

Terry n'en revenait pas d'avoir réussi ce coup de maître. Avec un sourire triomphant, il reposa le combiné. Souffler la femme de Blade sous son nez avait été gonflé. Sacrément gonflé, même. Mais il était d'autant plus fier du résultat.

C'était bien mieux que la bombe, finalement. Réfléchissant à son échec de Las Vegas, Terry pianota du bout des doigts sur la table. Il leur avait laissé un délai beaucoup trop long, voilà tout. Du coup, ils avaient réussi à désamorcer l'appareil avant qu'il ait pu actionner le détonateur. Blade s'en était tiré à bon compte, cette fois-là. Mais seulement parce que lui, Terry, n'avait pas voulu prendre le risque de tuer des innocents.

Sa haine ne concernait que Blade. Il n'y avait aucune raison pour que d'autres payent à sa place.

Satisfait du déroulement de sa vengeance, Terry se frotta les mains. Ce serait infiniment plus dur pour Blade de savoir sa compagne entre les mains d'un inconnu que de voir un de ses hôtels partir en fumée. La fille était très belle et très riche. Et Blade serait prêt à payer n'importe quel prix pour la récupérer. Terry ricana doucement. Il le laisserait mariner dans son jus le plus longtemps possible avant de la lui rendre. En espérant que cela lui servirait de leçon.

Finalement, il avait bien fait de quitter Las Vegas pour Atlantic City, tout de suite après l'échec de son attentat à la bombe. Comme il venait traîner tous les jours au casino, il avait très vite repéré la présence de Serena. En posant quelques questions ici et là, il avait appris ce qu'il désirait savoir : Serena MacGregor représentait beaucoup plus pour Blade qu'une simple associée.

L'idée était née peu à peu que c'était à travers elle, la femme, qu'il pouvait atteindre Blade et le mettre à genoux. Au début, le projet lui avait paru compliqué, périlleux, voire irréalisable. Il était infiniment plus simple de faire entrer une petite bombe dans un hôtel que d'en sortir une femme vivante. Mais tout en faisant mine de jouer aux machines à sous, il avait observé attentivement les allées et venues. Et il s'était rendu compte que personne ne prêtait jamais la moindre attention au personnel de chambre dans leur discrète tenue blanche.

Lorsque Blade était revenu de Las Vegas, Terry avait décidé d'agir sans attendre. Dérober une tenue avait été d'une simplicité enfantine. Même chose lorsqu'il s'était agi de déposer discrètement la lettre sur le comptoir de la réception. Il était jeune, d'allure assez frêle, avec un physique plutôt rassurant. Personne, en vérité, ne lui prêtait jamais la moindre attention.

Dès l'instant où il avait vu le réceptionniste traverser le hall avec son enveloppe à la main et disparaître dans le bureau directorial, Terry était monté dans les étages. Il s'était forcé à attendre dix bonnes minutes pour être certain que Blade, alerté par sa secrétaire, aurait quitté sa suite pour prendre connaissance de la nouvelle lettre anonyme qui lui était adressée.

Au troisième étage, il s'était changé rapidement dans une petite pièce qui servait de réserve. Puis il était parti en poussant tranquillement devant lui le premier chariot à linge qui lui était tombé sous la main. Il avait cru que son cœur allait exploser lorsqu'il était entré dans l'ascenseur de service et qu'il avait actionné le bouton du dernier étage. Il savait qu'il courait le risque de trouver la suite désertée de ses deux occupants. Si Serena était descendue avec Blade, tout serait à refaire. Mais la chance lui avait souri...

Quant à elle, Serena, elle lui avait souri aussi, d'ailleurs.

Lorsqu'elle l'avait accueilli avec tant de simplicité et de gentillesse, il avait failli se dégonfler et tourner les talons. Mais il avait suffi qu'il pense à Blade pour reprendre du cœur au ventre. Et tout s'était déroulé à la perfection.

Il lui avait fallu moins de cinq minutes pour charger la fille inanimée sur le chariot et la dissimuler sous le linge. Puis il l'avait poussée jusqu'au parking où sa voiture l'attendait dans un coin tranquille. Il avait chargé la maîtresse de Blade sur la banquette arrière et l'avait recouverte d'un plaid. Sans qu'à aucun instant elle ne reprenne connaissance.

Terry se leva d'un bond lorsqu'il entendit gémir dans la pièce voisine. Il était soulagé qu'elle donne enfin signe de vie. Il y avait si longtemps qu'elle gisait là, blanche et immobile, qu'il commençait à se demander s'il n'avait pas exagéré la dose de chloroforme.

Il prépara une tasse de thé pour sa captive et poussa la porte de la chambre, juste au moment où il l'entendit tirer sur ses menottes. Adossée contre la tête de lit, elle le regarda fixement à son entrée. Elle n'avait pas l'air aussi terrifié qu'il l'avait prévu. Il s'était plus ou moins attendu à une réaction hystérique, avec des pleurs, des supplications et des hurlements de panique.

— Si vous criez, je vais être obligé de vous bâillonner, la prévint-il, néanmoins, au cas où.

Au premier coup d'œil, Serena reconnut son ravisseur, même s'il avait ôté la tenue blanche du personnel de chambre. Le jeune homme tenait une tasse de thé et sa main tremblait. Un frisson de crainte la parcourut. Elle avait affaire à un kidnappeur nerveux, de toute évidence. Et un kidnappeur angoissé était d'autant plus dangereux qu'il risquait d'avoir des réactions incontrôlées.

— Je ne crierai pas, lui assura-t-elle, luttant contre la tentation de donner furieusement de la voix.

— Je vous ai apporté du thé. Il se peut que vous vous sentiez légèrement barbouillée. Mais ça va passer très vite.

Il tentait de la rassurer, comprit Serena. Autrement dit, il l'imaginait anxieuse, paniquée. Peut-être avait-elle tort de feindre le calme. En se montrant tremblante et apeurée, elle aurait de bien meilleures chances d'endormir sa méfiance.

De toute façon, elle ne pourrait rien entreprendre tant qu'elle n'aurait pas repéré où il gardait les clés de ses menottes.

— J'ai… j'ai l'estomac complètement retourné, balbutia-t-elle. Je vous en supplie, j'aurais besoin d'aller aux toilettes.

— D'accord, d'accord. Pas de problème, répondit-il d'une voix apaisante en posant la tasse de thé sur le bureau.

Il sortit une clé de la poche de son jean et lui libéra le poignet.

— Attention. Si vous tentez de crier ou de vous enfuir, je serai obligé de faire le nécessaire pour vous en empêcher. Mais tant que vous resterez docile et que vous vous conformerez à mes instructions, il ne vous sera fait aucun mal.

Lorsqu'il lui saisit le poignet, Serena constata qu'il avait plus de force que son apparence frêle ne le laissait supposer.

— Je veux juste aller aux toilettes, répéta-t-elle dans un murmure.

Il la conduisit en silence jusqu'à une petite salle de bains.

— Je reste devant la porte. Inutile de tenter quoi que ce soit.

Serena hocha la tête, ferma la porte et inspecta les lieux. Mais il n'y avait aucune issue, pas même une petite fenêtre ou une lucarne. Elle chercha une arme des yeux, mais ne trouva qu'un porte-serviette en métal solidement scellé au mur.

Luttant contre le découragement, elle se mordilla les lèvres. Pour l'instant, elle ne pouvait s'armer que de patience. Mais tôt ou tard, elle trouverait le moyen de lui échapper.

Elle fit couler de l'eau froide dans le lavabo et s'en éclaboussa le visage. Pour commencer, il s'agissait de rester vigilante et de ne rien faire qui puisse inquiéter son ravisseur. Même s'il paraissait peu impressionnant a priori, elle aurait tort de le sous-estimer. Il n'avait rien d'un pro, de toute évidence. Mais si, pour une raison ou pour une autre, il se mettait à paniquer, un « dérapage malencontreux » serait vite arrivé. Il faudrait donc qu'elle se montre encore plus effrayée que lui. Qu'elle pleure et gémisse pour déjouer toute méfiance. Et qu'elle se débrouille déjà, dans un premier temps, pour l'interroger sur ses intentions.

— Qu'allez-vous faire de moi ? demanda-t-elle d'une voix mal assurée lorsqu'il lui remit ses menottes.

Il la tira de nouveau jusqu'à la chambre.

— Je n'ai rien contre vous. Je veux qu'il paye pour vous récupérer, c'est tout.

— Qui ?

Elle vit la haine briller dans ses yeux.

— Blade, bien sûr.

— Mon père a plus d'argent que lui, vous savez. Il...

— Je n'en ai rien à fiche de l'argent de votre père !

Son explosion de rage fut si violente et inattendue que Serena n'eut aucun mal à simuler un frisson.

— Blade me versera jusqu'à son dernier cent. Je veux le saigner à blanc.

Serena ouvrit de grands yeux apeurés.

— Mon Dieu, vous lui en voulez donc à ce point ? C'est... c'est vous qui avez mis la bombe à Las Vegas, n'est-ce pas ?

Il lui tendit sa tasse. Serena envisagea de lui jeter le thé à la figure mais ce serait trop risqué. Brûlé, il se rejetterait en arrière. Et la clé se trouverait hors de sa portée.

— Ouais, c'est moi.

Le visage si jeune, si innocent brûlait de rage. Quelque chose de terrible dans son regard pétrifia Serena.

— Pourquoi ? s'enquit-elle dans un souffle. Pourquoi le haïssez-vous à ce point ?

— Il a tué mon père.

Comme elle demeurait sans voix, il sortit en claquant la porte.

Pourquoi ce fou criminel n'appelait-il pas ?

Justin se servit un énième café puis se força de nouveau à s'asseoir. *S'il faisait subir quoi que ce soit à Serena...* Justin entendit un claquement sec et constata qu'il avait sectionné bien proprement l'anse de sa tasse. Renonçant au café, il alluma un cigare. Derrière lui, dans le coin repas, deux policiers en civil jouaient aux cartes en parlant à voix basse. Caine arpentait inlassablement le séjour en fumant cigarette sur cigarette. Alan, lui, était déjà parti pour l'aéroport, récupérer Daniel et Anna.

Le téléphone du séjour avait été réparé et relié à un appareil enregistreur. Le ciel s'était obscurci avec l'arrivée des nuages et la pluie paraissait imminente.

Et le ravisseur n'appelait toujours pas.

Si seulement il ne l'avait pas laissée seule dans cette suite, comme un sinistre imbécile qu'il était ! Justin aurait voulu taper du poing sur la table, hurler comme un loup blessé à mort, s'enfouir le visage dans les mains. Mais même s'il sentait le sol se dérober sous ses pieds, il serrait les dents, s'interdisant de manifester la moindre réaction.

« J'aurais pu la forcer à partir, si j'avais été plus ferme. Si j'avais réussi à l'éloigner jusqu'à Hyannis, elle n'en serait pas là. »

Stop. S'il se vautrait dans la culpabilité maintenant, il finirait par hurler. Comme une bête. Comme un chien blessé à mort. Un silence presque total régnait dans la pièce, entrecoupé seulement par le murmure occasionnel des policiers et le briquet de Caine dont le petit claquement sec ponctuait chaque nouvelle cigarette allumée.

Lorsque le téléphone sonna enfin, tous se figèrent dans la pièce.

— Gardez-le en ligne aussi longtemps que possible. Et dites-lui bien que vous voulez parler à Mlle MacGregor et qu'il n'obtiendra rien sans cela, lui rappela un des policiers en venant se placer derrière lui.

Justin décrocha sans prendre la peine de répondre.

— Allô ?

— Tu veux récupérer ta squaw, Blade ?

La voix était jeune. Et effrayée. La même que celle du poseur de bombe dont il avait entendu les enregistrements à Las Vegas. Justin serra les poings.

— Combien ?

— Deux millions. Cash. Petites coupures. Je te ferai savoir quand et comment.

— Attendez. Passez-moi d'abord Serena si vous voulez obtenir quoi que ce soit.

— Pas question.

— Et qu'est-ce qui me prouve que vous l'avez bel et bien auprès de vous ? Vous n'aurez rien tant que je n'aurai pas entendu le son de sa voix.

— On verra. Je réfléchis et je rappelle.

Il y eut un déclic. Puis la petite musique lancinante de la tonalité. La conversation avait à peine duré une minute.

Glacée, Serena se recroquevilla sous la couverture. Elle était morte de froid. Non, pas de froid. Elle était transie de peur. « Il a tué mon père », avait dit son ravisseur. S'agissait-il du fils de l'homme avec qui Justin, dix-sept ans plus tôt, s'était battu à mort dans un bar ? Si c'était le cas, son kidnappeur ne devait guère être âgé de plus de deux ou trois ans à l'époque du drame. Avait-il passé tout ce temps à nourrir sa haine dans l'attente d'une vengeance ? Serena dut serrer les mâchoires pour ne pas claquer des dents. Pourquoi avait-elle refusé de prendre les inquiétudes de Justin au sérieux ? C'était un intuitif qui savait lire les signes. Depuis le début, il avait senti qu'il s'agissait d'un acte de vengeance personnel et non pas d'une simple atteinte à ses biens.

Jusqu'où son kidnappeur serait-il capable d'aller s'il était habité par une haine aussi profonde ? Il n'avait pas pris la peine de dissimuler son visage sous un masque. Pouvait-il se permettre de lui laisser la vie sauve alors qu'elle était en mesure de l'identifier ? A priori, il ne semblait pas être le genre de personne à tuer de sang-froid. Mais que savait-elle au fond de la psychologie d'un assassin ? Et s'il avait été capable de placer une bombe dans un hôtel rempli de monde, quelle valeur une vie humaine représentait-elle à ses yeux ?

Serena frissonna violemment. « Sortir d'ici. Il faut que je sorte d'ici d'une façon ou d'une autre. Sinon, ça se terminera mal. »

Les yeux clos, elle se concentra sur les sons extérieurs. Mais elle ne capta qu'un profond silence. On n'entendait aucun bruit, pas même celui de la circulation. Par moments, il lui semblait percevoir la rumeur de l'océan. Mais elle n'aurait pu en jurer. Ce qu'elle prenait pour le chuchotis des vagues pouvait tout aussi bien être le bruissement du vent dans les arbres.

La maison, a priori, devait être située en dehors de la ville. Mais à quelle distance ? Si elle jetait sa tasse de thé contre la vitre de toutes ses forces en hurlant à pleins poumons, quelqu'un l'entendrait peut-être et viendrait à son secours ?

Son geôlier entra à temps pour la distraire de ce projet désespéré.

— Je vous apporte un sandwich. J'ai pensé que vous deviez avoir faim.

Il avait l'air plus agité, nota-t-elle. Peut-être était-ce le bon moment pour essayer de le faire parler ? Se cramponnant à son poignet de sa main libre, elle lui jeta un regard suppliant.

— Ne me laissez pas seule, s'il vous plaît… Je crois que je vais devenir folle.

— Vous vous sentirez mieux une fois que vous aurez mangé, marmonna-t-il en lui fourrant le sandwich sous le nez. Je vous ai déjà dit que je ne vous ferai pas de mal. Tout ce que je vous demande, c'est de vous tenir tranquille.

— Je vous ai vu à visage découvert, se hasarda-t-elle à observer. Et vous me laisseriez la vie sauve quand même ?

— Ne vous inquiétez pas pour ça, j'ai tout prévu. Je serai déjà loin lorsque je leur indiquerai où ils peuvent vous retrouver.

Serena le regarda déambuler nerveusement dans la chambre. Il n'était ni très grand, ni très costaud. Si seulement elle parvenait à dégager sa main prisonnière…

— Ils ne me retrouveront pas de sitôt là où je serai. Et avec les deux millions de dollars que j'aurai en poche, je ne risque pas de m'ennuyer.

— Deux millions de dollars…, murmura-t-elle. Et qu'est-ce qui vous fait penser que Justin acceptera de payer ?

Son ravisseur éclata d'un rire nerveux.

— Pour vous, il le fera. Il donnera tout ce qu'on lui demandera.

— Vous m'avez dit qu'il avait tué votre père ?

— Il l'a assassiné. Froidement. D'un coup de couteau dans le ventre.

— Mais Justin a été acquitté. Il m'a expliqué que…

Elle ravala hâtivement le reste de sa phrase lorsqu'elle vit le déchaînement de fureur que suscitait sa timide protestation. Le visage tordu en un rictus de haine, il hurla :

— Ils l'ont acquitté parce qu'il était jeune, orphelin et que les Indiens sont protégés ! Ma mère s'est renseignée, elle a eu la version réelle des faits. Des pressions ont été exercées sur le jury pour des questions politiques. L'avocat de la défense avait acheté les témoins. Ce procès a été une mascarade de bout en bout. Et pendant que mon père pourrit douze pieds sous terre comme un chien, son assassin, lui, déambule en smoking, cigare aux lèvres, et joue aux gentlemen dans ses casinos de luxe ! Vous trouvez ça normal, vous ?

Anéantie, Serena secoua tristement la tête. Comment une mère avait-elle pu élever son enfant dans cette atmosphère de haine, de paranoïa et de mensonge ? Aucun des arguments qu'elle pourrait avancer n'était susceptible d'entamer le conditionnement auquel cet homme avait été soumis depuis sa plus tendre enfance. Sa mère lui avait-elle parlé de la cicatrice qui barrait la poitrine de Justin ? Lui avait-elle précisé que son père était ivre, raciste et que c'était son propre couteau que Justin avait réussi à retourner contre lui dans un ultime sursaut ?

— Je suis désolée, murmura-t-elle faiblement. Désolée que votre enfance ait été entachée par cette tragédie.

Il hocha la tête.

— Vous comprenez mieux, maintenant ? Gamin, déjà, je savais que je lui ferais payer son crime. Si seulement je pouvais prolonger la torture de Blade en vous gardant en otage des mois durant… Il serait capable de ramper à mes pieds pour vous récupérer. Mais ce serait trop risqué, bien sûr.

— S'il vous plaît… euh… ? Quel est votre prénom ?

— Terry.

— Oui, Terry, vous êtes conscient, je suppose, que la police doit me rechercher ?

— Ils ne vous trouveront pas. J'ai loué cette maison à un couple de retraités parti passer l'hiver en Floride. Et il y a déjà six mois que j'ai déposé mon chèque de caution. Bien entendu, pas sous mon propre nom. Quand j'ai appris que Blade ouvrait un nouvel hôtel ici, je l'ai suivi. J'avais l'intention de lui extorquer une seconde somme d'argent une fois que je lui aurais fait cracher un quart de million de dollars à Las Vegas… Bon, ça n'a pas marché sur ce coup-là, mais cette fois, je le tiens.

— Terry…

Il eut un mouvement d'impatience.

— Ça ne sert à rien de discuter, c'est clair ? Lorsque Blade aura déposé la valise avec l'argent à l'endroit que je lui préciserai, j'attendrai encore dix heures, puis je téléphonerai pour lui indiquer où vous trouver. Vous n'avez pas besoin d'en savoir plus.

Prévenant toute protestation de sa part, Terry quitta la chambre en fermant la porte derrière lui.

— Et qu'est-ce qu'ils font pour récupérer ma fille ? tempêta Daniel en arpentant le salon. Rien. Strictement rien. Il n'y a qu'à voir ces deux-là. Jouer aux cartes, c'est tout ce à quoi ils sont fichus de s'occuper !

— Tout a été mis en œuvre pour retrouver Rena, rétorqua Alan avec son calme habituel. On a fait des relevés d'empreintes sur le chariot d'étage et…

— Des relevés d'empreintes ! Comme si on allait arriver à quoi que ce soit avec des relevés d'empreintes ! Et puis c'est quoi cet hôtel où n'importe qui peut rentrer comme dans un moulin ? Où un fou peut pénétrer tranquillement dans la chambre de ma fille et la sortir au milieu d'un tas de linge sale sans que personne se rende compte de rien ?

— Daniel…

Assise sur le canapé à côté de Justin, Anna avait à peine élevé la voix. Mais Daniel retrouva instantanément son calme. Anna se tourna vers Justin et posa la main sur la sienne.

— Justin…

Mais il se leva, muet, et secoua la tête. Pour la première fois, depuis que l'attente interminable près du téléphone avait commencé, il sut qu'il allait craquer. Sans un mot, il passa dans la chambre et referma la porte derrière lui.

Le peignoir en éponge de Serena gisait en boule sur une chaise. Il n'aurait qu'à le prendre pour retrouver son odeur. Serrant les poings, Justin s'en détourna, s'interdisant de céder à la tentation des larmes faciles. Mais son regard tomba sur les boucles d'oreilles qu'il lui avait offertes et une nouvelle vague de souffrance le heurta de plein fouet. La douleur fut si violente qu'il demeura un instant plié en deux, incapable de respirer. Quelques heures auparavant, encore, Serena avait éclairé cette pièce de sa présence. Il y avait eu le son de son rire, les doux petits gémissements qu'elle émettait dans le plaisir. Elle s'était donnée à lui — entièrement donnée à lui. Et lui était parti en la laissant seule. Sans protection.

Avec une pleinte sourde, Justin pressa le talon de ses mains contre ses paupières brûlantes. Lorsqu'on frappa à la porte de la chambre, il lutta pour se redonner une contenance.

Sans attendre sa réponse, Daniel pénétra dans la pièce.

— Désolé, Justin…

Pour la première fois depuis qu'il connaissait Daniel, Justin vit son vieil ami désemparé. Se forçant à soutenir le regard du père de Serena, il serra les poings dans ses poches.

— Ce n'est pas à vous de vous excuser. Vos critiques étaient entièrement fondées. Si je n'avais pas été aussi négligent…

— Non.

Daniel le saisit fermement par les épaules.

— Tu n'as rien à te reprocher, Justin. Il était décidé à kidnapper Rena et il se serait débrouillé pour l'avoir d'une façon ou d'une autre. C'est la peur qui me fait parler à tort et à travers. La peur et le sentiment d'impuissance. Le jour où on a trouvé Caine accroché à une gouttière à deux étages au-dessus du sol, j'ai eu la peur de ma vie, c'est vrai. Mais j'ai pu prendre une échelle et le récupérer. Alors que là je n'ai aucun recours. C'est ma petite fille et je ne peux rien faire pour la sauver.

— Daniel… Je l'aime, votre « petite fille ». Plus que je n'aurais jamais cru pouvoir aimer.

— Je sais, Justin. Et je suis d'autant plus désolé pour mes paroles malencontreuses.

— Je ferai tout ce qu'il me demandera de faire.

Hochant la tête, Daniel lui tendit la main.

— Viens. Nous allons attendre tous ensemble. La famille doit se serrer les coudes.

12.

Serena avait dû s'assoupir, car la nuit était tombée lorsque Terry la secoua par l'épaule.

— Vous allez passer un coup de fil, annonça-t-il en allumant le plafonnier.

Eblouie, Serena porta la main devant ses yeux.

— Un coup de fil ?

— Je pense qu'il a eu largement le temps de se faire les pires scénarios d'horreur depuis tout à l'heure, marmonna Terry en branchant un téléphone près du lit. Il est 1 heure du matin passée.

Il lui prit le menton d'un geste sec, l'obligeant à le regarder.

— Et maintenant, écoutez-moi bien : vous ne lui parlez pas de moi, c'est clair ? Dites-lui que vous êtes saine et sauve et que vous le resterez à condition qu'il raque. Compris ?

Sur un simple hochement de tête, Serena prit le combiné. A la première sonnerie, Justin décrocha.

— Ici Blade. Je vous écoute.

Au son de la voix aimée, elle dut fermer un instant les yeux. Dehors, la pluie d'automne tambourinait contre les vitres. Et elle était seule et terrifiée. Serena prit une profonde inspiration et regarda Terry droit en face.

— Je vais bien, Justin. Il ne m'a pas fait de mal. *Il n'y aura pas de cicatrices.*

— *Serena ?* Où es-tu ? *Qui* est le...

Mais Terry lui arracha le téléphone des mains et lui plaqua la main sur la bouche.

— Comme tu viens de l'entendre, Blade, ta squaw est vivante et entre mes pattes. Maintenant, si tu as envie de la revoir vivante, prépare l'argent que je t'ai demandé. Je te rappellerai pour te dire où tu dois le déposer.

Lorsque Terry raccrocha, Serena retomba sans force contre le matelas. Malgré la peur et le découragement, elle avait réussi à garder les yeux secs jusque-là. Mais la voix de Justin l'avait touchée dans sa fragilité. Et elle n'était plus que terreur et désespoir mêlés. Enfouissant le visage dans l'oreiller, elle laissa monter les lourds sanglots qui semblaient ne plus jamais devoir s'arrêter.

— Elle est vivante, annonça Justin en reposant lentement le combiné. Et il ne lui a pas fait de mal, dit-elle.

Anna prit ses deux mains dans les siennes.

— Dieu soit loué. Et maintenant ? Que va-t-il se passer ?

— Je rassemble la somme d'argent qu'il a exigée. Il doit rappeler pour préciser où je dois apporter la valise.

— Nous photographierons les billets de banque, annonça le lieutenant Renicki en se levant. Et l'un de mes hommes vous suivra lorsque vous irez déposer l'argent.

— Non.

Le policier soupira avec impatience.

— Parce que vous croyez, monsieur Blade, qu'il libérera Mlle MacGregor une fois qu'il aura empoché ses deux millions de dollars ? Vous n'avez que sa parole à laquelle vous fier. C'est un peu mince, comme garantie, vous ne pensez pas ?

Justin secoua la tête.

— Désolé, mais je ne veux pas de flics sur mes talons. Je me suis engagé à me conformer à ses instructions. Et je suis décidé à jouer le jeu. C'est un pari à prendre, je sais. Mais des risques, il y en a, dans tous les cas de figure.

— Comme vous voudrez. Dans ce cas, nous placerons un traceur dans la valise avec les billets.

— Et s'il le repère ? S'il est capable de fabriquer une bombe à retardement, il doit avoir des notions d'électronique. Et s'il se rend compte qu'on essaye de le feinter, il se vengera sur Serena.

— Il reste que vous jouez sacrément avec le feu en lui remettant son argent sans prendre la moindre précaution...

En désespoir de cause, Renicki se tourna vers Anna.

— Madame MacGregor, qu'en pensez-vous en tant que mère ? Nous voulons récupérer votre fille saine et sauve. Mais pour cela, il faut nous donner les moyens d'agir.

Justin sentit les mains d'Anna trembler entre les siennes.

— J'apprécie tout ce que vous faites pour nous aider, lieutenant. Mais je me range à l'avis de Justin.

— Photographiez donc les billets, intervint Caine avec impatience. Et lorsque Rena sera en sécurité, mettez tout en œuvre pour retrouver son kidnappeur... Bon sang, j'aimerais l'avoir en face de moi, debout à la barre des accusés. Je le descendrais si violemment dans mon réquisitoire qu'il ne s'en relèverait jamais, murmura-t-il comme pour lui-même.

— Justement. Ce serait dans notre intérêt à tous qu'il soit jugé seulement pour enlèvement et extorsion et pas pour homicide volontaire de surcroît, intervint froidement Renicki. Tant que la rançon n'aura pas été versée, Mlle MacGregor sera en relative sécurité. Mais après cela... tout dépendra de la personnalité du kidnappeur. Or nous ne savons quasiment rien de lui.

Visiblement à bout de patience, le policier planta son regard dans celui de Justin.

— Collaborer avec les flics, ce n'est visiblement pas votre truc, Blade. Vous avez peut-être eu une mauvaise expérience lorsque vous étiez jeune. Mais croyez-moi, c'est moins aléatoire de traiter avec nous qu'avec lui, fit-il en désignant le téléphone du menton.

Justin porta machinalement la main à sa cicatrice. Renicki avait raison. Ses rapports avec la police n'avaient jamais été très sereins. Il se souvenait des interrogatoires incessants à l'hôpital, du harcèlement auquel il avait été soumis alors que sa plaie commençait à peine à cicatriser.

Et si ses préjugés défavorables faisaient obstacle à sa sûreté de jugement ? Commettait-il une erreur en s'obstinant à rejeter systématiquement les recommandations du lieutenant Renicki ?

Sa main, brusquement, s'immobilisa sur son flanc.

Cicatrice... Serena avait parlé de *cicatrices*...

Et si c'était une piste qu'elle avait tenté de lui donner ? Une indication quant à l'identité de son ravisseur ?

— Bon sang... Lui ? Mais ce n'est pas possible ! Il est mort... A moins que... ?

— Justin ? Qu'est-ce qui t'arrive ? demanda Anna, inquiète, en lui saisissant le bras.

— J'ai cru voir passer un fantôme, murmura-t-il en secouant la tête.

Chassant la peur presque superstitieuse qui l'avait paralysé un instant, il se tourna vers Renicki.

— Je crois que Serena m'a donné un indice au téléphone. Elle a dit : « Il n'y aura pas de cicatrices. » Et l'homme que j'ai tué dans le Nevada m'a planté un couteau dans la poitrine. Je suis certain que c'est à lui qu'elle faisait allusion. Même si je ne saisis pas a priori où se situe le lien.

Mais le lieutenant se dirigeait déjà vers le téléphone.

— Il avait peut-être un fils, un frère, un ami désireux de le venger... Vous vous souvenez de son nom ?

Justin émit un rire sans joie. S'il y avait un nom qu'il garderait à la mémoire aussi longtemps qu'il vivrait, c'était bien celui-là.

— Charles Terrance Ford. Il avait une femme et un petit garçon. C'était encore un bébé à l'époque. Je me souviens que sa mère l'amenait tous les jours avec elle dans la salle de tribunal. Il a assisté à l'intégralité du procès.

Un petit garçon aux yeux bleus très clairs. Des yeux écarquillés, inquiets. Justin sentit une sueur glacée perler à son front.

— Cette fois, tu vas le boire, ce cognac, ordonna Caine en lui fourrant d'autorité un verre entre les mains.

Justin huma le contenu et secoua la tête.

— Un café plutôt, marmonna-t-il en se dirigeant vers la cuisine d'une démarche mal assurée.

Anéanti, il s'affaissa contre le comptoir. *Dix-sept ans...* Cet enfant avait passé dix-sept ans à le haïr en peaufinant ses projets de vengeance. Et il avait fini par choisir Serena comme instrument de représailles. Caine vint poser une tasse de café devant lui. Justin scruta le liquide noir comme si c'était son passé qu'il entrevoyait dans le miroir de ses profondeurs.

— Je l'avais pourtant senti, bon sang ! Je *savais* qu'il y avait une présence hostile pas loin, tapie, comme une araignée prête à bondir. Et tu crois que j'aurais eu le bon sens d'éloigner Serena de moi ? Je ne comprends pas comment j'ai pu la laisser courir un risque pareil.

Caine se percha sur un tabouret.

— Tu as essayé de la persuader de rentrer, non ? Je connais Rena depuis sa naissance, Justin. Et pour autant que je me souvienne, personne n'a jamais réussi à lui faire faire quoi que ce soit contre son gré.

— Elle aurait accepté de s'éloigner si j'étais venu avec elle.

— Il aurait trouvé le moyen de vous suivre.

Justin reposa bruyamment sa tasse.

— Tu as sans doute raison... Mais je la retrouverai, Caine. Rien ne m'empêchera de la tirer de ses griffes.

— Il s'appelle Terry Ford, annonça le lieutenant Renicki en se dirigeant en droite ligne vers la cafetière. Il y a cinq jours, son nom figurait sur la liste des passagers d'une compagnie aérienne basée à Las Vegas. Destination du vol : Atlantic City. Autrement dit, je pense que nous tenons notre homme. Nous attendons son signalement qui devrait arriver d'une minute à l'autre. J'ai envoyé plusieurs de mes policiers faire la tournée des hôtels, motels et locations. Mais il n'est pas certain qu'il soit resté à Atlantic City même. Il a pu emmener Mlle MacGregor ailleurs. Et s'il est resté sur place, je doute qu'il ait pris une chambre sous son vrai nom.

Le visage du lieutenant s'était animé. Pour la première fois depuis le début de l'enquête, il paraissait résolument optimiste.

— Nous le retrouverons, promit-il en s'asseyant en face de Caine. Allez donc vous allonger au moins quelques heures, tous les deux. De toute façon, vous ne pouvez rien faire pour le moment. Et il n'a aucune raison de retéléphoner avant demain matin.

Mais Caine, pas plus que Justin, ne réagit à ce conseil. Le lieutenant Renicki haussa les épaules et changea de sujet sans insister :

— Pour l'argent de la rançon, vous en êtes où, monsieur Blade ? Vous pensez pouvoir réunir la somme exigée dans combien de temps ?

— Demain matin à 8 heures, j'aurai le montant requis dans mon bureau.

Le lieutenant haussa ses sourcils broussailleux.

— Cela ne vous pose pas de problème de sortir deux millions de dollars en liquide, du jour au lendemain ?

— Non.

— Bon. Alors dites-lui que vous aurez l'argent à 9 heures. Cela nous laissera le temps de photographier les billets... J'aimerais d'autre part que vous acceptiez de réfléchir à cette histoire de traceur. Je vous montrerai demain matin comment ça se présente. Nous avons désormais des techniques très au point pour les dissimuler.

Pour la première fois, Justin nota la fatigue qui marquait les traits du lieutenant. Pas plus que lui, Renicki n'avait mangé ou dormi depuis la disparition de Serena. Le métier de Justin l'avait habitué à jauger vite et à jauger bien. Et en d'autres circonstances, un regard comme celui du lieutenant lui aurait inspiré confiance. Ne serait-il pas temps qu'il juge cet homme sur ses actes plutôt que sur son appartenance ?

— O.K., lieutenant. On verra ça demain.

Renicki se contenta de hocher la tête et vida d'un trait le contenu de sa tasse.

A 6 heures du matin, le téléphone sonna. Anna et Daniel qui somnolaient par intermittences sur le canapé furent arrachés en sursaut de leur demi-sommeil. Alan se redressa dans le fauteuil qu'il avait occupé toute la nuit sans fermer l'œil. Caine qui sortait de la cuisine avec une tasse de café s'immobilisa net.

Justin, lui, avait déjà la main sur le combiné. Il y avait plus d'une heure qu'il se tenait prêt, les yeux rivés sur l'appareil.

— Tu as l'argent, Blade ? s'éleva la voix désormais familière de Terry Ford.

— J'aurai réuni la somme à 9 heures.

— Il y a une station essence à deux cents mètres de l'hôtel, sur la droite. Arrange-toi pour être dans la cabine téléphonique à 9 h 15 précises. C'est là que tu recevras mon prochain appel.

Les nerfs tendus à craquer, Terry faillit renverser la console en reposant le combiné. Même après que les sanglots de Serena s'étaient calmés, il n'avait pas réussi à trouver le sommeil. Il n'en revenait pas que les remords l'aient tenu éveillé toute la nuit. Dire que cette fille partageait la vie d'un meurtrier ! Et elle le savait, en plus. Il n'avait aucune raison de s'apitoyer sur son sort.

Sa mère aurait sans doute décrété que c'était une traînée, une amorale, la dernière des dernières. Mais bien qu'il fût déterminé à la mépriser, Terry avait du mal à regarder Serena MacGregor de haut. Elle était très belle. Et très classe. Même en jean et en pull-over tout simple, elle lui était apparue comme une espèce de princesse lorsqu'elle lui avait ouvert la porte de l'appartement.

Mais le pire, ça avait été de la voir pleurer, toute petite et recroquevillée sur le lit, comme une enfant blessée.

Enfin... Ce qui était fait était fait. Il aurait préféré ne pas avoir à lui faire subir une épreuve pareille. Mais elle représentait de loin le meilleur moyen pour atteindre Blade.

Sans doute, pour que sa vengeance soit totale, aurait-il fallu éliminer Blade physiquement. Mais Terry savait qu'il ne serait jamais de ceux qui tuent de sang-froid. La bombe qu'il avait posée aurait eu la puissance nécessaire pour supprimer des centaines de vies, d'accord. Mais c'était différent — plus abstrait. Et avec le recul, il se demandait s'il aurait eu le courage, au dernier moment, d'actionner le détonateur.

Non, tenir Blade en son pouvoir était déjà une superbe victoire en soi. Grâce à lui, Terry, l'assassin de son père tremblait de rage, de peur et d'impuissance. C'était l'aboutissement d'une longue quête, l'accomplissement du rêve de toute une vie. Et dans quelques heures, il aurait deux millions de dollars en poche. Chaque dépense qu'il ferait avec l'argent de Blade aurait la douceur d'une vengeance réussie.

Il entendit bouger dans la chambre voisine et se leva pour voir où en était sa prisonnière.

Serena se réveilla avec les paupières gonflées et un mal de tête lancinant. Voilà tout ce qu'elle avait gagné en s'effondrant la veille. Elle avait besoin de rester calme et concentrée, et de mobiliser toute son énergie pour trouver un moyen de s'enfuir. Et ce n'était pas en pleurant comme une Madeleine qu'elle parviendrait à quoi que ce soit.

« Réfléchis, bon sang ! s'admonesta-t-elle. Il y a *toujours* un moyen de s'en sortir. »

Elle releva la tête en sursaut lorsque la porte s'ouvrit. Pendant une fraction de seconde, elle vit les remords assombrir le regard bleu pâle de Terry. Autant dire qu'elle devait offrir un spectacle pour le moins pitoyable.

« Et alors ? Utilise sa pitié pour en tirer avantage, Rena ! Il serait temps de te servir de ta fameuse intelligence, ma fille. »

Elle tourna vers Terry un regard pathétique.

— J'ai des élancements terribles dans le bras. J'ai dû me le tordre pendant la nuit.

D'un air irrésolu, il se passa la main dans les cheveux.

— Je suis désolé. Mais il n'y en a plus pour très longtemps. Dès ce soir, si tout se passe bien, vous serez libérée et vous retrouverez votre famille… Je vais vous préparer votre petit déjeuner.

Comme il se détournait pour quitter la pièce, elle le rappela dans un sursaut de panique qui n'était pas entièrement feint.

— S'il vous plaît… non. Ne me laissez pas comme ça. Je n'en peux plus d'être allongée dans la même position. Si seulement vous me laissiez m'asseoir un moment… Vous êtes plus fort et plus rapide que moi, où voudriez-vous que j'aille ?

— Bon, je vous emmène dans la cuisine avec moi. Mais attention : portes et fenêtres sont verrouillées, donc inutile de tenter quoi que ce soit. Au moindre geste suspect, je vous ramène ici, et je vous bâillonne en plus.

— Tout ce que je demande c'est de sortir de cette pièce.

Terry sortit sa clé et la libéra de ses menottes. Serena réprima la tentation de se dégager pour s'enfuir en courant. Non seulement il la rattraperait sans difficulté, mais elle perdrait la confiance relative qu'il lui accordait.

Dans la cuisine, comme ailleurs, les volets étaient fermés, les stores hermétiquement clos. « Je pourrais tout aussi bien me trouver dans un coin désert, en plein cœur de l'Alaska », songea Serena sombrement. Si elle parvenait à sortir de la maison, où irait-elle ? Terry devait avoir une voiture puisqu'il l'avait amenée jusqu'ici. Mais encore fallait-il qu'elle réussisse à lui dérober les clés.

Terry la fit asseoir sur une chaise branlante et s'agenouilla pour fixer sa cheville au pied de la table de cuisine.

— Bon. Ne bougez plus, O.K. ? Je vous apporte votre café.

— Merci. Ça fait du bien de changer de position.

Elle parcourut la pièce des yeux, à la recherche d'une arme potentielle.

— Ce soir, vous serez sortie d'ici, lui promit Terry, visiblement désireux de lui remonter le moral. Blade est en train de rassembler l'argent. En fait, j'aurais pu en demander le double et il l'aurait donné.

— Cet argent ne vous apportera aucune joie.

— Le bonheur, je m'en fiche. Tout ce que je veux, c'est qu'il paye.

Serena eut un pincement au cœur. Il avait l'air si jeune encore. Beaucoup trop jeune pour porter pareil poids de haine en lui.

— Terry, vous êtes en train de gâcher votre existence. Mettre au point un enlèvement ou un attentat à la bombe exige des capacités d'organisation et pas mal d'intelligence. Vous pourriez utiliser vos aptitudes à des fins tellement plus constructives. Si vous me laissez partir maintenant, j'aurai peut-être la possibilité de vous aider. Mon frère est…

Les mâchoires serrées, Terry secoua la tête.

— Ce n'est pas votre aide que je veux, mais Blade. Je veux qu'il rampe comme un cloporte à mes pieds.

— Justin ne rampera jamais, murmura-t-elle d'une voix lasse.

— C'est là que vous vous trompez. Pour vous, il accepterait n'importe quoi.

— Terry…

— Taisez-vous ! hurla-t-il soudain, comme s'il était à deux doigts de s'effondrer nerveusement. J'ai passé *ma vie* à préparer cette vengeance et je n'ai jamais eu d'autre but. Vous croyez que ça m'a amusé de voir ma mère toujours à court d'argent, économisant sur tout, contrainte à accepter un emploi de serveuse dans un restaurant minable ? Alors que Blade s'enrichissait de jour en jour au lieu de pourrir en prison. L'argent de Blade, je le revendique. Ce sont les dommages et intérêts auxquels ma famille a droit.

Consciente qu'elle ne parviendrait pas à le convaincre, Serena baissa la tête sans répondre.

— Je vais faire des œufs au plat pour le petit déjeuner. Vous avez faim ?

La simple idée de la nourriture lui procura un haut-le-cœur. Elle ouvrait déjà la bouche pour déclarer qu'elle ne pourrait rien avaler lorsqu'elle s'aperçut de son erreur. Si elle refusait de manger, il la bouclerait de nouveau dans la chambre et ses projets d'évasion s'envoleraient en fumée.

— Oui, j'en prendrais volontiers une assiette, je vous remercie.

Levant la tête, elle vit soudain comme en gros plan le lourd poêlon en fonte que Terry tenait à deux mains. Sans même prendre le temps d'élaborer une stratégie, Serena poussa un gémissement et commença à se laisser glisser lentement vers le sol.

— Hé !

Inquiet, Terry se précipita pour la retenir, en posant le poêlon à côté d'elle.

— Que se passe-t-il ? Vous êtes malade ?

— Je ne sais pas... J'ai la tête qui tourne...

Les doigts de Serena se refermèrent sur le manche de la poêle. Pendant quelques secondes, elle se laissa aller complètement, relâchant tous les muscles de son corps, comme si elle s'évanouissait pour de bon. Puis, bandant ses forces, elle souleva l'ustensile de cuisine et le frappa à la tête.

Terry ne poussa même pas un cri. Il tomba sur elle comme une masse. Le souffle coupé par son poids, Serena demeura un instant comme assommée. Ce fut la pensée terrifiante qu'elle l'avait peut-être tué qui la ramena à elle en sursaut. En se tortillant, elle réussit à se dégager, prit son poignet inerte, chercha son pouls.

— Dieu merci, chuchota-t-elle.

Fouillant dans la poche du jean de Terry, elle en extirpa la clé et se libéra de ses menottes. Puis elle se pencha sur le pâle visage inanimé. Pauvre gamin... C'était sa mère qui aurait mérité de prendre un coup de massue sur le crâne. Comment cette femme avait-elle pu élever un enfant à coups de messages de haine, matraqués au quotidien ?

Serena se leva en tremblant. Elle était tentée de s'enfuir en courant, sans un regard en arrière. Mais si Terry revenait à lui et qu'ils se trouvaient dans un endroit plus ou moins inhabité, il serait susceptible de la rattraper. Serrant les dents, elle le saisit par les épaules et le tira en direction de la chambre à coucher. Terry n'était ni très grand ni très lourd, mais la position était incommode et les heures passées en captivité l'avaient affaiblie plus qu'elle ne l'aurait pensé. Elle souffrit pendant toute la traversée du living et termina le parcours, pliée en deux, hors d'haleine et en nage.

A bout de forces, Serena s'immobilisa à l'entrée de la chambre. Jamais elle n'aurait l'énergie nécessaire pour le hisser sur le lit. Tant pis. Le laissant allongé sur le sol, elle l'attacha au pied de lit en cuivre à l'aide des menottes qu'elle avait pris la précaution de glisser dans la poche arrière de son jean.

Une fois sa tâche accomplie, Serena sentit une telle vague de faiblesse tomber sur elle qu'elle crut s'évanouir pour de bon. Luttant contre la sensation de vertige, elle se dirigea en chancelant vers le téléphone.

Sans avoir dormi de la nuit, Justin prit une douche, se changea et regagna le living. Dans le coin repas, la famille MacGregor était attablée devant le petit déjeuner qu'il avait commandé à leur intention. Anna, qui n'avait pas touché au contenu de sa propre assiette, s'efforçait de convaincre

Daniel d'avaler un toast pendant qu'Alan et Caine discutaient à voix basse.

La mère de Serena leva les yeux à son approche et sourit vaillamment.

— Ce soir, nous nous retrouverons tous ensemble autour d'un vrai repas de famille. Rena a toujours aimé qu'on se réunisse autour d'une « bonne petite bouffe », comme elle dit.

Il la vit cligner des yeux pour chasser les larmes qui menaçaient. Pour la première fois depuis qu'il connaissait Anna, Justin lui entoura spontanément les épaules.

— Et si vous descendiez voir le chef pour élaborer un menu de fête ?

Il sentit Anna — ce roc, ce concentré de force tranquille — trembler comme une petite fille contre lui.

— C'est une bonne idée. J'irai tout de suite après le petit déjeuner pour une transaction gastronomique au sommet... Tu ne perdras pas ton calme, Justin, n'est-ce pas ? ajouta-t-elle à voix basse. Tu me le promets ?

— Je vous le promets, Anna.

Il se détournait pour quitter l'appartement, lorsque le téléphone sonna. Anna eut un haut-le-corps.

— Je... je ne comprends pas, murmura-t-elle, la main pressée contre sa poitrine. Il ne devait pas rappeler.

— Peut-être a-t-il une consigne supplémentaire à me transmettre ? hasarda Justin, les nerfs à vif, avant de décrocher... Ici Blade. Je vous écoute.

— Justin...

— Serena ?

— Oh, Justin... Tout va bien maintenant... je... je...

La voix de Serena était si faible, si fragile qu'il crut qu'il allait pleurer comme un enfant. Alors même que la famille MacGregor au complet avait les yeux rivés sur lui.

— Que se passe-t-il ? Il ne t'a pas fait de mal, au moins ? Je suis surpris qu'il t'autorise à me rappeler.

Il l'entendit rire doucement à l'autre bout du fil.

— Je ne lui ai pas laissé le choix, Justin. Il est sans connaissance et attaché au pied du lit.

— Quoi ?

Justin repoussa Caine qui cherchait à lui attraper le bras.

— Répète-moi ça, Serena !

— J'ai dit que je l'avais assommé et menotté. Joli boulot, non, qu'en penses-tu ?

L'étau d'acier qui broyait la poitrine de Justin depuis la veille lâcha d'un coup. Son soulagement s'exprima sous la forme d'un immense éclat de rire.

— Incroyable ! Tu es vraiment incroyable ! Et dire que je me suis bêtement inquiété pour toi toute la nuit !

Hilare, il s'effondra sur le canapé. Levant les yeux, il vit quatre regards interrogateurs rivés sur lui.

— Le kidnappeur est hors d'état de nuire. Serena l'a envoyé au tapis.

— Ça, c'est une vraie MacGregor, c'est moi qui vous le dis ! exulta Daniel en faisant virevolter Anna dans ses bras. Avec quoi l'a-t-elle frappé ?

— C'est mon père, que j'entends ? s'éleva la voix de Serena à l'autre bout du fil.

— Oui. Il veut savoir quelle arme tu as utilisée ?

— Un poêlon en fonte.

Justin transmit l'information qui suscita un brouhaha général. Daniel embrassa son épouse, puis laissa tomber la tête sur son épaule et se mit à sangloter bruyamment. Caine et Alan se tapèrent le plat de la main en signe de victoire.

— Justin ? s'éleva la voix de nouveau tremblante de Serena. J'entends que vous êtes très joyeux, très excités, tous. Mais si tu voulais bien venir me chercher, maintenant… J'ai passé une très mauvaise nuit et… et j'aurais besoin de voir vos têtes, à tous les cinq.

La sentant à bout de forces, Justin fronça de nouveau les sourcils avec inquiétude.

— Tu sais où il t'a emmenée ?

Pour Serena, le contrecoup des émotions de ces dernières vingt-quatre heures commençait à se faire cruellement sentir. La tête posée sur les genoux, elle se mit à trembler comme une feuille. La voix préoccupée de Justin lui parvint comme à travers une épaisse couche de brouillard.

— Serena ?… Serena, tu m'entends ? Réponds-moi !

— Justin ? finit-elle par balbutier. Je vais essayer d'ouvrir les volets pour voir si je peux me repérer, O.K. ? Mais continue à me parler, s'il te plaît. J'ai besoin du son de ta voix.

Il se mit à parler, à parler. Et c'était si bon de l'entendre qu'elle en aurait pleuré.

— Tu sais que toute ta famille est réunie dans notre salon ? Ta mère propose que nous organisions un dîner de fête, ce soir. Tu aimerais manger quelque chose de particulier ?

Serena sourit à travers ses larmes.

— Un cheeseburger.

Elle releva un premier store et ouvrit la fenêtre en grand pour pousser les volets.

— Un *double* cheeseburger, même. Avec un magnum de champagne. Je crois que je suis à l'est d'Atlantic City. Dans un bungalow sur la plage. Je vois quelques immeubles bas, plus loin. Mais je ne suis encore jamais venue par ici.

Se mordant violemment la lèvre pour ne pas éclater en sanglots, elle ajouta dans un murmure :

— Je serais incapable de te dire précisément où je suis, Justin…

— Ne t'inquiète pas. Mon téléphone est sur écoute. Et nous avons parlé suffisamment longtemps pour que la police puisse localiser l'appel. Tu me *promets* de tenir bon ?

Le regard rivé sur l'océan tout près, Serena prit une profonde inspiration. La lumière du jour qui entrait à flots était déjà un réconfort en soi.

— Ça va aller. Mais fais vite, promis ? Et rassure mes parents sur mon sort, O.K. ? Je n'ai absolument pas été maltraitée.

— Je t'aime, Serena.

— Viens me le montrer, murmura-t-elle dans un souffle.

Le lieutenant Renicki n'eut aucun mal à détecter d'où venait l'appel.

— Elle lui a tapé dessus avec un poêlon, alors ? commenta le policier, appréciateur. Eh bien… on ne peut pas dire qu'elle se soit laissé marcher sur les pieds.

— Qu'est-ce que vous croyez ? C'est une MacGregor, intervint Daniel avant de se moucher bruyamment.

— Vous venez ? demanda Renicki à Justin lorsqu'ils eurent localisé l'appel.

Justin eut un petit sourire.

— Nous venons *tous*.

Serena choisit d'attendre Justin dehors, sur le pas de la porte, en inspirant goulûment l'air de sa liberté retrouvée. Son enlèvement avait duré moins de vingt-quatre heures. Mais elle avait l'impression de ne plus avoir vu la lumière du jour depuis des semaines. Des gouttes de pluie de la veille scintillaient encore dans l'herbe verte, illuminées par les premiers rayons d'un soleil triomphant. Comment avait-elle pu ne jamais remarquer à quel point l'herbe mouillée était belle au soleil du matin ?

Elle vit arriver les voitures de loin. Comme une procession, songea-t-elle. De nouveau, Serena faillit fondre en larmes. Mais elle se mordit la lèvre et redressa la taille. C'était les yeux secs qu'elle voulait accueillir Justin.

Suivie par deux véhicules de police, la voiture de Justin arriva la première à hauteur du bungalow. Justin en descendit avant même que la puissante berline ne soit à l'arrêt. A distance, leurs regards se trouvèrent, se joignirent, s'épousèrent. Dans les yeux verts de Justin, elle lut tant d'amour qu'elle crut que son cœur cessait de battre. Puis ce fut comme un tourbillon confus de cris, d'exclamations de joie. Justin se mit à courir, talonné par ses parents, Caine et Alan. Elle s'élança à son tour. Ils étaient là, tous ceux qu'elle aimait. Mais elle ne voyait que Justin, ses yeux fous d'amour, son visage aimé. Puis il y eut ses bras — ses bras qui la serraient à l'étouffer. Il murmura son nom comme une litanie, l'embrassa comme si la survie du monde dépendait de l'intensité de leur baiser.

Etonnée de le sentir trembler, Serena le serra à son tour de toutes ses forces.

— Tu es glacée, murmura Justin. Tiens, prends mon blouson.

Avant qu'il puisse retirer le vêtement pour le lui remettre, elle captura son visage entre ses mains.

— Je suis désolée pour ce que tu as eu à subir, chuchota-t-elle. Je sais que ça a été plus difficile encore pour toi que pour moi.

— Hé là, Justin, tu penses la garder pour toi encore longtemps ? Laisse-moi au moins la serrer dans mes bras une seconde, cette enfant, bougonna Daniel avant que Justin puisse répondre.

Son père la fit pivoter vers lui et passa sa grande main sur sa joue.

— Alors, comme ça, ma fille, tu l'as fichu sur le carreau avec une poêle à frire, ton kidnappeur à la manque ?

Notant ses yeux rougis, elle embrassa son père dans un immense débordement de tendresse.

— Ne me dis quand même pas que tu t'es fait du souci pour moi ? s'enquit-elle d'un ton indigné.

Daniel sortit son mouchoir et s'essuya les yeux.

— Moi ? Jamais de la vie, quelle idée ! Je sais qu'un MacGregor s'en sort toujours. Mais tu connais ta maman. Elle était bien anxieuse.

Justin nota que le lieutenant Renicki venait se placer près de lui. Terry Ford n'allait pas tarder à sortir, escorté par deux policiers. Et manifestement le lieutenant s'inquiétait de sa réaction.

Peut-être pas à tort, d'ailleurs.

— Nous aurons besoin de votre déposition, mademoiselle MacGregor.

— Pas maintenant, trancha Justin.

Renicki hocha la tête et s'adressa de nouveau à Serena.

— Vous passerez au commissariat dans la journée, lorsque vous serez reposée. Votre heure sera la nôtre.

Les poings serrés, Justin vit le kidnappeur apparaître sur le pas de la porte. Il sentit la violence monter comme une vague et un brouillard rougeâtre se former devant ses yeux.

— Restez calme, monsieur Blade, chuchota Renicki. Votre amie a déjà été suffisamment secouée comme cela, vous ne croyez pas ?

Lorsque Terry tourna la tête dans sa direction, Justin reconnut son regard. Ces yeux pâles, inquiets, il les avait vus tous les jours dans la salle de tribunal. Il ne devait guère avoir plus de trois ans, à l'époque. Un tout petit garçon perdu dont on avait tué le père.

Un orphelin.

Justin sentit les doigts de Serena s'entrelacer aux siens. Sa haine, sa violence retombèrent d'un coup. Tout en progressant vers le véhicule de police, Terry ne les quitta pas des yeux un seul instant.

— J'ai mal pour lui, murmura Serena, la gorge nouée.

Justin l'entoura de ses bras.

— Moi aussi.

— Bon, voilà qui est fini et bien fini, décréta Daniel. Ramenons la petite à la maison.

Anna retint son mari par le coude.

— Elle rentrera avec Justin et nous nous retrouverons tous à l'hôtel. Allons nous occuper du dîner en attendant.

— Mais elle n'a même pas de chaussures aux pieds ! On ne va quand même pas la laisser prendre froid alors qu'on vient juste de la retrouver !

— Ne t'inquiète pas pour Rena, trancha Alan en prenant place avec son frère et ses parents dans un des véhicules de police. Si elle a survécu à son kidnappeur, elle réussira bien à tenir tête à un microbe ou deux.

Justin aida Serena à enfiler son blouson et le lui boutonna jusqu'au cou.

— Tu viens ?

Mais elle secoua la tête.

— Je voudrais me promener un peu sur la plage avant de rentrer. Sentir l'odeur de la mer et le vent sur mon visage.

— Pieds nus ?

— Tu connais une meilleure façon de marcher dans le sable ?

— Alors allons-y.

Si elle lui avait demandé la lune, Justin la lui aurait accordée de même. Bras dessus dessous, ils s'avancèrent vers l'océan.

— Tu n'as pas fermé l'œil de la nuit, murmura-t-elle en traçant un cerne sur sa joue.

— Non. Alors que, de toute évidence, j'aurais pu dormir sur mes deux oreilles, Superwoman.

Justin pencha la tête pour lui déposer un baiser léger dans les cheveux. C'était à peine s'il osait la toucher, tout à coup.

— Ça a été affreux d'avoir à l'assommer, murmura-t-elle. Mais je ne savais pas comment il réagirait une fois qu'il t'aurait en face de lui. La haine de toi lui a été inculquée presque au berceau. C'est tellement triste que sa mère n'ait rien trouvé de plus positif à lui transmettre.

Il serra sa main très fort dans la sienne.

— Je peux me mettre à la place de Terry, maintenant. Je lui avais pris ce qu'il avait sans doute de plus précieux au monde. Alors il a attendu et m'a rendu la pareille.

Il s'immobilisa pour regarder l'océan, le bras fermement passé autour de sa taille.

— Je suis étonné qu'il ait demandé si peu d'argent, d'ailleurs.

— Si peu d'argent ? Pour la plupart des mortels, deux millions de dollars représentent une belle rente.

— Pour payer ce qui n'a pas de prix ?

Il lui saisit le visage entre les paumes pour la dévorer longuement des yeux. Puis, sur un violent frisson, il l'embrassa à perdre haleine.

— Je ne savais pas si, un jour, je te tiendrais de nouveau dans mes bras. Par moments, je réalisais que je t'avais peut-être perdue à tout jamais. Et je me disais que je le traquerais pendant une vie entière, sans relâche, que je le tuerais de mes mains s'il le fallait.

— Il ne m'aurait jamais fait le moindre mal, Justin.

Comme elle sentait la violence monter de nouveau en lui, Serena l'apaisa avec ses mains, avec ses lèvres.

— Si j'ai pu échapper à sa vigilance, c'est parce qu'il était en permanence soucieux de me ménager, de me rassurer. A aucun moment, il ne s'est montré réellement hostile.

— Ce n'était pas à toi qu'il en voulait, en effet.

Se dégageant d'un mouvement brusque, elle lui jeta un regard sévère.

— Ah non, Justin. Tu ne me fais pas le coup des grands remords, c'est clair ? Tu n'es ni coupable ni responsable. L'alcool et le racisme du père, la haine et l'étroitesse d'esprit de la mère sont seuls en cause. Maintenant, c'est fini, tout est réglé et on n'en parle plus. Et je t'interdis formellement de te vautrer dans la culpabilité. C'est clair ?

— Je me demande bien pourquoi ça m'a manqué de ne plus t'entendre me hurler après, marmonna-t-il en l'attirant de nouveau dans ses bras.

— C'est que je suis très douée pour faire des scènes, mon chéri.

Elle se blottit confortablement contre lui.

— Tu sais, Justin, j'ai eu le temps de réfléchir à notre relation pendant ma brève période de captivité.

— Ah oui ?

— Tout à fait. Je pense que ce serait bien que nous revoyions nos principes de fonctionnement.

— Nos principes de fonctionnement ? J'ignorais que nous en avions. Rien de clairement défini, en tout cas.

Serena risqua un pied dans l'eau glacée et fit la grimace.

— Franchement, il serait temps que nous fassions bouger certaines choses entre nous, dit-elle, songeuse, le regard rivé sur l'horizon bleu.

N'y tenant plus, Justin la saisit par les épaules et la fit pivoter vers lui.

— Quoi ? Que faut-il faire bouger entre nous ?

— Il me semble que la situation actuelle a des côtés incommodes.

— Dans quel sens ?

— Le mariage me paraît être la solution la mieux adaptée à nos problèmes, dit-elle, impassible.

— Le mariage ?

Justin demeura un instant interdit. Elle était là, pieds nus dans le sable froid, ses cheveux emmêlés soulevés par le vent, disparaissant presque dans un blouson deux fois trop grand pour elle. Et elle lui parlait mariage sur le même ton que si elle lui avait proposé d'indexer le salaire de leurs croupiers sur l'indice des prix à la consommation. En sachant qu'une heure auparavant à peine, elle assommait un kidnappeur amateur à coups de poêle à frire !

Serena MacGregor était décidément un être à part.

Ce n'était pas tout à fait ainsi qu'il avait imaginé la scène. Le mot mariage, il avait prévu de le prononcer dans le clair-obscur d'une chambre, alors qu'elle aurait été allongée nue contre lui dans le désordre des draps. Il aurait allumé des bougies, prévu du champagne à portée de main, et il aurait eu une bague de fiançailles en poche. Mais là…

— Nous marier ? répéta-t-il.

— Oui, nous marier. J'ai entendu dire que ça se faisait toujours. Mais je suis prête à me montrer raisonnable.

Il lui jeta un regard sceptique.

— Raisonnable ? Comment cela ?

— Comme la suggestion vient de moi, nous allons trancher selon ta technique à toi, précisa-t-elle en sortant une pièce de monnaie de sa poche.

Justin éclata de rire et voulut la lui prendre des mains.

— Serena, ma chérie. Tu crois vraiment que…

— Non, non, laisse-moi faire. C'est ma pièce et c'est moi qui la lance. Face, nous nous marions ; pile, nous renonçons.

Prévenant toute protestation de sa part, elle lança la pièce en l'air, la récupéra et la retourna sur le dos de sa main.

— Face, annonça-t-elle avec un large sourire.

Pensif, Justin glissa les mains dans les poches de son jean.

— J'ai perdu et tu as gagné, autrement dit ?

— Eh oui. Je t'avais bien dit que ça finirait par arriver. Et que l'enjeu serait de taille.

D'un geste triomphant, Serena fit disparaître la pièce. Justin l'examina d'un œil suspicieux.

— On pourrait peut-être changer les règles du jeu : celui qui gagne deux parties sur trois remporte le pari, suggéra-t-il d'un air impassible.

Il vit les grands yeux violets étinceler de colère.

— Ah non, pas question, espèce de mauvais perdant !

Elle s'éloigna à grands pas furieux sur la plage et poussa un petit cri lorsque Justin la souleva dans ses bras.

— Si tu crois que tu peux revenir sur ton engagement, Blade…

Il secoua la tête et l'embrassa sans la laisser terminer sa phrase.

— Je ne reviens *jamais* sur mes engagements, trancha-t-il en la portant vers la voiture. Mais j'aimerais quand même bien jeter un coup d'œil à cette pièce.

Nouant les bras autour de son cou, elle plongea son regard rieur dans le sien.

— Pour ça, mon ami, il faudra d'abord me passer sur le corps.

Le Clan des MacGregor

Orgueil et Loyauté, Richesse et Passion

Tournez vite la page,
et découvrez en avant-première,
un extrait du deuxième épisode
de la nouvelle saga de Nora Roberts :

Un mariage au château

A paraître le 1er novembre

Extrait de,
Un mariage au château
de Nora Roberts

Persuadé de s'être déplacé à l'aéroport pour rien, Caine MacGregor enfonça les mains dans les poches de son manteau et traversa le parking balayé par un vent glacial. Diana Blade n'avait même pas pris la peine de répondre à la lettre de Rena ! Il paraissait improbable qu'elle ait fait usage du billet d'avion joint à son invitation.

Mais Serena, elle, était convaincue que sa belle-sœur serait au rendez-vous. Caine pressa le pas sous le ciel bleu et froid. Sa sœur pouvait bien penser ce qu'elle voulait ; c'était son problème. Mais pourquoi s'était-il bêtement laissé refiler la corvée de chauffeur bénévole pour une passagère fantôme?

Comme il poussait la porte du terminal, une rafale de vent rabattit le col de son manteau contre sa joue. Une grande femme blonde enveloppée dans de coûteuses fourrures sortit au même moment et s'immobilisa un instant, prenant le temps de le détailler de la tête aux pieds. Habitué à ce genre de réaction, Caine subit l'examen avec l'ombre d'un sourire amusé et attendit qu'elle passe son chemin.

Il savait que son visage énergique, ses yeux d'un bleu presque violet et sa blondeur plaisaient aux femmes.

Indifférent à la foule, il traversa le hall et consulta l'écran des arrivées. Puis il s'assit pour attendre la voyageuse improbable.

A l'instant précis où son regard tomba sur Diana Blade, Caine sut que c'était elle. Avec ses pommettes hautes et marquées et sa peau cuivrée, elle ressemblait étonnamment à Justin. Les origines comanches qu'ils avaient en commun étaient peut-être encore plus visibles chez la sœur que chez le frère. Diana n'avait pas hérité comme son frère des iris vert clair d'une de ses lointaines ancêtres blondes. Elle avait des yeux très sombres, au contraire, frangés de longs cils épais, sous des paupières un peu lourdes qui lui donnaient un regard mystérieux, comme légèrement endormi.

Des yeux de braise et de velours, songea Caine en se levant pour se porter à sa rencontre. Le nez était fin, droit, aristocratique. Les lèvres pleines pouvaient tout aussi bien être le signe d'une nature passionnée que d'un tempérament capricieux.

Ce n'était pas un visage facile à cataloguer. Elle était belle, oui, incontestablement. Mais avant toute autre chose, les traits de Diana étaient… marquants. Ils retenaient l'attention, fascinaient. Ils vous interrogeaient au point de vous contraindre à y revenir sans cesse. Caine savait d'ores et déjà qu'il n'oublierait jamais cette physionomie si particulière.

Comme elle faisait glisser son sac d'une épaule à l'autre, ses cheveux balayèrent son visage. Epais, lisses et d'un noir de jais, ils étaient bien adaptés à sa coupe à la Louise Brooks. La coiffure était simple mais sophistiquée, tout comme le tailleur bordeaux qu'elle portait avec beaucoup d'élégance.

A la différence de la femme à la fourrure, Diana Blade lui accorda à peine un regard.

— Excusez-moi.

Poliment, mais avec fermeté, elle lui faisait comprendre qu'il se trouvait sur son chemin et qu'elle n'avait pas de temps à perdre.

Peu habitué à être ainsi tenu à distance, Caine ne prit pas la peine de sourire.

— Diana Blade ?

Elle haussa des sourcils au dessin parfait.

— Oui ?

— Je suis Caine MacGregor, le frère de Serena.

Diana prit le temps d'examiner l'homme qui avait été dépêché à sa rencontre. Ainsi, on lui avait envoyé Caine-le-Fatal, le tombeur de Harvard. Réprimant un sourire, Diana serra la main qu'il lui offrait.

— Rena voulait vous accueillir elle-même, mais elle a été retenue à la dernière minute.

Si Caine pouvait être diplomate à ses heures, il lui arrivait aussi d'être très direct.

— J'avoue que je ne m'attendais pas à vous voir descendre de cet avion.

Il voulut lui prendre son sac de voyage des mains, mais elle s'y cramponna fermement.

— Ainsi vous pensiez que je ne viendrais pas… Et votre sœur ? Elle partage votre scepticisme ?

Caine faillit tirer plus fort sur le sac pour le lui prendre d'autorité. Il y avait un je-ne-sais-quoi dans ce regard faussement somnolent qui lui donnait envie de la contrarier. Ou tout simplement de la faire réagir, peut-être ?

— Ma sœur ? Pas du tout. Elle était convaincue que vous accepteriez son invitation, au contraire. Rena considère les liens du sang comme sacrés. Et elle ne conçoit même pas que d'autres puissent penser différemment.

Avec un rapide sourire, Caine lui prit le bras.

— Allons récupérer vos bagages.

Diana se laissa conduire dans le hall bondé.

— Je ne vous suis pas très sympathique, n'est-ce pas, monsieur MacGregor ?

Se contentant de hausser les sourcils, il ne tourna même pas les yeux dans sa direction.

— Je ne vous connais pas. Mais puisque nous voici plus ou moins apparentés, nous pourrions peut-être laisser tomber les très formels « monsieur » et « mademoiselle » ?

En l'écoutant parler, Diana repéra un second atout chez lui. Non seulement, il avait un physique extrêmement troublant, mais sa voix était une vraie merveille : profonde et chaude, avec un soupçon d'acier pointant sous le velours.

— Comme vous voudrez, Caine. Mais dites-moi : si vous ne vous attendiez pas à me voir, comment avez-vous su qui j'étais ?

— Je vous ai identifiée sans hésitation. Vous avez pas mal de traits communs avec votre frère.

Ils s'immobilisèrent devant le tapis roulant qui tournait encore à vide.

— Ainsi je ressemble à Justin ?

— Il y a un air de famille qui saute aux yeux. Mais j'imagine que ce serait moins évident si vous vous teniez côte à côte.

— On ne peut pas dire que cela nous arrive fréquemment, laissa-t-elle tomber avec une pointe d'ironie en lui désignant ses valises d'un geste nonchalant de la main.

Réprimant un sourire, il s'avança pour cueillir les bagages en cuir sur le tapis. De toute évidence, Diana Blade avait l'habitude d'être entourée de domestiques.

— Justin sera heureux de vous revoir après toutes ces années.

— Peut-être. Vous avez l'air de beaucoup l'aimer ?

— En effet. Je connais Justin depuis dix ans. Nous étions déjà amis bien avant qu'il ne devienne mon beau-frère.

Des myriades de questions se pressaient dans l'esprit de Diana. Il aurait été tentant de demander à Caine de lui décrire son frère. Mais elle s'interdit de poser la moindre question. Son opinion au sujet de Justin était déjà faite. Et elle n'avait pas l'intention de se laisser influencer par l'avis d'un Caine MacGregor. Ni par qui que ce soit d'autre, d'ailleurs.

Caine s'immobilisa devant une luxueuse voiture noire. Il sortit les clés de sa poche, chargea ses valises dans le coffre et lui ouvrit sa portière.

Mais lorsqu'elle voulut monter, il la retint en lui posant la main sur le bras.

— Diana…

Il avait une voix vraiment très enveloppante, très particulière. Pendant une fraction de seconde, elle avait eu l'impression d'entendre prononcer pour la première fois les deux syllabes de son prénom. Caine lui releva la frange avec un tel naturel qu'elle ne songea même pas à protester. Muette, elle l'interrogea du regard.

— Les apparences sont parfois trompeuses…

— Pardon ?

Caine ne précisa pas tout de suite sa pensée. Pendant quelques secondes, ils demeurèrent ainsi, face à face, sur le parking glacial, environnés par le vacarme des avions et l'odeur du kérosène. Diana aurait été prête à jurer qu'elle percevait la chaleur de la paume de Caine à travers l'épaisseur de son manteau. De ses yeux très bleus émanait une douceur étonnante. L'espace d'un instant, elle oublia qu'il avait la réputation d'être aussi redoutable dans une salle de tribunal que dans une chambre à coucher.

— Vous êtes très belle, Diana, murmura-t-il. Mais y a-t-il un peu de sensibilité en vous ?

Choquée, elle fronça les sourcils.

— Qu'est-ce qui vous fait penser que je puisse en être dépourvue ? riposta-t-elle, sur la défensive.

— Laissez-lui au moins une chance…, murmura-t-il sans répondre à sa question.

ABONNEMENT... ABONNEMENT... ABONNEMENT...

Oui, je souhaite recevoir directement chez moi la saga LE CLAN DES MACGREGOR. J'ai bien noté que je recevrai le nombre de volume(s) que j'ai choisi ci-dessous, au prix exceptionnel de 2,85 €* pour le 1er volume, 4,37 €* pour les volumes n°2 à 9 et 5,70 € le volume double.

Je suis libre d'interrompre les envois à tout moment, par simple courrier ou appel téléphonique au Service Lectrices. Je ne paie rien aujourd'hui, la facture sera jointe à mon colis.

* + 2,05 € de frais de port par colis.

L4JFØ1

❑ **Je m'abonne à partir du numéro 1 :**
Je recevrai un premier colis composé des n°1et 2 puis 4 colis de 2 romans (1 colis de 2 romans tous les 2 mois).

❑ **Je m'abonne à partir du numéro 3 :**
Je recevrai un premier colis composé des n°3 et 4, puis 3 colis de 2 romans (1 colis de 2 romans tous les 2 mois).

❑ **Je m'abonne à partir du numéro 5 :**
Je recevrai un premier colis composé des n°5 et 6, puis 2 colis de 2 romans (1 colis de 2 romans tous les 2 mois).

❑ **Je souhaite recevoir uniquement les numéros suivants :**
(j'entoure les numéros choisis) 1 2 3 4 5 6 7 8 9 10

Renvoyez ce bon à : Service Lectrices HARLEQUIN
BP 20008 - 59718 Lille CEDEX 9.

N° abonnée (si vous en avez un) ⌴ ⌴⌴⌴⌴⌴⌴⌴⌴

Mme ❑ Mlle ❑ NOM ____________________

Prénom ____________________

Adresse ____________________

Code Postal ⌴⌴⌴⌴⌴ Ville ____________________

Tél. : ⌴⌴⌴⌴⌴⌴⌴⌴⌴⌴

Date d'anniversaire ⌴⌴⌴⌴⌴⌴⌴⌴

Le **Service Lectrices** est à votre écoute au **01.45.82.44.26**
du lundi au jeudi de 9h à 17h et le vendredi de 9h à 15h.

Conformément à la loi Informatique et Libertés du 6 janvier 1978, vous disposez d'un droit d'accès et de rectification aux données personnelles vous concernant.Vos réponses sont indispensables pour mieux vous servir. Par notre intermédiaire, vous pouvez être amené à recevoir des propositions d'autres entreprises. Si vous ne le souhaitez pas, il vous suffit de nous écrire en nous indiquant vos nom, prénom, adresse et si possible votre référence client. Vous recevrez votre commande environ 20 jours après réception de ce bon. Date limite : 31 juillet 2005.

Offre réservée à la France métropolitaine, soumise à acceptation.

BEST SELLERS

Les Best-Sellers Harlequin, c'est la promesse d'une lecture intense : romans policiers, thrillers médicaux, drames psychologiques, sagas, ce programme est riche d'émotions.

Ne manquez pas, le 1er novembre :

Promesses d'Irlande, de Emilie Richards • N° 209
Lorsque les sœurs Donaghue reçoivent une lettre d'Irlande, envoyée par une parente âgée qu'elles ne connaissent pas, leur vie se trouve bouleversée à jamais. En leur demandant de l'aider à découvrir la vérité sur la mort de son père, survenue soixante-dix ans plus tôt à Cleveland, Irene Tierney va réveiller une vieille histoire d'amour maudit et de meurtre. Un héritage familial secret, qui conduira les trois sœurs de l'autre côté de l'Atlantique, dans l'Irlande de leurs ancêtres…

La griffe de l'assassin, de Heather Graham • N° 210
Un cadavre, un témoin suspect aussitôt disparu, et la première enquête d'Ashley Montague est lancée. Une affaire qui présente d'étranges similitudes avec un meurtre commis à des kilomètres de là, et qui rappelle à un autre détective, Jack Dilessio, la « signature » d'un assassin qu'il a jeté en prison cinq ans plus tôt. Bientôt, Ashley et Jake se retrouvent à suivre une même piste. Une piste semée d'embûches qui ne tarde pas à menacer leur vie…

Sang de glace, de Sharon Sala • N° 211
Décembre à Manhattan. L'auteur de suspense à succès Caitlin Bennett tremble de peur, en tenant à la main une lettre écrite à l'encre rouge sang — une de plus —, en provenance d'un « fan » dérangé. Bientôt, la police découvre le corps de deux femmes sauvagement assassinées, et Caitlin se rend compte que ces dernières lui ressemblent étrangement. Son « fan » et le serial killer ne seraient-ils qu'un seul et même psychopathe ? Sera-t-elle la prochaine victime ?

La menace du passé, de Jasmine Cresswell • N° 212
Anna Langtry travaille à Denver comme avocate chargée des condamnés en liberté surveillée. Son dernier client en date, bien que les preuves les plus accablantes soient réunies contre lui, crie son innocence. Et, gagnée par sa détermination, Anna se laisse entraîner dans un monde qui semble la ramener des années en arrière, vers le passé qu'elle a tant voulu fuir…

Un goût de scandale, de Dallas Schulze • N° 213
Lorsque Luke Quintain est lâché par sa fiancée à quelques semaines du mariage, et que Catherine Lang lui propose de la remplacer, il accepte. Ce qu'il veut avant tout, c'est se venger de son grand-père, qui le soumet à un ignoble chantage à l'héritage en l'obligeant à se marier au plus tôt. Et le scandale est assuré, avec cette jeune beauté un peu sauvage, si peu adaptée au milieu guindé des Quintain. Mais, contre toute attente, c'est un vent de changement salutaire qu'elle apporte avec elle, révélant chez les uns et les autres des facettes qu'eux-mêmes ne soupçonnent pas…

L'héritage, de Penny Jordan • N° 14 (Réédition)
Au moment de prendre les rênes de l'entreprise pharmaceutique fondée par son père après la Deuxième Guerre mondiale, Leo von Hessler découvre dans un vieux coffret des documents secrets que ce dernier n'a pas eu le temps de détruire avant de mourir. Pris d'un terrible doute quant à l'origine de l'empire Hessler, Leo décide de mener l'enquête, et de retrouver la trace d'un certain Carey, dont le nom revient souvent dans les papiers compromettants…

Composé et édité par les
éditions Harlequin
Achevé d'imprimer en septembre 2004

BUSSIÈRE
GROUPE CPI

à Saint-Amand-Montrond (Cher)
Dépôt légal : octobre 2004
N° d'imprimeur : 44103 — N° d'éditeur : 10784

Imprimé en France